鄢和琳 著

绛帐春秋·岁月留痕

西南师范大学出版社
国家一级出版社 全国百佳图书出版单位

图书在版编目(CIP)数据

绛帐春秋·岁月留痕 / 鄢和琳著. —— 重庆：西南师范大学出版社, 2020.11
ISBN 978-7-5697-0525-6

Ⅰ.①绛… Ⅱ.①鄢… Ⅲ.①回忆录–中国–当代 Ⅳ.①I251

中国版本图书馆CIP数据核字(2020)第220731号

绛帐春秋·岁月留痕
JIANGZHANG CHUNQIU·SUIYUE LIUHEN

鄢和琳 著

责任编辑：曾 艳 罗 勇
装帧设计：观止堂_未氓
排　　版：张 祥
出版发行：西南师范大学出版社
　　　　　网　　址：http://www.xscbs.com
　　　　　地　　址：重庆市北碚区天生路2号
　　　　　邮　　编：400715
　　　　　电　　话：023-68254353
　　　　　经　　销：全国新华书店
印　　刷：重庆荟文印务有限公司
幅面尺寸：145mm×210mm
印　　张：10
字　　数：260千字
版　　次：2020年11月 第1版
印　　次：2020年11月 第1次印刷
书　　号：ISBN 978-7-5697-0525-6
定　　价：48.00元

内容简介

《绛帐春秋·岁月留痕》是一本个人自传。它记录了一位生于20世纪40年代的高校知识分子的人生旅途。本书以时间为经线，记录和描述了作者人生的"三部曲"，并以作者、作者的先生和孩子，以及相关的人物为纬线，紧密而自然，经纬编织，讲述了大时代变迁下人物的命运。作者在这大时代变革的历史进程中，始终不忘初心，砥砺前行，坚持自己的梦想，为教育事业和旅游业的发展做出了无私奉献，是一代中国知识分子的缩影。

本书内容还涉及在"科学的春天"到来之时，作者和其先生尽父母的慈爱与责任，为培育爱子励志成才的辛苦历程，包括：如何对孩子进行启蒙教育、激励自律、自学习惯、超前学习、文理兼修、素质教育等方面。其后，孩子进入中国科技大学少年班学习，成为留美博士，并获得了159项由中美官方授权的发明专利，成为"三维存储器"（芯片）国际前沿领域的开拓者，这将给青少年学生和家长带来很好的启发和借鉴。

本书的作者在75岁高龄时，痛失一生挚爱的先生，她在度过哀痛之后，以坚强的心，用最朴实无华的文字、真挚的情感，书写置身于社会的记忆,把人生旅程中重要的节点、感悟浓缩进这本回忆录中。以此,表达对先生的怀念之情。读者也会从中领悟到爱的真谛。

总之,这部回忆录,以纪实的笔法,翔实、生动地讲述了真实的人和事,运用了一定的艺术手法和表达技巧,带给读者一种真实感,使读者油然生出一种共鸣,其中还有许多触点能引起读者深思,具有当下性和启发性,相信读者阅后定会大有裨益。

序

2020年到来之际，作者将她的呕心之作《绛帐春秋·岁月留痕》回忆录的清样稿交给我，希望我能为此书作序。她请我作序是因为她曾是西南师范学院(今西南大学)生物系的一名学生，现为旅游规划专家，行业翘楚。作为她曾经的任课老师，我欣然答应了为其书作序。

接受"任务"后，过去的一幕幕便浮现在我眼前。那段曾为师生的情景，虽然过去了半个多世纪，但作者给我留下的印象仍是如此清晰。读书期间，她敏而好学、刻苦钻研、锲而不舍，是难得的好苗子。为此，我曾邀请她参加我负责的多项科研课题，她都有出色的表现。

毕业分配后，她离开了母校，开启了她步入社会的人生之旅。她以聪慧的才智、坚韧的毅力，走出了属于自己的一片天空。

1978年，中国终于迎来了"科学的春天"，它点燃了知识分子的激情和梦想……作者常回母校看望当年的老师们。我有幸与作者在相近的生态环境研究领域从事教学与科学研究工作，因而我们常在一起探讨与交流高校的教学改革情况，以及科学研究动态等，并互赠学术著作，也常直言不讳地谈及各自的人生经历等。她是阳光干练、认真执着、治学严谨，对人生有不断追求的一位教授。

绛帐春秋·岁月留痕

　　回忆录是一种梳理人生轨迹、触摸心路的历程，意在引领读者走进作者的世界。作者之所以能撰写这本回忆录，得益于她几十年来记日记的习惯，这为回忆录提供了极好的素材。因此，这本回忆录里有很多原汁原味的事实记录，无论是学习、工作、感情，还是他们夫妻对孩子的教育，都是率真的记录。这部回忆录真实、生动、感人，可以说是再现了他们这一代知识分子与大时代同行，奋发努力、不忘初心、执着追梦的心路历程，也呈现出大时代背景下知识分子的大致轮廓。

　　最可资一读的是，在"科学的春天"到来之时，她和她的先生用慈爱与责任，培育爱子励志成才的事迹。

　　作者大学毕业后，经历了多次的时代转折，在激情的岁月中，有理想、有追求，珍惜时光，执着于教育事业，尽心教书育人；作者拥有跨学科专业理论知识及实践能力，在旅游热潮掀起之时，她抓住机遇，闯入旅游业，为我国旅游业的健康、可持续发展做出了杰出的贡献。

　　"掩卷而思"，感慨良多。作者先生患病辞世后，她决定把悲痛留给昨日，通过写作自我救赎，丰盈人生。

　　《绛帐春秋·岁月留痕》这部回忆录，真实再现了他们这一代知识分子艰辛的人生路程。相信，读者在阅读后，定能感受到满满的正能量，今后在遭受挫折或困难时，能像作者那样，不忘初心、坚持梦想，理性面对暂时的不幸，勇往直前！

钟章成[*]
2020年6月

---

[*] 钟章成：教授、博士生导师。曾任西南师范大学校长（1986—1993年）。2000年，被推荐为中国科学院院士有效候选人。

目 录

第一章 鄢氏家族往事钩沉 /001
  1. 追忆先贤,鄢氏先辈 /001
  2. 父辈望重,民主人士 /004

第二章 青少年时期,往事的回味 /013
  1. 绽放绚丽花朵,开启人生之旅 /013
  2. 清纯的花季,贪玩之少年 /018
  3. "博观约取",理想学校 /023
  4. 竭智尽力,天道酬勤 /025

第三章 大学生活,青春芳华 /031
  1. 大学之时,立志考研 /032
  2. 青春岁月,饱经忧患 /034
  3. 缘分天际,毕业分离 /042
  4. 接受"再教育",吟唱军垦歌 /047

第四章 三生圆夙愿,情深缘匪浅 /051
  1. 崭新生活,佳偶天成 /051
  2. 旅行结婚,浪漫时光 /055
  3. 初为人妻,两地闲愁 /061
  4. 初为人母,人生百味 /063

第五章　执掌教学鞭,苦乐紧相随 /075
　　1.中学执教,痛心疾首 /075
　　2.学工学农,兼学别样 /080
　　3.续医生梦,上公开课 /082
　　4.执教期间,师生深情 /086

第六章　科学的春天,儿上少年班 /093
　　1.儿子就读小学,仅用4年时光 /094
　　2.孩子早慧,大器初成 /098
　　3.读重点中学,圆少年班梦 /100
　　4.高中奋发,科技摇篮 /107

第七章　少年班学习,到美国留学 /115
　　1.读少年班,神童摇篮 /115
　　2.选入"卡班",世纪之战 /120
　　3.自费留美难,跨越高"门槛" /123
　　4.留学条件,冰解冻释 /125

第八章　留美的奋斗,创造与发明 /137
　　1.告别中科大,怀念少年班 /137
　　2.微薄行装,前往美国 /139
　　3.异国求学,感慨万千 /141
　　4.在伯克利大学,攻读硕博学位 /143
　　5.创造发明,申请专利 /152
　　6.创新是发展动力,研发"三维存储器" /154

第九章　辗转美国行，感念儿艰辛 /157

1. 病魔突降，死里逃生 /157
2. 酸楚之行，美国一瞥 /161
3. "橘城"尔湾，天使之城 /163
4. 洛杉矶游，拾趣有感 /165
5. 环保体验，"管家"工作 /169
6. 畅游旧金山，访问儿母校 /173

第十章　蓦然回首，高教卅年 /179

1. 新的起点，新的篇章 /179
2. "亮剑"成果，违潜规则 /183
3. 奉献普教，培养师资 /188
4. 与时俱进，创新专业 /192

第十一章　闯入旅游业，亲历其发展 /201

1. 旅游发展，永恒追溯 /201
2. 西部旅游，四川标杆 /202
3. 闯入四川旅游，编写旅游规划 /203
4. 推动旅游发展，主持编写规划 /207

第十二章　锲而不舍，生态旅游 /223

1. 传统旅游，面临挑战 /223
2. 意识觉醒，绿色旅游 /226
3. 中国旅游，"何去何从" /232
4. 坚持不懈，生态旅游 /238

第十三章　退休献余热,投身旅游业 /243

　1.为旅游业,奉献余热 /243

　2.精彩世界,深受启迪 /244

　3.世界启迪,创意理念 /259

　4.挥洒余热,感悟点滴 /263

第十四章　一生中最痛,老年失伴侣 /265

　1.惨绝人寰,癌魔降临 /266

　2.化疗艰辛,痛苦折腾 /271

　3.先生病重,难舍亲情 /278

　4.ICU的抉择,理智与情感 /282

第十五章　岁月向晚,优雅老去 /289

　1.千年遗憾,爱的永恒 /289

　2.珍藏往事,理性面对 /294

　3.写作创作,丰盈人生 /297

　4.静心修禅定,优雅地老去 /302

后记 /307

第一章 鄢氏家族往事钩沉

1.追忆先贤,鄢氏先辈

时间追溯到民国时期,在中国中西部接合带,长江、嘉陵江汇合处,有一座由大江托起的著名城市——重庆,又名山城。在抗日战争时期,重庆作为国民政府的陪都,更是闻名中外。

在重庆的市中心有着著名的"精神堡垒"——现在的解放碑,这是中国唯一的一座纪念中华民族抗日战争胜利的国家纪念碑,以纪念重庆对国家的伟大贡献。距离此处数百米开外的邹容路,曾住有一个大家族——鄢氏家族。

据家谱记载,鄢氏的始祖是江西吉安人,世代经营药材生意。

讲起鄢氏家族,就不得不提起其先辈鄢公复,学名祥禔,1892年生于四川自流井(今自贡)。1917年,他在上海南洋中学毕业后,考入北京大学,攻读财政经济学。他坚持半工半读,曾受聘为北京晨报、新社会日报编辑。鄢公复先生在学习期间,勤奋努力,通晓英、法、日三国语言,深得校长蔡元培先生、系主任马寅初先生赏识。

1919年"五四运动"时,鄢公复先生以卓越的社会活动才能当选为北京大学学生自治会主席,他积极投入了反帝反封建斗争。

次年,鄢公复先生参与李大钊等人发起的北京大学社会主义研究会，共同翻译马列著作，传播革命思想。

1923年，鄢公复先生从北大毕业后返回四川，临走前蔡元培先生赠其对联一副加以勤勉。对联上款写"鄢公复同学雅正"，下款题"蔡孑民"。联文大意是勉励他继续为新文化运动披荆斩棘、努力奋斗！惜乎，该对联不幸在战乱中遗失了。

1937年，鄢公复先生任四川省立高级商业学校校长。马寅初先生携眷来川，他热情款待，敦请马寅初先生住在学校，时间长达半年之久。他们师生朝夕相处，共同研究革命理论及学术上的问题，鄢公复先生受益匪浅。

在抗日战争和解放战争时期，鄢公复先生怀着教育救国、服务桑梓的愿望，投身于救国救民的伟大事业，一直在中国共产党南方局领导下工作。同时，在周恩来等同志的关怀和帮助下，他和同仁们一起组建了民主建国会，他也是中国民主建国会发起人之一。1945年12月16日，在重庆白象街西南农业大厦召开了隆重的"民主建国会"成立大会。在会上，鄢公复先生被选为民主建国会总会理事兼总财务组副主任委员。在此期间，他曾与聚兴诚银行常务董事黄墨涵先生一起积极筹集活动经费，赞助平民周刊等进步刊物。

鄢公复先生曾通过华康银行董事长胡志昂先生，以及聚兴诚银行等的关系，殚精竭虑地扶持进步报刊、民主党派、革命活动组织，为地下党组织筹集活动经费和专项款项。同时，他以各种方式掩护革命同志，促进了革命运动的蓬勃深入开展，为祖国和人民的解放事业做出了突出贡献，获得了广大社会人士的高度评价。

第一章　鄢氏家族往事钩沉

抗日战争胜利后,蒋介石发动了全面内战,人民生活处于水深火热之中,人民反内战、反迫害、反饥饿、要民主,争取和平的斗争持续高涨,学生运动此起彼伏。国民党特务、军、警、宪兵对进步学生、进步新闻记者、民主人士进行了残酷镇压,制造了举世罕见的"六一大逮捕"事件。

1947年6月1日上午,一辆中型吉普车风驰电掣般地开到华康银行总行门口,特务、警察迅速封锁了银行。为首的特务头子蛮横高呼道:"现在银行营业通通都给我停下来!哪个敢违抗,就不要怪我不讲情面啦!"话一说完,手一挥,直奔总经理室,盯着总经理室座位上的鄢公复先生问:"你就是鄢公复吗?"鄢公复先生早有思想准备,无所畏惧。特务举起枪,怒吼要他交出赵友农,他机警地回答道:"谁是赵友农?我不认识赵友农!"特务暴跳如雷,大声吼道:"你鄢公复是泥菩萨过河,自身难保,还想掩护他人?"特务气势汹汹地把他推上吉普车,扬长而去。

事后,在胡志昂同志多方设法营救下,一个多月后,鄢公复先生获释。他坦然说:"为了正义,没有什么可怕的!"

1948年,鄢公复先生与黄墨涵等中共地下党和革命人士共同为保存革命实力,转入地下,继续努力奋战,以迎接解放。

1949年10月,鄢公复先生得到中共地下党的通知,为了避免不必要的牺牲,要求他迅速秘密离开重庆。两天后,军统西南特务头子徐远举签发逮捕鄢公复先生令,但未得逞,便搜查封闭了他的住宅和华康银行。

1949年11月30日,重庆解放。

12月14日,刘伯承司令员约鄢公复先生翌日谈话,他异常兴奋,为了准备谈话资料,彻夜未眠。由于遭到特务长期追捕,他不断地转战于城乡之间,高血压病没有得到及时治疗,以致次日晨突发脑溢血,溘然长逝,享年57岁。

两天后(16日),党政领导人均亲来鄢府吊唁。大公报、新民报等重要刊物都报道了此消息,著文介绍了鄢公复先生参加民主运动的事迹。

12月30日,邓小平政委与刘伯承司令员一行,前往鄢氏故居——重庆市郊区石桥铺六店子鄢家花园,看望鄢公复先生的家属亲人们,嘘寒问暖,十分亲切。邓小平和刘伯承二位领导在看见花园庭院前的两棵茂盛的桂花树后感叹地说:"十年树木,百年树人,真不容易啊!"他们返回灵堂,在鄢公复先生遗像前十分惋惜地说:"可惜!可惜!死得太早了!"告别时,他们还留下西南军政委员会的地址,亲切地对其家人们说,有困难时去找他们。

2. 父辈望重,民主人士

1943年,鄢公复之子鄢宝璋先生,毕业于国立重庆大学商学院工商管理系,同年到四川银行工作。

鄢宝璋先生受其父亲的影响,学生时期,积极投身于抗日救亡等学生运动之中,参与重庆抗日民族先锋队和学联的组织工作。

1945年,在父亲和著名爱国人士的影响下,鄢宝璋先生加入了民主建国会,成为早期会员之一。

1952年,鄢宝璋先生到民主建国会总会工作,曾先后任组织处秘书,民主建国会中央组织部副部长等职务,他致力于民主建国会中央的组织工作。30多年里,他为推动我国改革开放、经济建设,促进祖国统一大业做出了杰出贡献,受到了党中央领导的一致好评。

我曾三次寻根造访鄢家花园。

1990年春节后,根据父亲写的地址和路线,我和先生张世熹很顺利地找到了鄢家花园,那是我们第一次造访鄢家花园。远远望去,园外围有两米左右高的石头围墙,显得古老、典雅而庄重,给人以深不可测的感觉。高高的石头围墙传出一种祥瑞,一种亲情,那是我与先辈,与宇宙生命的缘分。

在鄢家花园大门口,解放军部队门卫接待了我们,当我们讲:"我们是鄢家后代,来寻根觅祖的。"他们看了我们证件后,热情地接待了我们,并说:"前不久,香港的鄢婉容女士也来看过。"还说:"现在这里被解放军后勤部队和民航管理局接管了,你们可去申请办理手续,还可把这里还给你们。"

花园内有一个小湖,周边用青石砖砌成,被绿树和灌丛环抱着。水色清澈,浮萍簇簇,显得秀丽妩媚。其旁有两棵粗壮挺拔的桂花树,陪同参观的解放军讲:"听你们大孃孃说,这两棵树是她们小时候栽的小树,现在都长得这么粗壮了。每年10月,两树似有约,不约而同地一起开花,那一簇簇、一串串、密密麻麻的金黄桂花散发出幽香,香味飘得很远、很远,在老远处就闻得到……"

此时,我见这两棵桂花树长得枝繁叶茂,枝杈上长满了油亮的绿叶子,苍翠欲滴,犹如两把张开的绿伞。此刻,耳边仿佛响起了41年前,邓小平和刘伯承二位领导在看见这两棵茂盛的桂花树后,感叹地说:"十年树木,百年树人,真不容易啊!"此刻,我眼前仿佛晃动着"花开千万朵,岁晚独芬芳"的金秋之美。我也似乎闻到金桂花的醇香,让我心旷神怡,回味无穷……

花园内乔木葳蕤,郁郁苍苍,有的树木腰围大,有着笔直的茎,笔直的干,笔直地伸向天空;有的树木盘旋扭曲,斜卧地面,别有一番神韵,使花园显得古老而幽静。

花园最高处有一幢秀雅靓丽的半中半西式的小洋楼,白墙灰顶,装饰别致,古朴典雅。

走进那幢以西为主,中西合璧的新式小洋楼时,我看到房内独具特色的顶灯装饰,门框配有刻花玻璃,旋转式的木质红色楼梯,精美的拼花木地板,显得豪华而雅致。此时,我恍若穿越时空,似乎走进了一部厚重的历史,走进了鄢氏家族生生不息的生命密码。这些生命密码裹挟在时代更替中,让我仿佛看到了中国民主革命历史时期的风雨硝烟,仿佛听到了当年的繁华喧嚣,心中油然生出无限感动……

2000年春节后,我和先生张世熹再访鄢家花园时,它已经面目全非。花园的小湖被填平,修成了汽车训练场。小洋楼也"飞"得无影无踪了。鄢家花园内外,正在大兴土木。

2017年2月初,我和先生张世熹,以及朋友张钢铁三人,第三次到鄢家花园,想拍点照片留作纪念。

可是没有了,什么都没有了!值得凭吊的美好记忆全都没有了。我们找了半天,也没找到鄢家花园。问当地人,他们也说不清楚,有几位老人说:"这些地方过去都叫鄢家花园。"

这17年时间里,我深切地感受到时代的高速发展,使这一带发生了翻天覆地的变化。一栋栋新建的高楼大厦耸立在眼前,原来的鄢家花园已经荡然无存。看到这些,我的心里有一种淡淡的哀伤。

此行之后,我深感沧海桑田的剧变是如此严酷。多年之后,"物人俱非",人已不是那人,物亦不是那物,景也不再是那景了。

作为鄢氏家族的第三代旁支系的鄢竹君,即我的爷爷,他的家庭后来成为鄢氏家族的另一大家庭。

鄢竹君在重庆南岸附近修建了中式住宅,并用名字中的"竹"字取名,命名为鄢家竹园,园内种植以禾本科为主的各类竹子。

这一大家庭中有两个儿子和两个女儿,我父亲是长房长兄。这一支鄢氏家庭,主要从事金融行业。

在我母亲的陪同下,我和先生张世熹曾访过鄢家竹园。

1995年1月31日,在母亲的带引下,我们轻车熟路地到了鄢家竹园。真是无巧不成书,我们一到鄢家竹园,正好碰到原来在此种田的杨大爷。他身体壮实,脸膛长方,肤色棕红,一头银白发,双目炯炯有神。他热情地和母亲打招呼,并亲热地向母亲问长问短。

当母亲向杨大爷介绍我们是她的二女儿和女婿时,杨大爷惊喜万分地说:"啊!一晃50多年了!我还清楚记得在抗战胜利前夕时,您生二女儿的情景……"

杨大爷邀请我们去堂屋就座,他讲:"我虽然80多岁了,但身体还算健康,耳聪目明,记性很好,这全是托你们爷爷的福啊!"随后,杨大爷跟我和先生拉家常讲道:"你爷爷是一位虔诚的佛教信徒,常年烧香拜佛,祈求神灵,希望佛祖和神灵保佑人们平安吉祥,远离灾祸!你爷爷素来乐善好施,热情好客,待人豪爽,对前来求助的人,无论朋友、老乡,他几乎是有求必应,赢得了好口碑。"记忆犹新的是杨大爷最后一句质朴的真心话:"当年,你们家对我们好,人要有良心,在各次运动中我们没说你们家一句坏话。"看到杨大爷真诚、质朴的笑脸,我相信他说的都是真的。

此时,我抬头看到杨大爷佛堂神位上的香炉,中间的那三炷香头崭齐,香雾缭绕,仿佛灵魂出窍,袅袅上升,飘向天空。此时此刻,一种敬畏之情在我心中油然而生。我似乎看到无以计数的、跪拜着的虔诚香客,举起双手,双掌合一,祈求上苍神灵开恩、赐福,保佑平安!恍惚间,我宛如又听到了从遥远太空传来的洪钟大吕高亢、庄严、高妙之佛声;看到了蓝天白云,阳光灿烂,湖光山色,繁花似锦,普度众生的人间天堂。

鄢家竹园是一座中式木质结构的四合院落,园内建筑群体错落有致,一排排青砖瓦房,屋宇古朴,楠木充栋,格子窗花,古朴清雅,朴实无华,但因年久失修已显破旧之像。

鄢家竹园掩映于成片高大的慈竹林中,园内种有众多品种的竹子,竹子高低不齐,略显零乱,屋后是苍翠浓密的竹林。忽而,从竹林远处传来清晰响亮的布谷鸟叫声!唤起了我的记忆……

鄢家竹园是我来到这个世界所到的第一个地方。

瞬时,我感到老房子的一草一木是那么熟悉、亲切。微风吹在我的脸上,像吹着曾经的我,这一刻,我相信不是梦幻。

此刻,我知道了似曾相识的原因是什么。是我的基因,在我的海马体里，储存的记忆全部被唤醒，所以我觉得好像重临出生地，好像走在梦里。我不由感叹万分，竹林青青，青山依旧，一晃已过半个多世纪了！

母亲带领我们参观了抗战时期躲避轰炸的防空洞，其洞口四周及洞内皆是用青石砌成。防空洞周围杂草丛生。青石上已长满苔藓类植物，其内潮湿阴森。

我先生张世熹对防空洞充满了好奇，想深入洞穴探个水落石出。杨大爷说："前几年，因防空洞内渗水，我们在洞口内几米深的地方用水泥封了。"

有些过往之事不会真正被时间无情地埋葬！在返程路上，我母亲一边掰着手指，一边嘀咕着："1937年……1945年……可不，正好是8年整！"我母亲回忆起了沉痛的往事，说道："抗日战争期间，重庆遭遇空袭。当时，在重庆，天气放晴以后，警报响起，一连串红色的警示灯升起，市民由此判断轰炸机起飞了，于是纷纷逃进避难所。随后，在大约两小时内，升起3个球体，最后球体正好在轰炸机到达之前升了起来，随即大轰炸。当时，在重庆，空袭已成为常态，在防空洞地下的避难所也成为人们生活的一部分。"

随后，母亲又叹息说："那时你哥哥3岁，日本鬼子在重庆进行了长达5年半的疲劳轰炸、无限轰炸、月光轰炸……制造了无数惨绝人寰的大轰炸。他们隔不了几天就空袭一次。为了躲日本鬼子的轰炸，我们全家人都搬迁到这里来了。事后，你爷爷请人挖了这个防空洞，每当防空报警的警钟长鸣时，我就会立刻拉着你哥哥躲进这个防空洞。

每次轰炸完，从避难所出来时，总会看到一片令人毛骨悚然的悲惨景象。未来得及逃到避难所的老年人，血肉模糊地躺在街道上，他们逃难随身带的物品散落在身边；女人们的身体就摊在路上，鲜血染红的衣裙在泥地上散开。马路上的车辆被炸得扁平，并冒着浓烟，建筑物还在熊熊燃烧，成为一片火海，烟雾滚滚升起，烟尘飘向天际，随后慢慢沉入大街小巷，那些日子真是不堪回想。"

为此，作为一个中国人，一个重庆人，我查阅了相关资料，据报道："1938年2月18日起，到1943年8月23日，日本对战时中国陪都重庆进行长达5年半的战略轰炸。据不完全统计，此期间，日本对重庆实施轰炸超过200次，出动9000多架次的飞机，投弹11500枚以上。重庆死亡于轰炸者多达10000人以上。"

当抗日战争快结束时，父辈们分家各立门户。我的父亲鄢宝琨是长兄，离开了这个大家庭，独自成家立业了。

1941年，父亲从重庆高等商校毕业后，进入了重庆永利银行工作，其后也加入了民主建国会。

随后，父亲从重庆永利银行转入聚兴诚银行，并很快被提升为会计货库主任，收入十分丰厚，我们家可算富裕殷实的家庭。我父亲在距重庆市的"精神堡垒"数百米处的邹容路修建了一幢小洋楼，这就是我记忆中的第一个"家"。

故乡存留了我的出生、幼年、童年、青涩的少年和芳华的青年，那些最美好的记忆，成为我生命的一部分。

大学毕业后,我离开了生我、养育我的美丽山城重庆。

但是,无论我走到哪里,都时常感怀身后远远的那一片热土,因为那里有我的过去。时光总是把过去的日子冲洗得熠熠闪光,引人回望。

我常常一次次在梦里回望故乡,回望那段魂牵梦萦却永远无法回归的岁月;回望重庆山城雾都的俊山秀林、繁花野草,参差错落、鳞次栉比、立体色彩的建筑;回望那解放碑附近邹容路的"家",以及亲人们。那边下雨,我的眼睛就会潮湿。我想这就是让心灵回归故土的一种方式,也正是我根深蒂固的故乡情结。

随后的半个世纪,我一直快步向前走,却忽略了身边的亲情,当父母亲离我而去后,我觉得自己的人生没有了归属。没有了他们的关注和分享,我深感遗憾,倍感孤独!

现今,我用经受过伤痛的眼睛回望故乡,故乡也用全部的柔情回望我,我对故乡——美丽山城重庆满怀深情的怀念愈来愈强烈!它永远地嵌在我脑海记忆的深处,故乡在我心中的距离越来越近,我却感觉它越来越亲了!

第二章　青少年时期，往事的回味

1. 绽放绚丽花朵，开启人生之旅

1943年8月23日，日本对陪都重庆长达5年半的战略轰炸终于结束了。重庆大街小巷都是"我愈炸越强，敌愈炸愈弱！"的标语和传单，彰显出重庆人民绝不屈服、永远雄起的性格和饱含希望、永远向上的精神面貌。暴风骤雨之后，满目疮痍的重庆却显得清新欢快，到处热气腾腾，重庆人民脸上露出了久违的笑容。

日本对重庆的战略轰炸结束后20天，即1943年10月30日，在鄢家竹园传出了婴儿的啼哭声，鄢家添了一位女儿。

对自己的出生地和时间，我永远感到喜悦和自豪。我出生于中国抗日陪都重庆，而且出生"时间也正好合适"，适逢抗战胜利前夕。我的出生仿佛预示着抗战的胜利为期不远了。

全家人自然十分高兴，到贺的亲友看到这婴儿肉嘟嘟的小脸、红红的嘴唇、水汪汪的眼睛、小小的酒窝、红扑扑的脸蛋，可爱至极，都忍不住抢着要来抱一抱。父辈给这个女儿取名为琳，大约是期盼着小女儿容貌美丽犹如美玉，一生美好幸福吧。就这样，迎着抗战的胜利，我来到了人间，开启了我的人生之旅。

日本对陪都重庆的战略轰炸结束了,我们全家又搬回到我父亲在重庆市邹容路自建的那幢小洋楼。

人人都有一个回不去的时光,叫童年。

在我的童年记忆中,印象最深的是我家的小洋楼。重庆是坡坡坎坎的山城,我家位于邹容路的路面之下,回家要下几十步石梯。小洋楼前还有一个小花园,虽然不大,却打理得很好,一年四季都开着各色的花朵,有红的、黄的、白的,给我的童年带来无穷的乐趣。小洋楼有三层楼,外为灰砖墙,黛瓦。其房内是浅色墙面,一楼为客厅,并设有厨房等,二楼是父母的卧室,孩子们住在三楼。

幼年的记忆已离我远去,唯有一件事,至今还记忆犹新。那年我4岁多,寒冷的冬天正被暖阳驱散,长江边的柳树刚吐绿发芽。

一天深夜,我突然发高烧,又是头痛,又是呕吐,吓坏了全家人。我母亲连忙把我送到重庆市区的一家著名医院就诊。据说还请了上海内迁私人诊所的儿科专家会诊,并抽了脊髓,最后确诊是患了流行性脑脊髓膜炎。庆幸的是,重庆当时已有进口的青霉素等药。按照有经验的医生的治疗方案,我被及时注射了青霉素等有效药物,这才把我从死亡线上抢救了过来,最庆幸的是没有留下后遗症。往后的日子里,父母常戏笑我是从大阳沟菜市场里捡回来的"女娃子"。后来,我先生还嘲笑我家,怎么叫女孩子这么难听的小名。

日军大轰炸给重庆造成了巨大损失,炸死、炸伤的人不计其数。同时,工业、交通、教育等都遭受了毁灭性的破坏。战争使我失去了上幼儿园接受学前教育的机会,更失去了像现今幼儿那样能从小进行钢琴、绘画、声乐、舞蹈等培训的机会。

成年后,我曾深感我欠缺这些重要的艺术才能和素质,我曾想用我的勤奋、毅力去弥补自己在艺术方面的欠缺。但我在后来的实践中才慢慢明白,小孩在发育的各阶段中,应接受其相关的培养和训练,若失去良机,以后是难以弥补的。这也正如常言道:"什么季节开什么花,人的一生也是有时令的,什么年龄做什么事。"我也释然了,人生无常,只能随缘,你在某一些地方丢失的东西,会以其他形式给予弥补。正如汉王充《论衡》载:"人有所优,固有所劣;人有所工,固有所拙。"

幼儿时期的我,圆圆的苹果脸,皮肤白里透红,像洋娃娃,性格活泼,乖巧机灵,讨大家喜欢,一直过着无忧无虑的生活。

我6岁时,妈妈生了小弟弟。小弟弟长得俊俏漂亮,但体弱多病,并遗传上了母亲的过敏性支气管炎,因此母亲对弟弟,更是疼爱有加。人们常道"百姓爱幺儿"。全家人都把爱转向弟弟,把他看成宝贝,这让我有一点儿不满。

当我上小学时,正逢重庆解放。在我记忆中留下深刻印象的是解放军部队进城之时,重庆解放碑、邹容路到处都是解放军叔叔。他们有十分严明的纪律,保持着规矩的队形蹲在马路边,好像是在静静地等候任务。我们小孩去围观时,他们总是微笑、热情地和我们打招呼。

重庆刚解放,我父亲就被选为重庆市民主建国会委员,随后因工作需要调到汉口聚兴诚银行。

我母亲赵淑华还在襁褓中时，她的父亲就去世了。因此，母亲从小自立，十分能干，敏而好学，顺利完成了高中学业。刚解放，她就考取了中国人民银行的会计，也进了金融机构。

在我到了读小学的年龄时，因为父亲远在汉口聚兴诚银行工作，母亲也在银行工作，我和哥哥就读了重庆市树仁小学。

这所学校在重庆市沙坪坝，当时是重庆市仅有的一所私立小学。这所小学要求学生住校，每周只有星期六下午放假，星期日下午就得返校。

学校教师是重庆市经选拔后，高薪聘请的高素质教师，教学质量高。学校设施齐备，日常事务由专职老师负责，具体日常生活由"管家"协助。从此时起，我就开始过上了学校集体生活。

当时我仅7岁，由于离开了母亲，独立生活能力得到全面锻炼，因此造就了我性格上的独立，还有点犟劲，逐渐形成倔强的性格，这也为我的顽强意志力打下了基础。

每周星期六下午放学回家，大多同学都有家长来接，也有少数家长开小车来接孩子。我在哥哥的带领下，从沙坪坝乘马车到牛角坨，然后乘汽车回市区邹容路的家。

记忆中，有一次回家，哥哥跟我商量说："今天，我们从沙坪坝到牛角坨，不再乘马车，我们走绕山小路，把乘马车的钱节约下来购买玩具。"还强调让我不要跟妈妈说！我十分高兴，立刻举双手表示赞同哥哥的好主意。

但事情并非我们小孩子想的那样简单，最初哥哥在前面当开路先锋，我在后面紧跟。后来，我俩一路上采摘小路边的狗尾草、野花，感觉真好玩。但是走了约一小时后，走到三岔路口时，哥哥却不知向右还是向左转，我更不知，小路上又不见行人，怎么办？我俩等啊等，天色越来越晚了，我哭了，哥哥着急得团团转。正在这呼天天不应，叫地地无声之时，我们看见远处有一个打柴老大爷，正背着柴过来，哥哥急忙跑上前去求救。

这位老大爷问明情况后，带我俩走了捷径，很快到了大路上，并送我们上了汽车。我们回到家时，已到日暮时分了。

当我跨进家门，看到妈妈正在请亲友去寻找我们，妈妈见我们狼狈的样子，怒气冲冲地骂道："真快把我急疯了……"还拿着鸡毛掸子要打我们，在亲友的劝说下，才平息了这场风波。从此以后我们再也不敢干这种蠢事了。

我哥哥小学毕业后，离开了树仁小学，我也就转学到了市中区的太华楼小学。

这时，父亲从汉口聚兴诚银行调回重庆，转入重庆市工商银行，我们家也从邹容路搬到了千厮门。新家在距嘉陵江边不远处的一幢三层的楼房，这幢楼很大，其中住有很多民生公司的船员。

此时，嘉陵江边的千厮门，为川江水运最佳处。那时，码头的繁荣，正处于鼎盛时期，给我童年留下很深的记忆，江边偶有外国轮船出现。街上的商号、茶馆、客栈鳞萃比栉；街市上的船员、商人、挑夫等各色人摩肩接踵。入夜，江边万家灯火的倒影荡漾在水中，犹如金竹寺。

那时，我常看见许多挑夫，即现在所称的"山城棒棒军"，他们劳动后，常三五成群地到街上路边小店，围着一个锅，那锅里的木格子分为九格,锅里面红油汤沸腾,他们把各自买的生肉、素菜等放入各自的格子煮着吃,边吃边饮着土碗中的酒。现在我想,也许现今山城火锅的最早发源地就是千厮门。

从家到太华楼小学,要爬坡上坎,有无数的石阶。我曾数过弯弯曲曲的石阶,从家到学校好像共有九百多个石阶,登完石阶后,就是大平坝。在坝上,可俯瞰嘉陵江,可见烟淡水云阔的千里嘉陵江,也可见人烟稠密的鱼鳞似的瓦屋顶。

童年的我每天都要来回登几百个石阶,上上下下,就好像踏在钢琴的琴键上,我非常喜欢在上面蹦蹦跳跳,蹦跳出了很多童趣和岁月的不同音色,如一架巨大的"石琴"。从家走向学校或从学校回到家,"石琴"交响乐一直演奏着直到小学结束,我的童年也在那儿渐渐地消逝了。

2.清纯的花季,贪玩之少年

从太华楼小学毕业,我因成绩优秀,被保送到重庆市二十九中学读初中。

当时,鉴于中学生太多、学校较少和教室有限,因此学校采取"半日二步制",即让学生半天读书,半天到班里组织的自学小组学习。

放飞青春之时节　拾起红枫也醉人

当时,我们的学校被重庆市三大剧团和一个游艺园,即川剧院、京剧团、越剧团,以及大众游艺园包围,被称为"重庆市艺术中心"。

我想这是因为在抗日战争期间,重庆作为陪都,很多来自全国各地的文艺界爱国人士纷纷来到大后方的重庆,他们高举

第二章 青少年时期，往事的回味

爱国主义旗帜，激励人民团结抗日。因此，当时重庆市"精神堡垒"的附近便成了"重庆市艺术中心"。我的同学中也有不少来自剧团名伶的家庭，在这样的环境中，很难不受其影响。

这半天名为自学，实则是在做完作业后到处玩耍或到三大剧团服务，也是为了看戏、评议戏，我们玩得真是不亦乐乎。

我们到剧团服务时，常到后台的练功房或琴房玩，目睹了老师、师傅指导学员练声、练功等情景。那些师傅要求非常严格，如果学员不认真或达不到要求，就会受罚，被木尺子打或罚站等，有的学员年龄比我们还小，他们流着眼泪继续练。又常听到老演员训诫学员们讲道："台上一分钟，台下十年功！"

当时我们班的很多同学受其影响也回家学着练功，我也是其中一个。我在家里每天早晨起床后也学着练功，练弯腰、压腿、踢腿、打爬壁等，学做柔软操，以及各种舞蹈的基本功。

迄今为止，我还清晰记得，有一天，我在卧室里练习舞蹈的基本功，打爬壁需双脚倒立蹬在墙上，当放下双脚时，一不小心，我的脚落在了瓷坛上，瓷坛"砰朗"一声，被打碎了。瓷坛的碎片，划破了我的左膝盖，口子有1寸多长，鲜血涌流不止，我似乎都看到我的膝盖骨了，顿时吓得面如土色，都不知疼痛了。这时，妈妈听到声音，跑进房间里，看到此状，一边骂我，一边还是叫来保姆谢妈，让其赶紧送"女娃子"到医院。

在这种情况下我哪敢吭声，我还不至于傻到硬往枪口上撞。

医生看后，进行了止血处理，并对伤口缝合了近十针，从此我的左膝盖上留下了永恒的疤痕。那时，在我受伤后，妈妈没去医院,还不停地骂我,在我心灵深处留下了阴影,很久才抹掉。后来我才渐渐地明白,妈妈当时是恨铁不成钢,生着我的气。

从此,我不再愿穿超短裙、短裤了,怕这疤痕呈现在光天化日之下。不想这次受伤竟然留下了后遗症,迄今我的膝盖还会经常随气候的变化而感到疼痛。

虽然经历了这次事件,但我仍背着妈妈小心地练着舞蹈的基本功,慢慢地学会了下腰、打爬壁、提腿、压腿、"梭一字"等动作。

在往后的几十年里,从少年到晚年,我基本上都坚持在早上锻炼时,也顺便练练这些相关动作。每年夏天,我先生总要到操场为我照相、录像,以记录下我这些锻炼的精彩情景,并制成短片配上音乐,留作纪念。彼时,操场锻炼的人们看到我做的这些动作后,总用惊讶的目光看着我问道:"你腿怎么能举这么高,腰怎么这么柔软,怎么这样厉害!"我总笑着答:"这需童子功啊!"

那次受伤,虽然给我带来了一生的困忧,但也由于我长期不懈地锻炼,我的身体处于良好的状态,以至在退休后,仍能为旅游业贡献余热。

当时,我父母对我看戏剧、练功等行为很不赞成,期盼我能读好书,将来可以读大学,常唠叨说:"女孩子好好读书,最好的是将来当医生!"

"因祸得福" 冥冥天意

正待升高中时,发生了一件意想不到的戏剧性事件,我可谓"因祸得福",上了理想的高中。

第二章　青少年时期，往事的回味

在初中三年级下学期时，我常咳嗽，去医院体检透视，发现我患了结核病。可是升高中有规定，患结核病的学生不准考高中！

此时，我父母十分着急，到处寻找治疗良方。说也巧，我父亲的好朋友正好是重庆市结核病医院的名医，他主张采取新疗法治疗肺结核病，即采用链霉素穴位注射的新疗法。我按医生要求，每天前去医院进行颈椎后穴位注射链霉素治疗。两个疗程后，离升学考试还有两个月时间，学校统一对我们进行了升学体检，我也参加了这次体检。

体检后，父亲陪同我去咨询我的主治医生，医生说："最好还是休学彻底治疗，毕竟年龄小，晚一年上高中吧！"于是，我到学校办了休学手续。当时的心情非常沮丧，感觉自己如此倒霉，4岁时患脑脊髓膜炎，现在又得了这肺结核，这两个病在当时都是要命的病。自己无力抗争这命运的安排，每天都郁郁寡欢地打发时光。学校要放假了，我想着同学们就要升入高中去学习了，我的心情糟糕透了。

这天，我在街上偶然看见要好的同班同学胡朝玉，因心情不好，我正要躲避，但她喊了我的名字，我只好停了下来。她跑到我跟前兴奋地对我说道："你知道吗？你的体检报告显示，你的肺部透视是正常的。"我一愣，但随后说道："你也不用宽慰我了！"她道："我骗你干嘛！"我仍疑惑道："真的吗？"她很认真地点点头说："没骗你，我看到你的体验报告了，不信你去问班主任刘老师！"

听到这，我撒腿就朝学校跑，当我气喘吁吁地赶到学校时，却扑了个空，全校师生都到和平电影院去举行散学典礼去了。我又立刻前往电影院，当我走进影院大门，里面一片漆黑，原来散学典礼结束后，学校正组织大家看电影。

天啊！我怎么才能找到班主任刘老师呢？我想，电影一散场就放假了，大家各奔东西，我升高中的事就泡汤了。我急得哭了起来，心想：我病已好了，学校为什么不通知我报名参加升高中的考试呢？

我哭着哭着，转念一想，应去找负责管理学校的上一级领导。于是，我立马抹掉眼泪，转身独自乘坐有轨电车到两路口的重庆市教育局去了。现在想起来，也不知当时我哪来的勇气，也许是当时一心想读书，所以就没有了畏惧。

那时候的重庆市教育局，不像如今的市政府有门卫站岗，进出有严格规章制度，还需要办理复杂的入门手续。

我独自走进了教育局办公室，一位慈祥的中年女同志略感惊讶，轻声问道："小同学有什么事吗？"我把我的情况一一讲给她听后，含着泪说："我想上高中！"

她说："你等会儿哈！"很快传来了她在另一间房子里打电话的声音。她说："你校这位小同学没病，应给她升学的机会。"不一会儿，这位女同志出了屋，跟我蔼然地讲："小同学，回你们学校去，班主任老师会解决好你的读书问题的。"

第二天清晨，我一早就火急火燎地赶到学校，当我找到班主任刘老师时，她却略带责怪地说："同学，怎么不先找我，就跑到市教育局，校长还批评了我呢！"小小年龄的我，哪懂得那么多人情世故，我只能一声不吭。

过了一会儿,刘老师又说:"你没参加毕业考试,升学考试后,还要加试各门功课。"我说:"好。"虽然我的莽撞让刘老师有些不高兴,但能有机会上高中,我的心里还是美滋滋的。

在短短的休学期间,我了解到邻居孟家姐姐孟佩勤通过勤奋努力学习,从重庆六中考上了上海的复旦大学。她佩戴红色的"复旦大学"校徽时那十分神气的样子,对我心灵的触动极其强烈,我十分羡慕她,也后悔初中阶段,因贪玩误了学习。同时,我暗暗下定决心,要以孟家姐姐为榜样,努力为了未来的前程而奋斗。

事后,当刘老师通知我填写报考高中学校志愿时,我立刻毫不犹豫地填上了重庆市第六中学(今求精中学)。

3."博观约取",理想学校

当我如愿收到重庆市第六中学的录取通知书时,我十分兴奋。我心中暗想:在家里妈妈喜爱弟弟,爸爸不管事,哥哥离家读大学去了,我要自强,将来考个好的大学给他们看。我决心要像孟家姐姐那样好好读书,将来上大学,走她走过的路。

这年暑假,我多次到邻居的孟佩勤姐姐家,与她聊天。她说:"我家六姐妹,我是我家三代唯一一个上了大学的。"她也讲了自己如何勤奋努力学习,从重庆六中考上了上海的复旦大学,她刻苦努力的精神深深感动了我。

榜样的力量真是无穷的。我按她的指点阅读了许多名人成功的事迹,他们在艰难的情况下百折不挠,艰苦奋斗,有着执着的追求,努力地走向成功之路。其中,最让我震撼的是居里夫人的故事。1902年,居里夫人经过3年又9个月,从8吨废沥青铀矿中提炼出0.1克纯净的氯化镭,因此荣获诺贝尔物理学奖。1911年,因分离出纯金属镭,又再次获诺贝尔化学奖。在那个时代,许多知识女性都把居里夫人作为崇拜偶像,我也是其中一位,我暗暗下决心,要做居里夫人式的女性。

新学年将要开始了,我到重庆市第六中学报到时,看到新学校那么大,操场是标准的跑道,办公室、教室、学生宿舍等都是清代古建筑。

我迎面看到学校校史介绍栏写道:"重庆市第六中学,前身为重庆求精高等学堂,建于清光绪十七年(1891年),由美国基督教会传教士鹿依士创办。"同时,上面也介绍了学校历年培养的许多杰出人才,以及他们的辉煌成就……

当我走进那清式、灰墙、浅色墙面、黛瓦大屋顶的办公楼去报到时,我好像走进了一部厚重的历史书,耳边仿佛传来学子们朗朗的读书声。

在我报到结束后迎接开学的那些日子里,原初中同学聚会了一次。从大家的交谈中才知道,在原初中班同学中,仅有少数同学升入了本校高中部,有三分之一上了技校,其余同学被分到了粮食局、商业局等服务行业去工作。

当时15岁的我,尽管懵懵懂懂,但听到这些后心却再也无法平静下来。我真的太幸运了,进入了我理想的学校。我所景仰的孟家姐姐的今天就应是我的明天,如果有一天我的胸前也佩戴上大学校徽,那该有多么幸福啊!

临近开学的暑假里,我在日记中这样写道:"回头审视了我初中历程,感叹时间是最公平合理的,它童叟无欺,从不会多给谁一秒,也不会多给谁一日。辛劳者,时间给他留下串串硕果。初中三年,我浪费了多少青春美好的时光?"写至此,我流泪了!

最后,我在日记中收录了知名作家魏巍《年轻人,让你的青春更美丽吧》里的名言:"青春是美丽的。但一个人的青春可以平庸无奇;也可以放射出英雄的火光。可以因虚度而懊悔;也可以用结结实实的步子,走到辉煌壮丽的成年。"我应记住这段话,我要让我年轻的生命迸射出英雄的火花!

4. 竭智尽力,天道酬勤

开学前几天,我把准备好的学习用具、生活必备物搬到学校,开始了住校生活,这也是我立志好好读书的崭新的开始。

关键时期　专心致志

从高中的第一天开始,我严格执行我制订好的学习计划:每天晚上睡觉前把长长的辫子梳好,早上六点准时起床,到操场去读英语;午休时,回顾上午的课程内容;下午课余时间,去图书馆学习、跑步锻炼;晚自习后,如果宿舍关灯,就到路灯下读书;晚上,即使睡在床上,采用回忆课堂老师的板书和讲课内容等学习方法,来巩固学习的内容。这时,教室、图书馆、饭堂和宿舍四点一线成为我生活的全部内容。

虽然学校离家仅有4公里多,但我周末、寒暑假都很少回家,我总想着一个伟大的目标——读大学。于是,我自觉补上初中课程知识的短板,系统复习初高中课程。

那期间,我曾摘录了许多激励读书学习的中外名诗词,如唐代颜真卿的"三更灯火五更鸡,正是男儿读书时。黑发不知勤学早,白首方悔读书迟"等。他们的精神激励着我如饥似渴地学习。

千恩万谢　铭记师恩

当我提笔要写那时的老师时,感激之情涌上心头。老师们一心扑在教学上,兢兢业业、夙兴夜寐,为我们付出了全部心血。

在恩师中,教外语的高老师于新中国成立前留学美国,回国后一直在求精中学任教,是求精中学的元老。当时他50多岁,瘦高个子,面容慈祥,总是穿着一身浅灰或深灰色的西服,还总打着领带,很有学者风度。

他在课堂上用一口标准的美式英语讲课。现在看,他算是较早把美国教学法引到课堂的老师,他把听、读、说、写的教学方式贯穿于课堂,并要求学生用英语对话。有问题问他,他总是用英汉对照讲解。碰到学生时,高老师总是热情地用英语打招呼,真的是和蔼可亲。

在课余或节庆活动中,他经常组织各种丰富多彩的英语课外活动,如英语朗诵比赛、英语歌曲会演、小型英语话剧演出等活动,让学生受益良多。

还有教数学的陈老师,他40岁的样子,中等身材,站在讲台上,好像一座厚实的塑像,圆圆的脸上总挂着很亲切的笑容,常穿淡褐色夹橄榄绿的外套。

陈老师上课书写的板书横平竖直,仿佛黑板上有暗线一样。他上几何课时,画各种几何图形,常随手画圆、三角形等,画得像模像样,上完课后,值日生都舍不得擦掉!陈老师讲课常引用生活中的实例,把枯燥的数学讲出了趣味。

陈老师对全班同学数学学习情况了如指掌,并根据学生学习的情况分组，对知识掌握较好的同学，酌情增加内容难度，提档升级；对知识掌握中等的学生，拾遗补缺，适度提高；对学习暂时较差的学生，予以个别辅导。此外，陈老师还采取"一对一"帮助的学习方式，即优秀学生对学习暂时差的同学进行帮助。总之，在教学上，陈老师没有放弃任何一个同学，我班数学考试在全年级总是领先。值得一提的是，陈老师从未收取过学生家长赠送的任何礼物。

陈老师上完课后，总在教研室改作业，随时等候学生提问题或对学生进行辅导，那样的敬业精神真是难能可贵。

往后的日子里，无论是我的工作还是生活，每涉及数学相关的问题，陈老师亲切和蔼的形象总会在我脑海中闪现。

更难忘的是我们的班主任李老师，她是我到校报到时见到的第一位老师。当时，李老师50多岁，身材适中，梳着齐耳短发，眼角略有些鱼尾纹。给人的第一印象，就感到她是一位严厉的老师，但往后随着时间的流逝，我们班同学都深感她对我们学习上的关心。尤其是对班上体质较差的同学，她更是给予了母亲般的关爱，我们常叫她"班妈妈"。

在第一学年的寒冬，重庆市区发生流感，我们班202寝室的男同学得了流感，并发高烧住院，李老师煮好粥后，亲自送到医院，还给生病输液的学生喂粥。同时，她又从微薄的工资中拿出钱来购买中草药。熬好后，她和她先生将药送到男女生寝室，守着我们喝完。我们全班同学真切地感受到了李老师犹如母亲般的关爱。从那以后，非公开场所，"班妈妈"的称呼取代了"李老师"的称谓。

在这一时期，最值得怀念的是昔日的同桌——叶臻善同学，她与我结下了真挚、纯真的友谊。她出生在医生家庭,从小学习成绩就很好。我有幸与她同桌,她帮助我补习初中的功课,尤其是英语,这是因为当时我读的初中学校没有开设英语课,而她英语很棒,就成了我的小老师,因此我的英语学习进步很快。

更重要的是,她是我的入团介绍人,在她的引导和鼓励下,我充满信心、勇气十足地克服了一个又一个困难,考上了大学。人生难得一知己,感谢上苍厚爱,让我认识了她,并成了我的"心灵的伴侣"。

叶臻善同学后来考入重庆大学机械系。1969年,我们毕业分配后,相互失去了联系。往后,我和先生一起多次到重庆大学,通过各种渠道打听,只知道她分配到了贵州,自此再也没有联系上。那是我在青年时期沉淀下的情谊啊!这成了我终身的遗憾。

高二,我们在加快课程进度的同时,还强化了各门功课的练习,并逐渐加大历届高考试题实战训练。

这一年里,听课、练题、考试、评卷……我们像永不休止的"永动机"那样没日没夜地学习着。

寒假和暑期,同学们自觉地留校复习功课。我也根据自己的学习情况,制订了学习计划。老师都轮流到教室或办公室值班,有问题随时能得到解答。这样的读书生活过得真快,一晃高二年级就结束了。

高三年级,在准备高考的激战前夕,学校要求我们按一、二、三类分班学习,根据学生报考志愿重新编班,准备迎接高考。

第二章　青少年时期，往事的回味

我一直立志未来要做一名白求恩式的医生，因此，我选择了二类（包括医学类、生物类、农学类等）学习班。

那个年代准备高考，与现在的在校高三学生奋战高考差不多。但是，现在的学生，恐怕是很难理解和想象那个年代高中生考大学的困难程度了，那时我们还要应付各种突然出现的状况。

1959年到1962年，在全国范围内出现了粮食短缺的大饥荒。而我们是在半饥半饱的情况下奋战高考的。

当时，我们刚进入青年期，正值长身体的阶段。高中的要求更高更严格，加之我又发奋恶补初中阶段落下的课程，由于营养跟不上，我的结核病又复发了。

好在学校考虑到我们的健康，专门为我们开了营养伙食。父母也积极设法找有经验的结核病专科医生给我治疗，这样，我的结核病很快就治愈了。

忆当年，正处于粮食短缺时期，虽然学校采取一切措施保证我们高三学生的营养，但是配给老师们的却是低定量的粮食，未能保证他们的基本口粮。他们的生活如此艰辛，工作强度又如此之大，却从未听到老师们抱怨声。现在想来，老师们的师德和教学精神真的让我十分敬佩。

在那个年代，我也从未听说过初中升高中、高中考大学，给学生上课、补课要收取昂贵的加班费、补课费等事情。

1962年前后，高中升大学，升学率仅有百分之十几。现在高中升大学，每年都在扩招，升学率还在不断上升。那个年代高考升学与现在高中生升大学情况相比，在难度上可谓天壤之别。

同时，在那个年代的高考升大学，除学习成绩、品行、健康情况外，还要"政审"学生的家庭出身，这是很重要的环节。当时有不少品学兼优的学生，因家庭出身的问题，而导致"政审"不合格，最终失去上大学的机会。当年，因为祖父母、父母成分不好而被取消高校录取资格的比比皆是。当时这样的情况，现在的年轻人是难以理解的。

1962年是高考学生最庆幸的一年，因为这年负责高考招生的康省长强调要保证、提高大学招生的质量，这样使得不少品学兼优的高中生有了上大学的机会。

1962年，重庆市第六中学，经师生共同努力，高考获得优秀成绩，在重庆市排名第三，升学率也排在重庆市的第三名。

半个多世纪过去了，我时常想，今天我们获得的许多成就都得益于当年恩师们的教育和指导。所以，我在此呼吁，同学们，如果有谁知道恩师埋骨何处，请千万通知我，好让我去看看他们，给他们献上一束鲜花，以表达我的无限思念和感激之情。

第三章　大学生活，青春芳华

迄今，这段记忆都还是那样的清晰：当我正在家门口等待录取通知书时，看到熟悉的邮递员大叔满面笑容地向我快步走来，老远他就说道："贺喜，妹儿录取了！"我迅速跑上前去接过信，说了声"谢谢大叔！"就转身跑进房门，迫不及待地拆开了信封。

当我看到录取通知书上写的录取学校是西南师范学院（今西南大学），专业为生物系时，我傻眼了，我在家大声叫道："我报考志愿填的全是医学院，没填师范院校呀！"此时，我妈妈闻讯过来问道："你填服从分配没有？"我仔细回想了一下："呀！我还真的填了的。"我一下子变得沉默了，一心想当医生的梦破灭了，眼泪一下子夺眶而出。

当时社会流行说："读西师，喝稀饭。"我也曾想放弃去读西师的念头，来年再报考医学院，为梦想再赌一把。

母亲轻言细语地开导我道："去年，像我们这样的家庭出身，考试成绩非常好的很多人，都还没被录取呢！今年，全国高考招生中，国家有关领导强调要重视高考成绩，提高大学生招生质量。明年政策怎样，谁知道呢？"接着，父亲又补充道："先读了再说，等到毕业后，再考研究生吧！"

当时，我听了父母的分析后，觉得有些道理。我回到学校后，听我班主任老师讲："西南师范学院在全国是著名大学，师资力量很强。"

其后，我参加了初中同学聚会，大家热情地祝贺我考上了大学！当他们谈到我原来初中班56个同学中仅3人考上了大学时，我才意识到应珍惜这上大学的机会，想到这些，我的心情也逐渐好转起来。

1. 大学之时，立志考研

当年去西南师范学院报到时的情景仍历历在目。当时我的心情很是复杂，既觉得这是一所不错的大学，又不甘心我未来的命运只是当名中学教师。

1962年8月底，我到西南师范学院报到，在迎新高年级同学的引导下，我走进校园，惊讶地看到，西师校园是那样壮观典雅，现代建筑群和古建筑交相辉映。学校有数不清的教学楼、办公楼、宿舍和食堂，还有格调古朴的图书楼等。它们大多都隐掩在青枝绿叶的乔木林和美丽芬芳的鲜花丛中。众多建筑群及其园林绿化同中有异，错落而不零乱，布局甚是巧妙。此外，更让我惊讶的是，学生宿舍园区的名字是那么的诗情画意，它们被命名为"桃园""李园""梅园""橘园"等，真可谓是文艺到了骨髓。我顿时感到，这所大学不仅气势雄伟、壮观别致，而且环境幽雅安静，真是读书的好地方。

参观了校园后，我满怀激情地制订了奋斗的目标，准备四年后再报考研究生。从那时起，我的大学生活成了三点一线，即教室—食堂—宿舍。周末，我到学校唯一开放的第二教学楼

第三章 大学生活，青春芳华

学习，寒暑假大多时候留校攻读英语。

功夫不负有心人，在全年级排名中，不管是基础课还是专业课，我的考试成绩都排在前几名。也许我对集体事务不够关心，也不太与同学打交道，因此参加的集体活动不多，有点"我行我素"。不知出于何意，有同学给我取了个绰号，叫"鄢板"。我想其含义是，我姓"鄢"，"板"应该就是专注于读书吧。我对此并不在意，一笑了之。

迄今，记忆犹新的是教我们动物学的曾和期老师。他1.8米高的个子，常穿深色风衣，走起路来风度翩翩，讲起话来极有风趣，常引得我们哄堂大笑，同学们都喜欢这位年长于我们的曾老师。

在大学二年级，动物学期末考试后，曾老师评讲考试卷子时说："这次期末考试，全年级考试成绩中，仅一个同学得优，也只有一个同学不及格。"他评讲后，发了卷子，我得了优，一位姓杨的同学不及格，这对他来说自然是很不光彩的事情，这位1.7米高的壮个子男生，领到卷子后，竟然当着大家的面没忍住，哭了出来。

当年，钟章成老师教我们植物分类学，他中等身材，长方形脸，高高的鼻梁上架着一副眼镜，透出一双坚定有神的眼睛。他给人的感觉是那么温文尔雅，和蔼、简朴、诚恳又稳重。他在课堂上讲课时，十分严谨，但又不失趣味性，是一位难得的好老师。那时他虽然才30多岁，但已在学术上显出非凡的能力。

这门课是我最喜欢的一门课程，我喜欢课前预习，上课时老师提问，我总是抢先作答。实习时，我总是跟随钟老师学习鉴别植物,课后自己重走原路线复习巩固。钟老师多次表扬我记忆力强,并让我参加他主持的多项科研课题,我认真而严谨的研究态度,受到了钟老师的好评。

我毕业离校后,钟章成老师曾任西南师范大学几任校长。钟校长对我毕业后的工作一直十分关心,给予了我极大的支持和帮助。

我多次返回母校去看望恩师钟校长,他曾先后赠予我《植物生态学》《植物生态学研究进展》《常绿阔叶林生态学研究》等专著,并写下"和琳同志指正!"我对他的感激之情真的难以言表!

2. 青春岁月,饱经忧患

1966年,正当我大学四年级结束,面临毕业分配的时候,"文革"拉开了序幕。这年秋天好似过早来临,到处是秋风萧瑟、枝叶飘零、寒流刺骨。在那样的动荡时期,我对眼前发生的一切,莫名地感到迷惘、惶惑和惊恐。

我本想逃回家,但我听同学说,我的家被造反派抄了。我很想回家看看父母和弟弟情况怎样,但又不敢回。

1967年初春,对亲人的牵挂战胜了我内心的恐惧,我先到了市中区(今渝中区)重庆钢铁设计院造反派总部,挨到天快黑时才悄悄回到家。家里值钱的东西都被抄走了,父母显得非常伤感和无助,父亲说:"目前到处很乱,你要紧闭口、少开言,一定要小心行事!"母亲也叮咛道:"你还是回学校吧,那里要安稳一些!"

天已黑了,回不了郊外的学校,我只好去重庆钢铁设计院借宿。半夜,广播突然发出通知:"大家注意……有意外情况,同志们尽快撤离招待所!"我与同住的朋友钱小萍惊慌失措,吓得心惊肉跳,浑身直冒冷汗。

这时,设计院的一位小伙子把我们转移到了他的宿舍。第二天,他热情地款待了我们。他姓张,我们称呼他张钢铁。他毕业于西安建筑工程学院,学土木建筑专业,这已是后话。

邂逅知己　情深厚意

当我从家回到学校,看到校园内有不少大字报。

有一天,我看到一位物理系老师写的一份长长的大字报,他的毛笔字很有功底,引起了我的注意,我边看边忍不住笑了。原来,对于这位老师而言,大字报与其说是批判文章,还不如说是一篇展示才华和水平的文章。迄今,我清楚地记得里面有一句话:"张世熹是物理系三巨头,即党总支书记王纪超、系主任殷传忠教授和著名教授尹易云的宠儿……"张世熹,这名字在无意中给我留下了深刻的记忆。

没过多久,听说学校宣传队在大礼堂演出,我匆匆跑去看演出。快到礼堂时,我碰到生物系低我一个年级的熟悉的女同学张勋,她和一个瘦高个子在一起。瘦高个子长相还算英俊,因他佩戴着红色校徽,显然是教师。张勋同学叫住我,并向我介绍道:"这是我哥哥,在物理系教书,叫张世熹。"

我不由得惊了一下,真是无巧不成书,原来那张大字报写的就是他!这样我就算正式认识了张世熹老师。

演出结束时,那位张老师主动问我几点钟了。我看了下手表,回答道:"9点29分。"

几天后的一个上午,张勋同学找到我,约我去缙云山考察植物。我说:"也好,我们植物分类实习在缙云山,我想再去巩固一下野外实习的内容。"她说:"现在时间还早,那我们就走吧!"

当我们路过一栋教师宿舍时,她哥哥迎面走来热情地和我们打招呼,微笑着问我们:"你们去哪里?"他妹妹回答道:"我们去缙云山考察植物。"她哥哥说:"我也想去,我们一起去吧!"

在去缙云山的路上,张老师看到沿途墙上的大幅语录,就问道:"这应该叫语录墙或是语录碑?"他问得很风趣,我们不知该怎样回答。一路上,张老师举止优雅,说话时表情生动,幽默感十足,总能讲出各类笑话让人忍俊不禁。

伴随着笑声,不知不觉我们到了山上森林区,随着海拔的升高,植被、植物群落和物种纷呈眼帘。当我们在辨别各种植物的时候,这位物理系老师充满兴趣,像学生一样问这问那,问植物种名是什么,拉丁文怎么读,属哪个科,有何用途,十分虚心好学,并发出感叹:"呀!生物学原来如此有趣!"

时间过得真快,夕阳就快落山了,我们走在下山的路上,张老师关切地问我道:"你今天累吗?"我笑道:"植物分布于山野,我们考察植物当然要爬山,今天爬这点山,对生物系的学生来说算不了什么!"

1966年,学校停课,我们毕业后待分配。有一天,在大字报栏,我看到一则通知:"中国科学院四川生物所(今成都生物所)负责组织药用植物——薯蓣考察队,每所高校生物系推荐一名学生参加科考工作……"

我曾读过不少有关科考类的小说,很羡慕科考的"浪漫"工作,我决定争取去中科院四川生物所,参加这次植物考察工作,避开当时的喧嚣现状。

现在,愿望马上就要实现了。当我正准备去四川生物所参加科考时,张勋找到我,问道:"听说你要去中科院四川生物所参加植物考察,还开了介绍信,是吗?"我说:"是呀!闲着没事,去参加植物考察还能学点东西,这机会难得啊!"她说:"我家在成都。现在学校又不上课,过几天我也准备回家了,你去成都一定要到我家来玩。"她留下了她家地址后又补充说:"一定要来我家,不见不散啊!"

正当我准备去预购重庆到成都的火车票时,走来一个同学对我说:"宿舍外有人找你!"我到宿舍门外,看见一个戴眼镜、中等身材的壮实的小伙子。他问过我的名字后递给我一封信,并说道:"我姓方,是你在重庆大学教书的那位表姐同一个教研室的老师,你表姐叫我来看看你……"我拆开信看后,大概知道了这位方老师的来历。

正要出门的我表示歉意道:"真不巧,我正要去购买火车票,去成都参加中科院四川生物所组织的植物考察,我可能没时间陪你!"他说:"我也正准备回成都看我母亲,我们可同行。"当时,我犹豫了,心里想:怎么能和一个素不相识的男老师去坐火车呢?

方老师热忱地说:"火车票我去买,你定时间。"我转念一想,表姐信上已讲清楚他的情况,想来方老师应该不会是坏人吧。我说:"这样,那你帮我购一张明天下午从重庆到成都的火车票,我这就去拿钱给你哈。"方老师说:"不用了,我按你说的时间要求,回市区购买火车票。明天下午,咱们火车站见面再说,再见!"说罢他就走了。我看他渐渐远去的背影,心想:这样省事多了。

第二天下午,当我到达重庆火车站时,方老师已在等我了。那年代,从重庆到成都的火车要坐12个多小时。

在我残存的记忆中,一路上我们聊得不多,得知他毕业于北京航空学院,学动力学专业,现在和我表姐、表姐夫在同一个教研室教书,他们是好朋友。他问我:"毕业分配准备到哪里去工作?"我毫无掩饰地讲:"现在招考研究生工作已经停了,我想去云南西双版纳热带植物园工作。"我又讲道:"我看了黄天明写的一本小说《边疆晓歌》,它深深地吸引了我,我想去西双版纳的孔雀坝工作。那里属于热带雨林,植物挺拔苍劲,林间植物盘根错节;那里四季百花争艳、繁花似锦,还盛产水果,堪称'头顶香蕉脚踏菠萝'。"方老师笑着附和道:"我也想去西双版纳!我可以陪你去。"我当时纳闷,他怎么会这样说呢?

在成都火车站分手时,方老师请我去他家做客,我说:"我要去四川生物所报到,去你家的事,以后再说吧。"他帮我购买火车票的8元5角钱,我早已准备好,临走前还给了他。他留下他家住址,我们便匆匆分手了。以后的情况,当然这是后话了。

野外科考　浪漫纷呈

我到四川生物所报到后,被安排到中科院四川科分院招待所(当时也称马识途招待所)。它是一幢二层小洋楼,条件极佳。

随后,生物所公布了这次考察分队的名单,我被分配到平武县的考察队。当我看到有西藏队时,我立刻找到负责的领导说:"我要参加西藏考察队,去西藏!"这位领导回答道:"女同志去西藏生活不方便……"看他说得那样肯定,我就知道西藏是去不成了,不由得泪光闪烁。

平武县考察队共有4个人,3男1女,他们都是已工作的同志,只有我是待分配的大学生。负责组织工作的是四川生物所的小陈,他是生物植物分类研究室的后辈,他发给我们这次科考的要求、注意事项和相关文件等,并通知了我们上车的时间和地点。

在去平武县的路上,我们乘坐了汽车、火车、马车,但更多的是步行和爬山。记忆中有一次,一天我们走了一百二十里沿山的羊肠小道。

科考队的年轻人小陈,偏高身材,戴着眼镜,皮肤略显红润,体魄健壮而有精神。他长期从事野外工作,动作敏捷,爬起山来如履平地。他曾在这个区域工作过,对考察路线十分熟悉,因此又起到了向导作用。同时,他也常停下来照顾我,因为我是队里唯一的一个女大学生。

考察队里的何铸老师,来自西南农学院,他身材颀长,50岁上下的年纪,目光温和慈祥,举止庄重,尽显学者风范。在考察途中,我采集到了很多不认识的植物,在提问题时,何老师有问必答,且解答得非常认真,他还时常穿插着讲了一些生物学方面的趣味故事。有时,他采到珍稀、少见的中草药后,就会主动跟我们讲植物分类和识别中草药技巧方面的知识。

当我们路过乡镇时正碰到赶场,何老师看到摆中草药的摊子,总要走过去对摊子上的中草药认真研究一番,有时还要和卖中草药的药农探讨。考察途中，我深深感到生物物种进化而形成的大自然植物种类实在太丰富了。同时，我也逐渐感觉到何老师的学识渊博、治学严谨，不由得对何老师产生了深深的敬佩之情。

此外，队里还有一位30来岁的大小伙子，来自四川省中药研究所，名叫赵佐，大家都叫他小赵老师。小赵老师中等身材，体格强健，举止得体。在考察中，他话语不多，但听到笑话时，也常常会心地笑。他特别能吃苦耐劳，总是主动去背采集植物的标本夹。

我们考察队的考察线路，需要我们翻越崇山峻岭，跨过碧波溪河，穿过茂密森林……其过程尽管艰辛劳累，但沿途行进中，老师讲授有关植物分类、中药识别及其用途等知识，令我们获益良多。一路上，大家谈笑风生，有时还边走边唱……那份享受真让人回味绵长。

有一天，夜幕降临时，我们到了一个小村寨，一人迎面向我们走来，他的脸上没鼻子，仅有两个洞，脸上的皮肤烂烂的，眼神暗淡无光，眉毛稀疏……太吓人了！比我曾看过的电影《夜半歌声》中宋丹平的样子还要恐怖，我转过脸去，不敢再看。我轻声问何老师："您看见那人了吗？他患的什么病？"何老师小声地说："看到了，他患的是麻风病，晚期！这里是麻风村。"

天已黑了，我们很快走到了小镇唯一的小客栈。小陈讲："今天只有住这里了！"我进房间看了一下，床上的被单和被盖脏得呈灰褐色，我用手抹了一下，还黏黏的，上面好像还有沙粒，我低头细看，呀，是跳蚤……我心想：天已漆黑又前不靠村后不着店,还靠麻风村,但彼时,已别无选择。我灵机一动,找了两根长凳和一个有靠背的椅子组合成了一张"临时床",我没脱衣服,和衣而卧。但是,那夜我却真的无法入睡,总担心会传染上麻风病……

经过几天的行程,我们终于到达了平武县。全县城除县政府一幢平房外,仅有一个百货公司、一个饭馆、一个县招待所,以及一条几百米长、几十米宽的街道。

那天,正逢赶场,我们看到农民在卖锦鸡。这锦鸡真漂亮,鸡头上有金色的冠毛,颈橙黄色,背暗绿色,杂有紫色,尾羽很长。我们好像只花了几元钱就买了一只锦鸡,拿回来请饭馆加工。

其加工过程很具有戏剧性,负责杀锦鸡的是一位仅10多岁的毛头小伙子,他把锦鸡抓住,往菜板上一放,砍掉了头。无头锦鸡在地上蹒跚着走了几步才倒下,血像水龙头一样喷着。小伙子等到无头锦鸡彻底不动了才开始拔毛,收拾干净后把它剁成块,和山药一起放到炖锅里。此时,毛头小伙子的师傅回来了,看到满地是血,师傅问他:"怎么回事?"小伙子说:"我从没杀过鸡,我是壮着胆子把这鸡头砍掉的。"师傅大笑,我们也忍不住笑着说:"小伙子,你今天表演了一个刽子手杀生的全过程。"随后,师傅在锅里放入野茴香、月桂叶、花椒等,快熟的时候再撒上一种香草,香味奇异。煮熟后,这锦鸡的香味太"蛮横"了,溢满了整个饭馆,我们美餐了一顿。

当时,我要了锦鸡的冠毛,一直将之保存到现在。日后每当看到这美丽的冠毛,就不由得回忆起那段难忘的科考日子。

20多年过去后,那年的科研课题终于结出了硕果。目前,医药上,预防和治疗冠心病的主药——地奥心血康胶囊,就提炼于当年我们考察的薯蓣科的黄山药植物。

3.缘分天际,毕业分离

平武县科考结束后,我们归队较早,要等其他队回四川生物所后,再进行下一步工作。

"蓉城相遇" 爱情萌动

野外植物实地考察告一段落了,我想:反正闲着也是闲着,正好去张勋同学家看看。找她家的过程很顺利,就在市中心春熙路附近的一个小巷内。当我走到她家的门口时,第一个见到的竟然是张勋的哥哥,他正在看书。此时,张老师抬头看到我时也是一惊,叫道:"小妹,你同学来了!"然后他把我请到客厅,这一下可热闹了。他爸妈及张勋都到客厅来了,好像他们早就认识我一样,尤其是他妈妈,对我问长问短。初次遇到这样的场面,我有些不知所措,真有点不知如何是好。

我在她家待了不多一会儿就离开了。张老师一直送我回到四川生物所。在这近4公里的路程中,张老师详细地问了我们科考的情况,与我一起分享了野外考察中的收获。时间过得真快!不知不觉我就回到了招待所。

在后来的几天里,张老师有时步行来招待所看我,也和大家聊聊,相处甚是愉快。

10天左右后,野外考察工作快结束时,考察队的小陈给了我一封信,我拆开一看,内容是他想邀请我到他家做客,信上附有时间和他家的地址。

我生长于一个传统家庭，父母常常告诫我女孩子应自重，要有自尊，行为要得体，遇事要三思而行！我想，还是不去为好，就当什么事也没有发生。之后，我们一直是生物学领域的战友。

在科考工作结束后，张老师邀请我去他家做客，我在想是去还是不去。他看我有些犹豫，就着急地说："第一次来成都，多留两天，看看三十里如锦绣般美丽的芙蓉城吧！"

盛情难却，我只好留下了。第二天，我和张老师乘车去了新都桂湖。一路上，张老师给我介绍了蓉城历史、桂湖自然风光、杨升庵的掌故，以及沿途见过的风土人文等。

那日，桂湖园内，常青的桂花树枝繁叶茂、绿树成荫、新芽葱茏，别有一番神韵。湖中水清澈见底，湖中"灼灼荷花瑞，亭亭出水中"。大多荷花含苞待放，极富诗情画意……

我们准备从新都的桂湖公园回他家时，我提出："我们步行回市区吧！"张老师马上回应道："好呀，我也好久没锻炼了！"

那20多公里的路，我们走了近3个多小时，张老师十分健谈，我们谈话的话题也十分广泛，涉及物理趣味性、21世纪生物学世纪、人生哲理、兴趣爱好，以及他的家庭情况等。他的幽默谈吐、博学多闻吸引了我。

当走了一半路程，天公不作美，一会儿就刮起大风来，那树梢、青草都朝一个方向弯着腰。接着，天下起雨来，淅淅沥沥。我们在路边的一家农舍躲雨时，张老师见我穿得比较单薄，便把自己的外衣脱下硬要为我穿上，我推托不掉，只好恭敬不如从命了。

大约半小时后，阵雨停了，空气像洗过一样清新，沿路的青草和野花含着晶莹的雨珠，远山如黛，好像又绽出了许多新绿。雨霁天晴，幼芽萌发，真有出浴之美！真是一派欣欣向荣的景象。

这时，张老师叫我看远处河汊里的两只白鹭，我顺着他指的方向往河汊看，果然有两只细瘦的高脚白鹭立在水边，一只曲项问天，另一只在其旁徜徉。周围是薄薄的一片绿，衬得这对白鹭更像是在绿"绒毯"上舒展的双人舞造型，赏心悦目。张老师讲："看到成双白鹭是吉兆……"我笑着说："这是偶遇，但愿如此！"

我们回到他家时，已是夜幕轻垂、华灯初上。

从新都的桂湖公园回来后，也未感到怎么累，桂湖之行成为我生命中的美好回忆，它曾常常温暖着我的心。

当我回到重庆时，张老师的身影常在脑海闪现，他的话语总在耳边萦绕。我总问自己，我真的被张老师的才华横溢、热情真诚、温和性格打动了吗？我坠入爱河了吗？

有的诗人说，爱情是一条流动的河流。在这爱情河流主航道上，有时有壮观的激流，有时有平缓的细流，但有时也会遇到支流和暗礁。除此之外，天上的云彩、日出的霞光、夕阳的残照、沿岸的美景……所有这一切都是这条河的组成部分，它们共同打造了人们生命中的爱情风景。

当时，我真的开始领略到了爱情的纯真喜悦，常回味这段美好的经历。我把爱情看作一粒种子，在适当的水分、温度和充分的氧气下，种子从休眠期开始萌动。种子中的胚、胚乳细胞生命力极其旺盛，胚根伸入土地形成根系，子叶伸展向上长出地面，形成幼苗的根茎叶系统。

我们的爱情种子,在具备上述条件下萌动了,发芽了,长成了幼苗,长成了植株。其后,这株爱情的植株尽管遭遇了各种恶劣条件的考验,但它仍顽强地生存了下来。

初恋娇羞　面临风雨

1967年底,学校通知66级大学毕业生回校参加毕业分配。我们纷纷返校,但学生宿舍已经被破坏,到处都是乱七八糟的。我们只好自找住处,我住到了美术系钱泰琦老师家女儿的房间。

此时,工宣队等组成了毕业生分配小组,很快就要下达毕业分配方案,以及规定去各单位必须具备的条件等。

顿时,气氛变得异常紧张,同学三五成群地议论着毕业分配方案、家庭出身、军婚等,因这些都关系到我们将何去何从,决定了我们未来的命运。

大会宣布66级毕业生分配方案仍按原方案分配。生物系毕业生分配方案中,有五分之一的毕业生将去国防军工系统,必备条件是纵横三代都得出生于红五类家庭,即工人、贫农、下中农和革命家庭。另外,五分之一的毕业生将去城市和县城中学,必须满足军婚、劳动人民家庭出生的要求……

我被分到甘肃武威县。这样的分配结果,让我十分意外,因为我父亲从学校毕业后一直在银行工作,我的家庭出身应该算是职员。我去问工宣队领导,他回答得很干脆:"你填的城市和县城,其他同学也填了,但他们出身比你好,因此,你只能去无人填的地方。"我与他有理说不清,无奈,我只能转身走了。

当我回到住宿地时,张老师已在宿舍门口等我,他急切地问我分到哪里,我说:"甘肃武威县。"他惊讶地说道:"这样远,我们今后怎么办呢?"我没回答,也无法回答。

长夜难眠,我想了很多很多,我的家庭出身似乎已经决定了我的命运,要学习成绩又有何用呢?未来在何处?难道就忍了,可是除了忍,没有其他方法吗?天生不服输的我,想来想去还是应该去争取一下,我决定去成都四川省高校毕业生分配办公室找领导,反映我分配中的情况,争取改派。

第二天清晨,我带着整理好的书面材料,乘火车赶到成都,直奔省高校毕业生分配办公室。我向领导交了书面材料,反映了有关西南师范学院生物系分配存在的问题,我个人的家庭出身,以及我身体状况等情况。领导在笔记本上认真记下了我反映的内容,并答应等研究后再说。

事后,我还是放不下心,心想管四川省高校毕业生分配组的领导是明朗,我又到省委大院去找明朗,但他不在家,我只能把材料留下,请他的家人转交他。

回学校后,我听说张老师找了物理系的系主任殷传宗老师,反映了我的分配情况,他边讲边流泪。殷老师安慰他道:"以后还可以想办法调动工作嘛……"

当我听到张老师在我毕业分配遭遇挫折,他一个男子汉在领导面前流下眼泪时,我非常地感动。我多次想,在我面对困境或者苦难时,有的男人仅会说几句安慰话,而后抽身离开。张老师不但没离开我,还默默地与我一同忍受苦难,并到处寻求走出困境的办法。这真是烈火见真金,令我感动,我从灵魂深处感受到了他的爱,我决定接受这份真情。

最后,学校通知我待分配,先到7861军垦农场去劳动锻炼。

4. 接受"再教育"，吟唱军垦歌

1968年夏，聚集在在四川省洪雅县7861军垦农场上，有来自全国高校近500名大学毕业生，他们在这里接受部队的"再教育"。大学生连队是不穿军装的战士，称为学员，按部队准则管理。我在7861军垦农场接受"再教育"一年零七个月，这是一段难忘的人生经历。

7861军垦农场，原是四川省洪雅县劳改农场，在此期间，该农场已废弃。举目望去，只见一片荒凉的河漫滩上，渗出一块块湿池，草滩上杂草丛生，满目疮痍，荒无人烟。

在洪雅县城边的青依江边河滩地区，驻扎着我们女生连队，称7861军垦农场学生二连。在临近的山上有一个男生连队，为7861军垦农场学生一连。这两个连队的学员只能遥遥相望，不准相互往来。因为学员们都是到部队来接受再教育的，必须严格遵守针对青春期学生制订的"约法三章"，男女生学员不准串联往来。如果我们想在休息日外出，必须向连队请假，报请连队，批准后才能外出，回连队还要销假。

我们女生连队约200人，驻扎在一片河滩地上。营地上有几间管理房，有数排简陋的营房，还有一排排的蚕房，而厨房则与猪圈相连。

二连学生分为5个排，连长、指导员和排长都是7861部队派来的解放军，由他们来对我们进行"再教育"，庆幸的是我们的班长，是位年长、纯朴的军人，从没过多地为难我们。

我们每人都有一套毛选，一本毛主席语录"红宝书"。我们不仅要天天带上不离身的"红宝书"，还要带上雷锋日记。其他

的书籍全部集中封存，放在营房仓库中。

连队实行军事化管理，学员起床、熄灯都要吹嘹亮的军号。清晨，紧急集合、点名、出操；夜晚，轮流执勤、站岗放哨；有时半夜通知拉练，就成为无声的长途夜行军。此外，我们还得早请示、晚汇报。

我们女生学员负责的主要工作是养蚕、种花生、种甘蔗、养猪、养鸭等。部队领导采取劳动竞赛的方式对我们进行"再教育"，即在同时间内增加劳动的强度和劳动的密度。如马克思所说："增进劳动的强度，意思就是说在同一时间内增加劳动的支出。"

例如，挖花生看来是轻松容易的农活，但是，挖花生的劳动竞赛，与人们所想象的就是截然不同。上工时，大家排成一条直线，犹如运动员在同一起跑线上，然后领导规定每个人负责挖的行数。听到命令开始挖花生时，我起先是蹲着挖花生的，长时间后，因为要赶速度，但两腿弯曲到已无法再蹲了，我只好把一条腿跪下，继续挖。但随时间延长，另一条腿也支持不住了，只好双腿跪着挖花生。半天下来，我已累得难以站起来了，感觉寸步难行，真想爬着走。

时间到了，劳动监督检查员会来检查每个人挖花生的地方，检查还有多少尚未挖出漏掉的花生，然后就批评你。

事后，我曾悄悄地问我上铺的好朋友姜远秀："你是不是最后也用双腿跪着挖的花生？"她说："最后，谁都是双腿跪着挖的花生……"

我们一年要养多季蚕，当秋天养蚕时，桑树上会有鳞翅目刺蛾科的众多昆虫,如尺蠖、白毛虫、八角虫等分泌的毒汁。采桑叶后,会让我们脸上和身上长出一片片的红斑和疙瘩,那钻心的奇痛、奇痒真是痛痒交作,难以忍受。

我们住在原劳改犯住的平瓦房内,睡在上下铺。洗澡是最大的问题。炎热的夏天时,天漆黑后,我们相互约起,三五成群地到离驻地不远的河中去沐浴。寒冷的冬天时,我们到锅炉房提热水到猪圈去洗浴。

每当秋蚕的分泌物引起皮疹时,也只能提热水到猪圈洗洗止痒。那湿热的气体、猪粪的臭味,加之身上的奇痒,那滋味若非亲身经历很难想象,那感受真的是有口难言。

在接受"再教育"期间,与劳动的艰辛、生活的艰苦比起来,我最大的痛苦在于精神上的压抑和前途的渺茫。昔日,我雄心壮志,而今那些曾经坚硬无比的梦想,被现实打击得支离破碎。我期盼早日结束在军垦农场接受"再教育"的生活,希望重新分配工作,去过平淡的生活。

在军垦农场"再教育"快结束时,张老师借"外调"的机会绕道来农场看我,给了我莫大的惊喜,犹如久旱的禾苗遇甘露,喜悦之情溢于言表。但是,他仅待一天,我又没有时间陪他,他就跟我们一起参加劳动。他体验了军垦生活后,深有感触地讲:"劳动量太大,真是叫人脱胎换骨……"

1970年春,我们终于结束了军垦农场接受"再教育"的生活。

从大学的毕业分配到军垦劳动结束,我经历的苦难和辛酸,以及那些触人心怀的人和事,在我生命中留下永恒的记忆。

第四章　三生圆夙愿，情深缘匪浅

1.崭新生活，佳偶天成

我带着对未来强烈的期盼，也带着几分忐忑，终于即将踏上工作岗位。我被分配到了成都一所中学任教，将正式站上三尺讲台。

风华正茂　理性选择

我在上大学时，大学生必须严格贯彻执行高等院校有关文件的规定，其中，第五条是"在校大学生不准谈恋爱，若违反，劝其退学……""文革"又耗去近5年的时间，我已成为26岁左右的"老姑娘"了。对于现在的年轻人来讲，26岁不算什么，可在那时对于一个女生来说已经是大龄青年了。

在这期间，我们与校内外的年轻人共同战斗，虽然接触机会多或偶然相遇的频率高，结识同龄人的范围远大于任何时期的在校大学生，但是，那时我们的心思并不在谈情说爱上，并加之有高等院校有关文件的约束，这就使得当时的年轻人"开化"较晚，人性美好的一面也被压抑了。

当我已是26岁的大龄女青年时，父母也开始操心我的终身大事，催促道："该结婚了！"

与此同时，出于种种原因，在我相识的一些年轻人中，有的年龄略大我一些，有的则相仿，其中也有直率表白想与我建立恋爱关系的。婚姻大事关系到和谁生活一辈子的问题,我父母在这个问题上还是比较开明的,表示尊重我的选择。

前面讲到的在重庆大学任教的方老师,还是在半年前,曾与我同行坐火车从重庆到成都。不知他怎么找到了我家,从天而降,令我感到非常吃惊。他一到我家就抢着干最重的担水活,去百米外的自来水站担水,够勤快!几次往来后,有一次当我送他走时,他对我说:"我爱你!"这突如其来的三个字,让我惊讶得回不过神来,我当时毫无思想准备,生气地转身离开了他。

我想,爱情是又曲折又伟大的情感,如果恋爱如此简单,爱说出来,那还有意思吗?爱情是多么富有诗意、幻想、浪漫,似乎是只可意会而不能言传的。这也许不是他的错,只是我们对爱的理解不同。

这以后,他再也没有来过我家。半年后,说来也巧,我和张老师在重庆劳动人民文化宫碰到方老师时,我们却像陌生人一样擦肩而过。这让我想起一句话"不是恋人,就是仇人"。后来我意识到,也许只是当时我们不知怎么再面对彼此而已。

在1967年初春,在重庆钢铁设计院,我偶然认识了学建筑学的张钢铁。他从小学习美术和书法,我们对艺术有相似的热爱,因此常常共同讨论绘画技巧、色彩内涵等问题。但是,我认为他身高与我一样高,且门不当户不对,只能做朋友。他曾给我来信讲:"……我不会吃不到葡萄就说葡萄酸的……"

当时,也许我已过了青春期冲动的年龄,也许因为我在大学,学的是生物学专业,更趋于理性地看待事物,也许缘分还未到……我把他们进行了全方位的对比,在心里的天平上衡量,慎重地称了又称。

首先，我会考虑对方是否有较高智商的基因，也就是人们常说的"聪明有种"，即后代是否会读书。这就涉及我曾想读研究生，乃至出国留学的梦想，那些我没能实现的梦想将要由我们的后代去完成。

其次，在选择对象时，我会考虑男方的家庭，如果家庭出身有问题，那我们在社会上将一辈子伸不直腰。

当年，在中国科学院四川生物所考察药用植物时，生物所的小陈曾给我邀请信，请我去他家做客，小陈人还行，但据说其父亲是国民党军政要人，我果断地拒绝了他。

最后，就"颜值"而言，即指外在容貌身材方面，我有1.64米的身高，大家公认我的"颜值"还算高。我不能找个身高矮于我的人，我和矮于我的人一起走在路上怎么能相配！外貌形象太差的人，天天在一起生活，看着太不顺眼了！西哲爱默生有言"美是上帝的手书"。同时，从生物学专业角度来讲"颜值"，后代子女的"颜值"决定于父母亲的基因，父母亲的基因对子女形象也起到了决定作用。

那时我找对象的禁忌比较多，不像现在的年轻人只要两情相悦，就可以"闪婚"，直接走进婚姻的殿堂。

困难识知音　岁久情愈真

关于选择对象，我处于思前想后的纠结中，但每当我想到，大学毕业分配时的那些刻骨铭心的经历，我就想起有人说："只有在对的时间遇到对的人，才是一种幸福。"我脑海中常常呈现出张老师对我的不舍不离，真诚疼爱的情景，仿佛他就是那个我在人世间已经寻找很久的人，那个最亲爱的人。

我也曾把张老师与其他几个追求者作了比较,张老师读的大学是西南师范学院,和我同级别,而我的追求者中有毕业于著名的北京航空学院、6年制的建筑大学的。张老师就读的大学比他们的名牌大学要差些,在这点上我是不太满意的。

当时,在我思想里有一种迄今也说不清,是否是受到了鄢氏封建家族的传统观念的影响,导致我不能再转向和其他人恋爱,而必须与张世熹老师结婚的情感在支配着我。

毕业分配后,我就要去四川洪雅县7861军垦农场劳动锻炼。我想这一走,不知何时能再见到张老师,毕竟从内心来讲我是喜欢张老师的,喜欢他1.76米的身高;喜欢他仪表堂堂、风度翩翩的形象;喜欢听他说话风趣幽默、绘声绘色、异常动人;喜欢他敏而好学,多才多艺……其实,我内心已芳心相许,但迫于现实的考虑,只得放弃这个打算。但只要想到就要与他分别,从此天各一方,心就在隐隐作痛。即将离开学校的一个夜晚,我去张老师宿舍向他告了别。

人的一生会有很多经历流逝在时间的长河中,甚至从大脑储存的记忆中被删除掉,不留任何痕迹。但是,那晚与张世熹老师的告别却印在我永恒的记忆中,尽管过去了50多年,却仍像发生在昨天,分别的情景还历历在目。

那晚,一轮皓月挂在树梢上,周围一片宁静,那银雾一般的月光洒在校园小道上。我怀揣期许,但心中又饱含复杂忧伤的别离情绪,我穿过小道走向张老师的教师宿舍。不远的路却走了好久,两旁树林的树叶,在月光的作用下呈现出墨黑、浓黑、淡黑,有的还像银子似的有着银黑灰的色调,闪烁着光芒,很像中国丹青画那样浓淡相宜。可此时,我没有心情去欣赏这画面,满脑子想的都是如何与张老师告别。

我到他宿舍时,他正在等我,我俩相对而坐,一起回忆了既偶然也并非纯属偶然的相遇,一晃相识了3年多,这些日子快乐而难忘。我更多讲到我毕业分配时所受到的不公正对待。我也对他为我毕业分配所做的一切表示感谢。时间过得真快,我手腕上的表提醒我,快10点了,于是我便依依不舍地起身告辞。

正当我转身走到门口开门时,张老师突然快速冲向前抱住我,我还来不及反应就已落入他的怀中。他紧紧地搂着我,用他那滚烫的双唇亲吻我。我无法抗拒,闭着双眼接受了他的爱。两颗年轻的心灵激起了爱的火花,我感受到他心脏"扑通扑通"的,正在剧烈加速跳动,我的心跳也与他同步加速……这时,传来隔壁房间的开门声,张老师松开了我,我开门快速地下了三层楼到楼底。倒霉的是,我在楼底正好撞到张老师的妹妹张勋,她招呼我,我什么也没回答,快速地逃离了……

这一夜,难眠,我尽管已26岁,却没有亲历过这样的场景。回想刚才的一幕,更是恍然如梦,我意犹未尽地不断回味刚才的情景。在这亲吻中,我第一次品尝到了爱的滋味,感受到了从未有过的幸福。我想我和张老师已如此亲密,这一世再不会有另外的人可以让自己爱得如此深沉了,我觉得自己应该和他结婚。这一世我是不可能再移情于他人了,其他追求我的人,再也没考虑的必要了。

2. 旅行结婚,浪漫时光

当时,在社会上关于结婚形式流传着这样几句话:"50年代一张床,60年代一包糖,70年代红像章。"

绛帐春秋·岁月留痕

为了避免传统婚嫁习俗的麻烦,我向张老师建议道:"我的职业是中学教师,没有出差机会,我们不如正好借此机会去上海看看,也到你老家去看一下。"张老师说:"好啊!完全同意。"

在70年代,我俩冲破了结婚传统习俗,在中国西南地区可谓率先"旅行结婚"。我和张老师没有通知任何人,从成都出发到了重庆,再乘船沿江而下,经三峡到了上海。然后,我们去了苏州、杭州、南京等地的风景名胜景区,当然也去了江苏省镇江市亭林镇张老师的老家。

三峡拾真趣　结婚留倩影

1970年仲夏,我们购买了重庆到上海的船票,5日行程,通铺(即无床)每人领一床席子,想在哪儿睡觉就放在哪儿。现代年轻人很难理解当时的状况,因为那时旅游业正处于停滞期(华侨探亲也曾一度中断)。去上海的船票很贵,每张船票的价钱相当于一个大学毕业生工作一个多月的工资,能去上海旅行结婚的人是凤毛麟角。

清晨,"呜……",汽笛一声长鸣,划破长江江面的晨雾,轮船离开朝天门码头,从美丽的山城顺流而下,航行在川江河段上,沿岸经过长寿、涪陵、丰都、忠县、万县、云阳、奉节、巫山等地,每一处都像一幅幅壮观瑰丽的山水画卷呈现在我们面前。

轮船抵忠县,停靠在码头,广播通知我们:"乘客们,现在休息40分钟,注意40分钟后开船!"码头正对面是数百梯的石头阶梯。从当地老乡口中打听到,上完石头阶梯就是街,街上有商店,有忠县名产品豆腐乳卖,它与涪陵榨菜一样,也是川江特

第四章 三生圆夙愿,情深缘匪浅

产之一。于是,船靠码头后,船上的年轻人像百米赛跑一样,快速登上那数百石阶,张老师和我也参与其中。我们在街上购了豆腐乳后就立刻返回。回到码头看表,还有一刻钟才开轮船。我们在码头上随意闲逛,看到码头上老乡卖的鸡蛋才两分钱一个,鸡每只仅一元钱,我们俩异口同声喊:"啊!太便宜了。"

这时,"呜……",汽笛又一声长鸣,我们已回到轮船上。轮船离开码头后,又进入航道逐渐加速前进。这时,看见一个小伙子在石头阶梯上往下奔跑,冲向码头,并向我们轮船招手,他显然是没有按时回来,赶落轮船了。但是,轮船没回头,仍快速前进。

彼时,轮船上大家纷纷议论,那小伙子仅穿了短裤和背心,怎么办?他有没有同伴帮他照看行囊……

但是,当轮船停靠在万县码头时,我们全船人惊讶地看到那个小伙子已经在码头上等我们的轮船了,我们用热烈的掌声欢迎小伙子"归队"。事后才知道,那小伙子是在忠县当地人的帮助下找了辆车,他坐车早到了万县码头。

我们轮船停靠在了万县码头。为了尽可能避免夜航三峡,轮船要在这里过夜,这就让大家有了上岸领略万县城风光的时间。

此时,我先生的妹妹和妹夫小嵇(他们在万县武江机械厂工作),早已等在码头迎接我们。因在"文革"大串联时,我们到过他们厂,在万县游玩过,我们早就熟识了。

我们四个年轻人,找了一个安静的地方聊天。小嵇讲:"这次你们去上海旅行结婚,真是选对了时间,我父亲在解放前是白区的地下党……现在正好"解放"出来工作了,任上海市政府的部门领导,欢迎你俩去我家住。"

我把一张亲自钩制的梅花图案桌布赠送给他俩。这件手工艺品是我在野外科考时,用从平武县百货公司购买的丝线,花了3个月时间,一针又一针精心钩成的。它不仅漂亮,而且洁白无瑕,代表着我们之间美好、纯真的亲情和友情。

人们常言:"游览长江,如果没有到三峡,就等于白跑了一趟。"这样讲,虽然有些过头,但是三峡确实是非常壮观峻美的。

三峡是瞿塘峡、巫峡、西陵峡三段峡谷的总称。它西起奉节白帝城,东到宜昌南津关,全长达193公里。

那年代,轮船仅是交通工具,我们乘船快速游览了三峡。在三峡这条长长的艺术长廊里,饱赏了瞿塘峡的雄伟险峻、巫峡的幽深秀丽、西陵峡的滩多水险,看了一幅幅画卷,聆听了一曲又一曲川江号子的雄壮悠扬的乐章。

我们俩抵达上海后,住到了妹夫小嵇家。这住房真像现代连体别墅,房内多室一厅,还有厨房、阳台等,这在那个年代算是少见的住宅。

时光回溯到40多年前,我还清晰地记得嵇伯伯50多岁的模样,十分精神,说话风趣,和蔼可亲,没有一点大领导的架子。

记忆最深刻的是,这个高干家庭的家风极好,他们异常节约。当时正值夏天,好像嵇家小妹仅有一条裙子,小弟仅有一条长裤,小妹和小弟上街时才穿裙子、裤子,回家就要脱掉,只能穿平常穿着的短裤。但是,每逢亲友到来,他们却会把上海

第四章 三生圆夙愿,情深缘匪浅

的特产送客人,不会让谁空手而归,总是周到热忱,尽力相助,慷慨好施。

嵇伯伯主动提出,请嵇伯母陪我们去上海第一百货公司去看看,买些上海式样最漂亮的服装。我们想,已够给他们添麻烦的了,就婉言相谢。但嵇伯伯坚持,我们只好从命。

在上海第一百货公司,嵇伯母为我们购了许多漂亮服装,耗掉了嵇家全家一年的购物工业票和布票。回家后,他们全家鼓励我试穿,我俨然成了大家的"模特儿"了。然后,他们又说现在该去"海派"十足的"新中国照相馆"照相留念。于是,我们就高兴地去"新中国照相馆"拍了照。

这张照片就算是我们珍贵的结婚照了。我和先生经常自我欣赏这张结婚照,它没有现代年轻人的婚纱照那样气派、艳丽、奢侈与多变……但是,我们的结婚照却证明了我们确实那么年轻、阳光、俊美过,也曾有过一尘不染的、原生态的、朴素而美丽的芳华。

先生故乡行　访书香世家

我先生常给我讲他故乡的故事,讲得最多的是1937年,日军在上海发动淞沪战役,在金山卫城南登陆……还有亭林镇,这四千多年历史造就的名镇有着深厚的文化底蕴,文人辈出,古迹甚多。他祖父还是学界名流,尤为擅长书法,在当地颇有知名度,并且留下了许多墨宝。

我俩从上海乘汽车到闵行,再经摆渡船到金山卫,终于到了我先生朝思暮想的故乡亭林镇。这里是风光旖旎的江南历史文化名镇。亭林镇主河从西向东流,最后流到了黄浦江。河岸瓦屋高低错落、白墙、黛瓦、蓝天碧树，小桥流水，充满了江南水乡风情。

我先生老家门前是步行小路和绿林，后窗临空于水，有中国最后的"水枕人家"之誉。当我走进我先生老家，这古老的瓦屋显得宁静、古朴，恍惚间仿佛从远处传来小儿朗朗的读书声。

我跟先生讲："啊！这真像我们刚去过的苏州街巷，桥多、河溪多。苏州房屋也是房屋沿街，后门临河，没想到你老家是老苏州名镇的缩影，也可算'最是红尘中风流富贵'之地了。"

我先生的大伯有70多岁，两鬓染霜，但身体还算硬朗，举止从容，热忱地接待了我们。大伯亲切有加地与我们拉家常，领我们参观小镇，我顿觉爱意暖心。我们虚心地向大伯请教了许多问题，大伯不仅回答，还翻箱倒柜地找到他存放多年的资料和照片给我们看。当我们别离时，他依依不舍，我们也是满眶热泪，依依惜别。

这次随先生故乡行，才知道了许多不清楚的、尚不知道的事，原来我先生出生于江南文人辈出的名镇，真是"地灵"则"人杰"。先生家是一个书香世家，他父亲这代三兄弟，除了大伯留守在老家，先生的父亲则毕业于中央大学财经专业，小叔叔留学美国学医学专业。

正是这样的书香世家，培养了我先生诸多传统美德，他始终拥有一种宽容而大度的胸怀，恪守伦理、待人谦诚、艰苦朴素；在学业上，勤奋学习、不断进取、文理兼修；在学术研究上，潜心钻研、治学严谨、寻根究底。

在这一次浪漫而别致的旅行结婚中，我俩悄悄地浓情独处，充分享受了两人童话世界般的幸福。我告诉先生："我从小就性子急、任性、好强，待人处事生性爽直，但往往因声音较大，使人看上去强势。"我先生说："我恰恰是较沉着理性的人，大家都说我脾气好。我们正好互补。"我先生时时处处哄着我，呵护我，我感觉我是世界上最幸福的人。在此时，我隐隐在心中产生了今生今世与我先生一定能相依白头到老的想法。

在旅行结婚之行中，我先生向同一个教研室的哈老师借了一部新的120相机，在浪漫的旅行结婚途中拍下了许多照片，这些黑白照片一直保留到今天。它见证了我俩蜜月旅行的甜美幸福，留下了人生最美好的回忆。

3. 初为人妻，两地闲愁

1970年秋，新婚后，我和我先生就开始了重庆和成都的两地分居生活。

这年秋天，真是多事之秋。西南师范学院从重庆市北碚区搬迁到了重庆市梁平县。我先生张世熹去梁平县参加劳动锻炼，而我则在成都市中学任教，主要带领学生学工和学农等工作。

我先生的母亲在我们结婚前已经去世了，我先生的父亲已经随女儿去了马鞍山市。我父母在重庆，他们年老多病，不可能到成都。所以，在成都，我是举目无亲了。

这时，我发现自己怀孕了。

就在我欣喜孕育新生命时，一件让我跌入痛苦深渊的事情发生了。在我先生张世熹原住房的写字桌内，我偶然看到我先生张世熹与父母通信的许多信件。从这些信中，我惊讶地发现，原来我先生曾经有过一段传奇的恋爱经历。

从这些往返信件中，我才知道，张世熹在大学二年级时，与比他大3岁的学生党支部何书记恋爱了。她想培养张世熹老师入党。但是，张世熹父母得知女方年龄过大，不同意这桩婚事，他也只好放弃了。

这些信件，触动了我大脑中最为敏感的神经，我不禁泪流满面。为什么如此重要的一段人生经历，张世熹在与我恋爱时却不曾告诉过我呢？我觉得这实质上是隐瞒，性质是恶劣的。

同时，我认为我与他是初恋，他应该把这段恋爱的经历告诉我。否则，我们之间就太不对等和公平了。若我事前知道他的这段经历，实话实说，我决不会与他走到今天。

彼时，我认为谈过恋爱的男人，恋爱经验丰富，思想复杂。我想，我还没真正恋爱过，我应找一个不曾恋爱过的小伙子，这才对等呀！

我在这所中学任教初期，与从西南师范学院教育系毕业的曲惠珍老师共住一间学校宿舍。

那些日子里，忙完一天工作后，暮色渐浓，我就呆呆地望着窗外的梧桐树在夜色中投下巨大的阴影，树上挂着一个断线的风筝，每当秋风吹过，它就荡来荡去。路灯发出黯淡的黄光，叫人窒息。夜色阴沉，我蜷缩在单人床上，难以入睡，走到这步我该怎么办？甚至想到要或不要怀上的这个孩子等问题。我总感到心里阵阵隐痛，泪流不止，抽泣声惊动了曲老师，她问我哭的原因，我怎好启齿，只好无言相对。这种悲愁的心情，延续了一月有余。

在此期间，我真的不想要这孩子了，要到医院去手术吗？

我身处那个年代，又刚到一个新的工作岗位，我没这胆量去做这件事。于是，我想通过大量运动来解决掉这个问题，我常去打篮球和跑跳等，想把孩子"跳掉"。但肚子里的生命却牢牢地抓住我，这顽固的家伙对我不离不弃，我也只有认命了。

后来，张世熹知道了此事，他立刻赶到成都来跟我做了解释。他说："这是你误会了！当时，何育春同学主动提出与我交朋友，父母没同意，就算了。我俩从未亲密接触过，我发誓，没骗你。她现已经结婚，并调离西南师范学院了，我们也没任何往来了。"

母亲也劝道："你和张世熹老师已经结婚了，那些过去的事，没必要追究，向前看！"慢慢地，我的心结才解开。

4. 初为人母，人生百味

生命就是这样一代接替一代，历史就是那样不可阻挡地螺旋式向前。

我决定回重庆生小孩，因为那里是我的老家，那里还有我父母的期盼，那里是最安全的地方。

1971年，初春4月，我给我先生张世熹发了一封信，这是我们相处的52年里，唯一保留下来的信。其中有这样一段内容：

……学校把我和曲老师住的简陋的房子（12平方米）给我了，我也没什么力气整理，等生了小孩以后，回校再整理。

关于送我去成都火车站的问题，革委会后勤同志叫我通知她，她送我或者请工人送。我想请班上的女学生送我。我看了火车站时刻表，成都95次车早上10点9分开出，晚上9点51分到重庆站。因此上车不用忙。我提前3天购好票，就打电报通知您，没大问题。我身体好就8号走，假如身体不好就提前到2号走。返渝后，我身上大概还有70元。

每月15号，学校会请老师把工资邮寄过来，看来没多大问题。祝愉快！

和琳

1971年4月18日

它见证了我们那一代人，夫妻婚后长期分居两地生活的艰辛与经济的拮据。

十月怀胎，一朝分娩，孕育许久的新生命将要降临人间了。我马上为人母的那份心情是顺其自然，但随着预产期愈来愈近，我产生了恐惧、怕痛的心理，精神高度紧张。

1971年5月23日，当我住进重庆市第一人民医院妇产科，睡上接生病床起，就如人们说的到鬼门关走了一回。从阵痛开始，疼痛愈来愈频繁，疼痛程度越来越强烈，犹如"小腹曲线型爆炸""钢针不断搅拌腰椎"的痛感不断侵袭着我，其间还伴随着呕吐。

待产时，医生说："生孩子要用力，快吃点食物，必须坚强！必须挺住！"我妈妈喂我吃平时我最爱吃的白米糕，但我吞下后就马上将之喷射状吐出了。疼痛使我浑身不停地战栗，我感到身体在一点点地被撕裂，我声嘶力竭地喊叫着："我不想活了！只有跳楼死去算了！"

第四章　三生圆夙愿,情深缘匪浅

经过整整一天一夜的折磨,我全身都被汗浸湿,湿漉漉的头发胡乱地贴在额上和面颊上。我在医生的指挥和帮助下,用双手死命抓住病床把手,一次又一次地用尽全力……

一股热流从身体里涌出,婴儿那一声清脆、响亮的啼哭声响起,冲击着我的耳膜,让我为之一振,我的疼痛才渐渐消退。这时,仿佛听到医生说:"是个男孩啊!"接着,护士用手托着一团红扑扑的东西在我眼前一晃,算是母子见面仪式。当时,我被疼痛和呕吐折磨得精疲力竭,身体和脑子下达的唯一指令就是睡觉。

第二天清晨,黎明的曙光揭去夜幕的轻纱,吐出灿烂的朝霞时,我才醒来。我无力地微微睁开惺忪的睡眼,看到我先生正坐在病床旁。我先生见我醒来,他忙起身问我感觉如何,为我做这做那,还说:"猪肝汤还是热的,你一天一夜没进食,肯定饿惨了!"

当我先生照顾我吃那菠菜猪肝榨菜汤时,那猪肝真嫩、那菠菜真清香、那汤味太鲜了,于是我把所有的菠菜猪肝榨菜汤一扫而空。

我先生对我讲:"今天,我真怕买不到猪肝,凌晨5点不到,就到肉铺去排队了,我排在第5个。哪想开始卖时全乱了套,人挤人,把我给急惨了。好在我人高有优势,手里攥紧肉票和钱,往前挤啊挤啊!总算买到了猪肝。"看着他略显得意的神情,我也为他的体贴所感动。现代年轻人没经历过用肉票的时代,大概也体会不到有肉票也不一定买得到肉的感觉,更不能体会到购到猪肝时的高兴劲儿。

吾儿在重庆市第一人民医院诞生,正值春到人间,到处可见烂漫的春花。我先生是头一回当父亲,高兴地跑到产房告诉我:"儿子长得很像我,眼睛明亮有神,高高的鼻子,哭声是婴儿房里最响亮的一个……"

孩子取名字时,我们跟爷爷共同商议,取名为"飙",其含义,是来自诗词"狂飙为我从天落"。

小儿多病　艰辛哺育

婴儿尚未满月就因患新生儿黄疸病住进了重庆市儿科医院,医生给小儿采取在额头上输液的方法进行治疗,我看着十分痛心。婴儿很多天还是不退黄,我和先生不知所措,十分着急。

后来,经过各种渠道打听到,重庆市第二中医院院长张锡君医生是中西医结合的典范,尤其擅长儿科,是最著名的儿科专家。

我立刻到重庆市第二中医院去找张锡君医生,当人们指出张院长时,我却愣在了那里。张院长穿着白色医生服,正在打扫厕所。我想立即上前求张医生为儿子看病,但在这样的状况下,我知道会很为难他。

于是,我转念一想,还是去办公室,找领导说明情况,通过领导请张医生为儿子看病。我敲门进到办公室,看见一位年长的女领导,我流着泪讲了我儿子的病情。这女领导见我如此状况,跟我说:"姑娘,张锡君没有看病资格!"我的心沉入无底深渊,泪流满面。也许她对我产生了同情心,轻声叹了口气,压低声音说道:"下班时间,你们带着孩子到他家去试一下,请他为你儿子看病……"并告诉了我他家的地址。

晚上,我和先生抱着婴儿找到张医生的家,正好遇到张医生开门,他诧异地看着我们。我们说明来意,恳请他为儿子看病。张医生摇摇头道:"你们还是回去吧!我如今没有看病的资格。"我哀求道:"张医生,你就给看看吧,是你们现在的那位女领导让我们来的……"

他用怀疑的眼光看着我,我说道:"你家的地址还是她告诉我的。"张医生想了想,又看了看我怀中的孩子,这才说道:"进来吧。"

在他的房间里,张医生认真仔细地看了我们带去的病历、检查报告等材料,又详细地问了儿子生病前后的情况,十分认真地望、闻、问、切后,才开了处方说:"先吃了这药试一试。"我说:"请问张医生,要多久才能退黄?"张医生说:"大约一周退黄。若退了黄,再来看看,调理一下!"他话不多,却无虚言。一周后,儿子真的全身退黄了。

为此,我们与张锡君医生成了忘年交。我先生每次从成都到重庆一定会上张锡君医生家串门聊天,报告儿子情况。

14年后,当张医生听到我们的儿子考上中科大少年班时,高兴地笑着说:"啊!当年我还救活了一个天才呀!"

当然,我们也十分关注改革开放后张医生后来的情况。因张锡君医生是祖传三代的名中医,毕业于西医学院,知识渊博、治学严谨,继承了历代中医之精华,又精通西医,颇多见解,更有创新,真可谓"厚德精术",曾多次被邀请到北戴河为中央领导会诊,被评为国家医学的学部委员。

我生孩子前,本想生后把孩子放在重庆市父母家里,请人哺养,我回学校好好干事业。但是,经历了生儿子时刻骨铭心的痛苦和折磨,再加之,看到儿子患病的可怜样子,我决心带儿子回成都,由我来细心哺育。

当我回到学校时,因儿子患病超了产假。学校工宣队领导严厉批评我道:"你请霸王假!"在全校教职员工会上,他点名批评了我,并撤销了我的"连长"职务。

从此时起,我饱尝到一个母亲独自哺育孩子的艰辛历程。

在那个年代,女性孕期没有现在的科学孕期检查、强化孕期营养等。吾儿先天体弱,加之小儿喂养全靠牛奶,常常生病。

儿子刚3个月时,初秋一天的晚饭后,他突然发高烧、咳嗽、流鼻涕……儿子患病了,让我措手不及。在左邻右舍的老师的帮助下,我们母子才被送到医院。

到了四川医学院(今华西医院)儿科急诊室,检查结果是麻疹并发肺炎,儿子立刻被送到传染科儿科病房住院。随后,儿子咳嗽、全身出疹、肺部出现炎症。主管唐医生采用抗生素输液给他治病,但几天过去了仍不见效,高烧不退。我着急地问唐医生:"这样烧下去,影响大脑怎么办?"唐医生说:"麻疹并发肺炎很危险,我比你还着急呢!"

我到成都中医学院,去找学院院长吴瑶仙医生(我的重庆老乡),请吴老医生到四川医学院参加儿子病情会诊,并又请中医儿科权威专家张德修医生参与会诊。经中西医结合治疗,并输了血,20多天后,儿子的病才基本治愈。

回忆吾儿治病的全过程,深感那时的医生真好,他们真是全心全意地治病救人！当时，我抱着儿子匆匆前往四川医学院儿科急诊，没想到儿子病得如此严重。我抱着儿子到医院后，医生、护士忙前忙后，其他病人家属也都来帮我，并不断地安慰我。

我记得当时住院，我没带多少钱，因此并没有提前交住院费。后来儿子的病治愈后，办出院手续时，我仅写了一张欠条，事后，我才补交了住院全部费用。

现今，当我到医院去看病或照顾患重病的亲人，我目睹到医院的种种现状时，在我脑海里总会呈现出40多年前儿子患病时，医生、护士的良好医德和医术，想起他们的善和美，以及那一幕幕感人的场景。

吾儿在4岁前，每隔两个月左右，总要发烧一次。彼时，我总是万分紧张，束手无策，最刻骨铭心的是儿子3岁时的那次发烧，在治疗过程中，我真真切切地感受到了师生的深情。

1974初夏一天，夜幕已降临，正当我要睡觉时，小儿却不停地大哭。呀！儿子的额头好烫，发烧了！我用体温计为儿子量体温，啊！39度高烧。我需立刻把他送进医院。

在那年月，交通工具只有公交车和难寻的人力三轮车，我一个人面对此情况，真感到无助。正巧，副班长倪钦美到我家，看此情况，她立刻跑出校门，找住在学校附近的同学，让他们分头去寻找人力三轮车。

事后，才听说当时3个同学分头跑在大街小巷，寻找人力车，终于在巷子尽头看到停放着一辆人力三轮车。他们向车主打听后得知，车主的儿子也正好是与他们读同一所学校的学生，交通问题才得以解决。

副班长倪钦美陪同我一起乘三轮车到成都市第一人民医院,正当我们赶到医院,班上另3个同学骑自行车也到了。于是,有的同学去帮忙挂号。看病后,有的同学去帮忙取药,他们分工又协作。在大家的帮助下,儿子才得以顺利看完病。

当大家回到学校宿舍时,留守在家的同学早已揭开蜂窝煤炉烧好开水等我们归来,我真的好感动啊!

那个年代,交通远不如现今发达,我先生张世熹在短短一年时间里,因为孩子患病往返成渝两地好几次,给原本窘困的小家庭增加了不少开支。

在往后的年月里,我先生张世熹常常搞笑地跟儿子回忆讲道:"小儿,你4岁前常发烧住院,你妈就发电报给我,我就立刻去工宣队长处请假。从梁平县(当时西南师范学院搬迁到了梁平县)匆匆赶回家,赶到医院时,你的病都快好了。我喊你叫爸爸。你只抿着嘴笑,硬是不叫爸爸。"我先生又开玩笑道:"肯定是你妈教的吧?"吾儿仍只笑。

在此期间,我除任教外,还承担着学校医务室的工作。因此,我利用闲暇时间,自学了四川医学院医疗系的全部教材,还到市级医院参加过临床实践。

在中学任教期间,我十分珍惜在医务室的工作,挤出时间学医并到各医院去临床实践。因为从内心来讲,我是想完成学生时代想当医生的梦想。另外,在这时学医也是为了给孩子看病开辟绿色通道。

幼儿启蒙教育　慈父循循善诱

儿子4岁时,因我深知学前教育的重要性,正如哈佛心理学教授塞德兹讲:"人如同陶器一样,小时候就形成一生的雏形,幼儿时期就好比制造陶器的黏土……"

我期盼儿子能受到好的学前教育,开始注意为他寻找好的幼儿园。当时,根据我的调查,那个年代成都市级幼儿园仅有3所,其余是各单位自办的幼儿园或托儿所。哪像如今的社会,有各种类型、各种特长的幼儿园。

我倾尽了全力为儿子寻找条件好的幼儿园。最后,通过指导我临床实习的朱医生的丈夫的关系,儿子进了解放军部队幼儿园。这个幼儿园在现今成都市的太子寺内,幼儿园的环境条件、学前教育、伙食等都相当可以。儿子后来顺利地进入了幼儿园。

每天,我都要骑车去幼儿园接送儿子。有一天,我遇到该部队后勤总务处负责人,他问我:"你骑的是上海永久牌自行车,你能帮我购一辆吗?"我真不知如何回答才好,我只好实话实说:"这自行车,是我先生在重庆用自行车票购的,我们尽量想法吧。"

事后,我先生想尽一切办法,也没办成此事。现在年轻人无法想象,在物质极度匮乏的年月,自行车非比寻常,稀有及昂贵程度,赛过今日的宝马,很多人买不到或买不起。

有一天,我到幼儿园去接儿子时,儿子出了幼儿园门后,竟扑倒在我怀中,伤心地哭着说道:"解放军叔叔说我爸爸、妈妈不是部队的,以后不准再到部队幼儿园上学!我不上这幼儿园了。"我看儿子这样,只好安慰儿子道:"好,咱们再不上这幼儿园。"

1976年,我先生张世熹从西南师范学院调到成都地质学院任教，儿子顺利入学就读了成都地质学院幼儿园。从此，我们才真正算有了一个家，三人过着重庆与成都综合型的小家庭生活。

我俩都是学师范的，深知教育对孩子的重要性，家庭教育是基础的，父母是孩子的第一位启蒙老师。父母的言行，乃至教育方式，孩子耳濡目染，对孩子的智力、性格、品德的形成将产生巨大的感染力和引导作用。正如教育家卢梭说："我们的教育是同我们的生命一起开始的。"

从此，我们把早期启蒙教育渗透到日常生活中去，随时随地言传身教，时刻注意启发，见缝插针，引导孩子自觉地产生求知的欲望，并注重培养孩子良好的生活习惯和品德。

自从我先生调到成都起，他主要承担起孩子的启蒙教育。我先生每天骑自行车上班，儿子坐在自行车前杠子上。在送儿子上成都地质学院幼儿园的路上，或坐汽车、散步时，他就教儿子数数，或给儿子讲故事，或给儿子朗诵诗词等。

每晚9点，儿子定时上床睡觉。这时的家庭节目是，孩子回忆当天有趣的各种见闻，爸爸补充，妈妈评议。然后，我先生就开始给儿子讲故事，讲了一个又一个故事，即使他困倦地只睁着一只眼睛了，先生也会不断地讲下去……

当时，我隔壁房子住的正好是成都市二中的陈老师，他曾教过我先生的语文课。陈老师跟他常笑谈说："张老师，我们的住房真不隔音，每晚都能听到你给儿子绘声绘色地讲趣味性、知识性的故事，你这慈父真是用心良苦。"随后，此事在左邻右舍传开了，与我儿子同龄的孩子的父母还来向我先生取经呢！父亲的言传身教扩大了儿子的眼界，增长了见识，更重要的是，儿子逐渐对学习产生了兴趣。

孩子父亲利用一切机会在有意识地对儿子进行着学前教育，而儿子也在无意识中，不知不觉中，潜移默化地受到了教育。

这样，学前教育融入生活，成为孩子生活的一个有机组成部分，儿子接受知识，学习就不是外在的精神负担，而逐渐成为一种内在的心理需要，一种乐趣，一种享受。

儿子在上小学前，不知不觉就能识读300个左右的常用字了，能背许多唐诗，完成100以内数的加减运算，还能绘出单线条平面美术图，用毛笔字描红等。

第五章　执掌教学鞭，苦乐紧相随

1. 中学执教，痛心疾首

1970年，我结束了军垦农场的再教育，终于，踏上了期盼已久的工作岗位，到成都一所中学任教。

我到这所中学后，首先到校革命委员会，即工厂派来的工宣队领导办公室报到。校工宣队领导王队长把我分配我到六连五排任教并担任班主任，同时，到校医院当临时医生。

王队长跟我谈："你是分到我校来的第一个大学生，又是在部队接受过再教育的新老师，好好干吧！"

三尺讲台　记忆犹新

如今回忆起，踏上讲台那终身难以忘记的青春时刻，仿佛就在昨天。当时，我带着强烈的不安开始工作，因为从大学毕业到走向讲台，这一步之遥的距离，由于种种折腾，竟然走了4年多之久。

第一次踏上讲台，心里难免有些忐忑，于是，我在学校分配给我的一小间平房宿舍里，对着小镜子，演练了无数遍怎么自我介绍，怎么表示决心，并计算着讲话所需的时间，甚至想着该用什么表情，该怎么站立……现在想来还挺有意思。

在上课的前夜，我在单人床上思潮翻腾，难以入眠，想到我们这一代人被折腾了这么多年,真是不容易。明天我将踏上讲台,我的脑海里回响着那熟悉的《教师之歌》:"……明天,听着同样的钟声,我将踏上讲台。一切都在开始,一切都在成长……医生、演员、作家、劳动模范、战斗英雄,他们都曾是我的学生……我的岗位永远不会调换,我的足迹却遍步四方……"我满腔激情,暗暗下定决心,要好好干一番事业。

第二天清晨,工宣队师傅陪着我,走进六连五排教室时,我面对的是,50多位刚上初中一年级的14岁左右的学生们的一张张可爱真挚的脸。此时,他们有的正在三五成群热烈地争论着什么问题,有的正在相互嬉戏打闹。

上课铃响了,工宣队师傅大声叫道:"同学们安静!我跟大家介绍一下,这是新分来的老师,也是你们的班主任。"我立刻看到有的男学生用挑战的目光,有的用试探的目光看着我,并开始小声地议论起来。我终于站在讲台上了,当喧闹的教室安静下来以后,我把早准备好的演讲稿内容作了激情的演绎。

其后,从各种渠道知道这个班原为初69级1班,即班里的学生都于1969年9月入校。他们是来自城乡结合带上的城市市民和城郊农民家庭出身的孩子。因"文革"耽误了上学,他们年龄偏大,大约小我10岁。

我任教前3个月以来,蒋老师(教语文)、裴老师(教数学)和杨老师(教体育)先后各当了一个月班主任。大家都感到头痛,哪个老师都不愿接手这个所谓的最厌烦的"烂班"。

此时,读书无用论对这个年龄阶段的学生影响颇深。我自问我一踏上工作岗位就面临着这样的差班拦路虎,怕吗?我心里暗想,1965年,我在四川永川茶店公社参加社教运动时,我作为工作组成员已经锻炼出了相当的胆量和能力,还被推选成为全县的社教工作先进分子。这群毛孩子,我只要把他们带头的"牧羊犬"管好,就能管好这个班,让"牧羊犬"去管理这群"羊"吧!

补偏救弊 "烂班"归优

当时,我是一个单身姑娘,学生在私下为我取了个绰号叫"美女老师"。我决心走进这群顽皮的学生中去,与他们交心做朋友。

首先,我让原班干部们到我住的小平房宿舍来,我跟他们聊天,说起我在部队军垦农场接受再教育的点点滴滴。把四川日报的报道《青衣江畔红色娘子军连在前进!》读给他们听。我又把我们军垦农场的实景照片展示给他们看,这些照片反映了7861军垦农场的生活。

这一切深深地吸引了学生干部们,他们十分羡慕军垦生活,提出想去军垦农场唱军垦"战歌"。我说:"你们要先把握好现在,然后再去追求未来吧!"这次班干部会,大家七嘴八舌地找出了班上"烂"的原因,并确定了解决的突破口,班干部们群策群力,出了许多可落地的好点子。这可算一次成功扭转班级当时现状的班干部会了。

接着,我与班干部一起对有影响力的顽皮头子的家庭进行了家访。在其过程中,让我感触最深的是到绰号叫"刘摆摆"又叫"小木匠"的学生家,他家住在学校附近大田坎农村。当我们到他家时，仅有母亲在家，她正在准备猪饲料。她见我们去，立刻放下手中活，热情地为我们找凳子，请我们坐，但仅找到两个凳，她满含泪水地讲道："孩子的父亲是有名的木匠，长期在外地干活。我唯一的儿子，因患小儿麻痹症，留下后遗症，一条腿有残疾，走路一瘸一拐，大家叫我儿子'刘摆摆'，儿子心里真苦啊！所以儿子以烂为烂。"学生的家长，边说边流泪，我安慰她，开导她。

在返回学校的路上，我心里总感觉沉甸甸的，与学生干部聊道："真是泥瓦匠，住草房，纺织娘，没衣裳；木匠四处流浪，汗水洒到木板上，家里缺少凳和床。"

在家访中，我还发现有的顽皮学生还真有特长，他们有的跟父亲学得一手木工活，有的会打篮球，有的在音乐方面还很有天赋。家长们都有同一期望，希望孩子多读点书！免受不读书之苦，当然也有极少数家长忙于生计不管孩子。

随后，我和班干部，吸收有影响能力的调皮头子，经过多次讨论，制订出班级有关纪律和班规，并采取班干部"一对一"的方法去帮助暂时稍差的学生。班干部和有能力的调皮头子各司其职，监督执行班规。

在这个班上，男生特别喜欢打篮球，有几个长得"人高马大"，篮球打得特别棒的学生。我因势利导，发挥其特长组织了班级男生篮球队，向全校其他班级发出比赛邀请，最终六连五排夺得全校冠军，学校奖励给我班一个篮球，全班同学都乐开了花。这篮球一直放在我家，陪伴着学生直到毕业，而后，又传给我的儿子玩耍。

后来，学校还举行了全校乒乓球比赛，班长章志明是校乒乓队的高手，我先生张老师是西南师范学院校乒乓队的队员，擅长用长齿球拍，是打下旋球的高手。张老师自告奋勇地担任起我班乒乓队的教练，经过突击训练，并分析对手的软肋，策划战术，经过激烈比赛，六连五排又夺得了全校冠军。

再后来，全校开始军训，由罗胜文工宣队师傅负责，并宣布军训结束后，将进行军训队列比赛。

一天，章班长带着班委干部到我小宿舍主动请缨，说："这次军训队列比赛，我班力争再夺一个第一，创全校三个第一。"并交给我看他们夺取第一的具体方案。我看后，感到惊讶，他们分析了班上的优势与硬伤，找到了突破点及应采取的措施，真是全面又详尽，有板有眼。我略加修改，转交给负责军训的罗师傅，请他给予支持和监督。

清晨，晨曦微露，操场那边传来"齐步走，左右左、左右左，啊！"的声音，那是章班长熟悉的口令声，我翻身起床，赶到操场，看到学生们正在认真操练军训队列。日暮，近黄昏，操场那边又传来"齐步走，左右左、左右左"的声音，他们又在军训操练。功夫不负有心人，在军训评比中，六连五排又夺得了全校冠军，实现了连创三个全校第一的突出业绩，我们全班同学都非常激动，为之高兴，为之庆贺。

我班的学风和班纪有所好转，还受到学校表扬。有一天，我们班正在上课，长期逃学失踪的全校有名的第一号调皮头子小翟同学，牵了一条大狼狗闯进教室，班上哗然一片！女同学吓得花容失色，边尖叫边从教室后门逃跑；男同学则闪开两旁让出一条夹道来，像举行欢迎仪式一样！班长跑出教室去找校革委办公室的领导。

几分钟后，负责民兵的工宣队罗胜文师傅赶到，命令小翟同学立刻把狗牵出学校，并严厉训斥了他。此事过后半个月左右，小翟被送去少管所劳教了。但小翟后来在改革开放的大潮中，经过他的自强不息、不懈努力，成了时代的成功人士。

2.学工学农，兼学别样

1970年秋，中央提出，"以学为主，兼学别样，即不但学文，也要学工、学农、学军，也要批判资产阶级"。有的学生把学工和学农戏称为学"公鸡"、学"母鸡"。

教师联系学工、学农的实际内容自己编写了工业基础教材和农业基础教材等。每周学生需上两天自编教材课，另外4天老师带领学生到学校工宣队所在的工厂车间去学工，参加实际的生产劳动，如车床车间、磨床车间等，通过实践学习技能，接受工人师傅的再教育。

随后，为了更好地贯彻党的九大精神，学校进一步实行开门办学、厂校挂钩、学校办厂。学校组织学生在农忙季节去农村学农，参加春播、夏锄、秋收等劳动。如今回忆起那段岁月，苦涩中带有甘味，因为里面有我青春的记忆。

校办工厂　意外收获

那年月人们生活条件欠差，尤其食品供给。省农科学院开发生产了食用菌的食品，以满足人们的需求。

我是生物系科班出身，这是我的强项，我顺应时代潮流，与时俱进，向学校提出办校办工厂，生产食用菌，并着力宣传食用菌类的优点——"高蛋白、低糖、含纤维素等"。校领导经研究后,给予大力支持,决定校办工厂,生产食用菌。

我在农业基础教材中增添了生产食用菌类的内容。课堂上,我边讲边演示生产食用菌的过程;课后,我组织学生操作实践。

其后,师生共同奋战生产食用菌。在农村学生家长提供的实践经验的基础上,经反复研制生产出了"草马粪原料培养袋",对其消毒,选取优良菌种、无菌室内接种、控制其温度、调节其湿度条件,经过20多天培育后,当大家看到原料培养袋内长出许多活鲜鲜的蘑菇时,师生高兴得手舞足蹈。

校办厂成功生产出优质食用蘑菇的消息不胫而走,许多中学和各个单位纷至沓来,来我校办厂参观和学习,非常热闹。这时,校领导宣布,任命我为六连连长,即由班主任排级,升为连级领导。接着,又任命我为生物教研室主任。

支农劳动　带儿参与

在我儿子4岁那年的春天,我带领我班的学生去四川简阳县的部队农场参加春播学农劳动。由于我独身一人,无人照顾儿子,学校破例让我带上孩子一起参加学农劳动。其间发生了多桩有趣的事,事后我们家常常回味起那些有趣的点滴,似乎是儿子从幼儿到童年时期的分水岭。

首先,到了农场后,带队女工宣黄师傅讲话:"这次我们是来向工、农、兵学习,接受再教育,培养艰苦奋斗精神的,师生在地面铺稻草,睡通铺哈!"

此时,我立刻想到,在地铺上睡,小儿受潮湿,容易患病的问题。于是,我找部队有关领导借了一个大门板,其下用砖头做支架,搭起了一张简易床,一切就绪。突然,黄师傅驾到,直言说:"老师你这样是搞特殊啊!"我回答道:"应为了下一代的健康考虑,孩子太小,抵抗力差啊!你也是母亲,换位思考一下,应该会理解我的。"黄师傅无言,离开了。

在学农期间,每天,儿子同负责养猪的女同学一起去山坡上放养猪。儿子手拿着小竹鞭赶着小猪儿,还学着大人在后边,边赶边吆喝:"红蜘蛛啊,红蜘蛛啊!"有时,他还学着找野菜,采摘猪饲料菜。同学们都亲热地叫儿子"猪倌"。

事后,回到学校,偶然碰到了黄师傅,她主动跟我打招呼,谈到在农场支农搭简易床之事,黄师傅说:"我当时说话欠妥,深表歉意。"我说:"你当时那样说,我理解,没什么不妥!"

这年秋天,又该支农了,我再次带上孩子一起参加了秋收支农。这次支农地点较近,就在近郊的茶店子公社。

儿子再次来到农村,似乎胆儿大了。大片田野,犹如一片大型游乐场,随处都是天然的游乐"设施"。可以由着他的性子玩耍,独自奔跑,这激发了儿子的自然天性。

有一天,我带领学生在地里劳动,就在我们快收工时,我突然听到从远处竹林深处传来孩子隐隐约约的哭叫声:"妈妈,我拉屎后,找不到家了!"我再细听,正是儿子的声音,我迅速寻着声源跑到竹林深处找到了儿子,他正在伤心哭叫着。

此事后,同学们常以"妈妈,我拉屎后,找不到家了!"嘲弄小儿子。

3.续医生梦,上公开课

在任教期间,我还有一项负责校医务室的工作。我在中学时代的梦想是当一名白衣战士。因此,我十分珍惜这机会。

学医情怀　做好园丁

我是生物系毕业生,在大学期间,我已学完生物系开设的医学院医疗系所要学的正常人体生理学的有关课程。于是,我托四川医学院蔡老师帮我购买了一套四川医学院医疗系学生必学的全部教材,共近10本。在一年多的闲暇时间里,我自学完了这些教材。

然后,我先后到省、市三家医院跟随医生实践诊病,并跟随指导我的医生同上三班倒的工作。其后,我又去地方中医院学习中医、针灸,到中药房学习制药等。

我承担起了校医务室工作后,负责全校师生常见病的治疗。同时,我也承担起师生的预防接种等工作。

在校医务室工作时,我曾想把医务工作和教学相结合,杀出一条血路,也为此努力过。我在地方中医院学习临床诊病的同时深入药房,我与药剂师一起反复研究后,提炼出了优质的益母膏,治疗妇科病的效果很好,许多女教师急需该药。

事后,我跟有关校领导反映:"为解决女教师购买益母膏药难的问题,校医院可以自己提炼益母膏。这将能实现教学、校办厂和医务室工作三结合,实现理论与实践相结合。"领导经研究后,赞同我的建议。

迄今,记忆还是那样清晰,似乎这事就发生在昨天!

那天是星期五,校医务室发出通知:"……应老师要求,星期六,将组织愿意参加去中药材产地采收益母草的老师报名……"许多老师热情高涨,积极到校医务室报名。

第二天,星期六清晨,几朵白云挂在湛蓝的天空,鸟儿在校园密密的树叶下歌唱,多么美丽晴朗的夏天!这正是采收益母草的季节,也是充满希望、丰收的时节。我早早地到指定地点等候报名参加野外采收益母草的老师们。但是,时间一分钟一分钟地过去了,直到一小时后,有老师才慢慢悠悠地来了,并且他们是来请假的,有的说生病了,有的说有事。最后,大家昨天的热情,今天全泡汤了。现实告诉了我热情与现实,说的与做的是两回事。当时,我真的很气愤,这些人真是"言行相悖"。

事后,我反复思考我的优势与劣势,得出结论:想做白衣战士仅是梦想,现实告诉我,放弃梦想吧!我的最佳生存位置仍是当好教师,踏实地发挥优势,做好教书育人的工作,成为一个好园丁才是我的天职。

开设公开课　效果极显著

正在此时,中学课程增加设置了"生理卫生知识""医疗常识与常见疾病防治"等课程。彼时,我已经自学和实践了3年到4年,积累了大量医学理论和临床实践知识,这无疑奠定了我对新增加的课程进行教学的基础。

当时,学校各年级新设置"生理卫生课""医疗常识与常见疾病防治"课的宗旨是为学生在将来毕业后,到农村去当赤脚医生,打下基础。

于是,我承担了讲授全校上述课程的工作,在讲授基础理论时,没想到我丰富的医学基础知识以及良好的美术功底能正好派上用场,也称得上"好钢用在刀刃上"。我边讲边绘出人体结构,如头颅骨、心脏、肝脏等,形象生动,学生易于接受,课堂也获得了极好的教学效果。

在讲常见疾病治疗时,我结合在医院临床学习时,为病人治病的相关案例,剖析其病因、症状、诊断手段、治疗与预防等,我的课讲得有血有肉,深入浅出,学生学得十分带劲。

我的教学效果受到全校师生的认可和赞扬。这些消息不翼而飞,许多学校相关的任课老师都来听课学习。成都市教研室领导来我校听课后,对我的教学效果给予了高度的肯定,并请我给成都市及其近郊学校的相关任课教师上公开示范课。

时光荏苒,有许多事都会消失殆尽,但我给来自全成都市及其近郊的200多位同行上公开示范课的情景,犹如陈年佳酿,经过几十年的发酵,愈来愈芬芳。

当我上公开示范课时,我对基础知识的讲解深入浅出,边讲边在黑板上绘图,把同行老师带入人体生理学领域中去了。然后,我剖析典型的常见疾病的案例,一般治疗的方法,及其预防措施。在课堂上,除我抑扬顿挫的讲课声音外,就只听到听课老师记笔记的沙沙声。上示范课的两个多小时中,没有一个教师提早离开大课堂。当讲课一结束,我就获得了经久不息的热烈掌声。我走下讲台,被不少老师追着,他们请求我把教案打印出来,索要教案!在此瞬间,真让我感到,在中学任教的岁月是值得留念的。

付出总有收获,不知怎么的,我的母校西南师范学院生物系教学法教研室也知道了我的授课情况。不久,我就收到母校的来信,索要我在全市上公开示范课的教案,并告诉我,经西师相关领导研究决定,商调我回母校教学法教研室。但是,由于我很快调入了成都地质学院,就放弃了回母校。

4.执教期间,师生深情

中学任教的流金岁月,正是我人生芳华时期,曾有一种激情在激励着我坚持不懈地努力,那是一种如同涌动而出的眼泪一般的激情!激情使我振奋,使我为心中的理想奋发向上,也让我有所收获。但现实中发生的一件件事却击碎了我心中的梦想。

读书无用　教师无奈

1972年上半年起,根据中央有关指示:"大学还是要办的……要从有实践经验的工人、农民中间选拔学生,到学校学几年以后,又回到生产实践中去。"

全国范围内高校开始陆续招收工农兵学员。其招收新生的办法有了本质的变化,即取消了全国统一的高考,招生实行的是推荐制,称为"教育革命"的探索。

1973年,全国高等学校招生考试时,考生张铁生因做不了试题,而在空白试卷背面写了一封"信",被树为"反潮流的白卷英雄",同年还被辽宁农学院畜牧兽医系录取。

在出了张铁生这个"反潮流的白卷英雄"后,交白卷不仅成了时髦,社会上还流传着"学习张铁生,交了白卷子,仍然上大学"的说法。

在此时期,学生在读书过程中,取消了闭卷考试,若要考试也采用开卷考试的方法。

开卷开试有两种,其一,教师在课堂上出题,学生回家完成后给交教师;其二,教师在课堂上出题,实行开卷考试,学生只需要抄书、抄笔记。

我执着地学习与教学相关的知识,利用全部休息时间参加教学实践,认真做好教学各个环节的备课等工作。我的教学效果尽管得到从学校到全市的认可和肯定。但是,当我满怀着教师的责任感,登上三尺讲台上课时,却仅有少数学生在听课学习,有相当数量的捣蛋鬼学生,采用各种难以预料的调皮"策略"引得全班同学哄堂大笑或尖叫,往往使教学受阻。课堂上的混乱状况是人们难以想象的。

学生来到学校,学习毫无压力,怎么样都可以过关升学。难办的是老师的课堂教学,管理学生变得力不从心,我常含着眼泪上课。

在这样的现状下,夜深人静时,我常常难以入睡或从梦中醒来,我深深感到理想和现实的距离是那么遥远,努力付出的那么多,现实结果却是那么令人难以接受,现实触动了我大脑中最为酸楚的敏感神经,一次次戳中泪点,泪水常常打湿枕头,我产生了离开我无力改变现状的中教系统的想法。但是,想起我每天面对那群纯真少年,想起我们共同分享着的纯真师生情,我又不舍得离开,思想上甚为纠结。

纯真少年 齐寻"管家"

我任教中学时,正是我生养吾儿的艰苦岁月。在前4年多的时间里,因夫妻分居两地,相距500多公里,我独自一人承担着抚养孩子长大的艰辛任务。

在那些日子里,我的学生被我称为小兄弟和小妹妹。他们对我们母子真诚的爱将永存我心。如今一晃40多年过去了,那段日子一直定格在我心里,有着快乐、有着忧伤,更多的是感激。

当时,我在重庆生下孩子后,独自一人抱着仅3个月的婴儿回到任教的中学,住进学校给我的12平方米宿舍。房内仅有由一张单人床和另外半张单人床拼成的所谓的大床,两张学生课桌和几个凳子,以及我父母在我上大学时给我的一口箱子,这就是我的全部家当。我房外屋檐下放有一个蜂窝煤炉,这就是厨房。

我既要上课又要带婴儿,在这庞大城市没有一个亲人能助我一臂之力。正当我处于艰难困苦,进退维谷之时,班长章志明同学主动求助于他母亲,帮我四处托亲友找保姆"管家",功夫不负有心人,这个难题,还真解决了。

一天,班长章志明陪着一位60岁上下的林婆婆到我小房子来见我。林婆婆体形中等,面容清癯,慈眉善眼,虽然两鬓染霜,但腰板硬朗。我与她简单交谈,她和颜悦色地谈了养育婴儿需注意的点滴,她的忠言像一条温暖的溪流从我身上流过,让我顿时暖流如注,我感受到了慈母般的关爱。我感慨地说:"请林婆婆明天就来帮我带儿子吧!"

第二天,林婆婆到我宿舍开始照顾仅半岁的儿子,她养育孩子的经验丰富,尽心尽职,更重要的是她有一颗真诚的爱心,把我的儿子当作自己的亲孙子一样照顾,一直带到他4岁上幼儿园为止。林婆婆把我从一筹莫展的苦难中解救了出来,我这才有了精力和时间投入到我的工作中去。

师生深情　真诚挚爱

我任教中学的整整10年,也正是我生养孩子最艰苦的岁月。我每天面对50多位纯真少年,时常接受着他们对我热诚、淳朴、直率、纯真的或明或暗的帮助。

迄今,每当我回忆起那一件件往事,似乎就发生在昨天,还是那样清晰,我的感激之情不由自主地涌上心田。

孩子在4岁前,身体很瘦弱,一刮风下雨,三天两头生病,就得去医院。在我最困难无助时,我的学生常常用三轮车送我儿去医院看病或住院,并忙前忙后地帮助我母子俩。

教学十分繁忙,常常在上完课回家路上,我才想起今天又忘记揭开蜂窝煤炉,完了!这下怕是吃不上饭了。但是,当我回到宿舍时,不仅蜂窝煤炉的火燃得正旺,而且饭也蒸好了。我真是遇到了一群少年"天仙",他们下凡助我一臂之力。

1975年,学校新建了一幢教学楼,原教学楼改造成教师宿舍,从而改善教师住房条件。当时,我分到了一套住房,约60多平方米。

有一天放学后,班长章志明、生活委员,还有几个学生到我宿舍,班长章志明喜悦地说道:"老师,你分到了一套住房,现在我们去看看行吗?"我回答:"好呀!"

我和他们一起到了我分到的住房,我万万没想到,学生们立刻拿出纸、铅笔、卷尺等,开始量面积、测墙高、绘图。同时,学生们七嘴八舌地讨论装修方案,提出在二房的隔墙上开一个窗户,把它做成风格别致的八角形窗户。

事后,班上的小木匠在木匠父亲的指导下,还真的在二房的隔墙上开了一个窗户,并且把窗框做成了等边的八角形窗,还漆成紫红色,显得既雅典又美观。

当我搬家时,我班篮球队的5个男生都来了,一次性搬完了我的全部家当,家就算搬好了。这个家比原来面积变大了3倍多,显得空荡荡的。

我正想着该添置点家具,一天傍晚,班长、小木匠等几个同学就送来了他们自己做的洗脸架子、小桌子、小椅子等小家具。呀!做得还真像模像样,谁不会为之感动呢?

这些小家具实物象征着青春教师与少年学生忘年交的情愫。半个世纪过去了,我搬了数次家,却总把它们留在特定的房间。每当看到这些"文物",我的思绪就跨越时空,回到那段美好的青春时光。

告别中教 执教高校

1981年,我调离中学到了成都地质学院,在我奔赴高教系统,即将离别之时,不由地想到师生之情,正如"落红不是无情物,化作春泥更护花"的诗句,感慨万端。

中学曾是我踏上工作岗位的起点,这里,曾是我青春年华奋斗的地方;这里,曾与数千名少年中学生相遇;这里,我辛勤地耕耘过、丰收过、欢笑过、流过泪……马上就要离开这所青春岁月战斗过的学校了,心中还真不是个滋味,有依恋的感觉,我想表达,但深感一切语言都是那么苍白无力。

但我深刻理解,当时大环境下的中教系统并不是我最好的工作环境。最终,我还是带着留念离别了它,因为我还想为梦想去闯闯。

随后,我的家从中学宿舍搬到了成都地质学院家属宿舍。那搬家的场景,尽管半个世纪过去了,记忆还是如此清晰。

第五章　执掌教学鞭，苦乐紧相随

1981年8月底，正是暑假，那天清晨，天朗气清，我的学生们，一群朝气蓬勃的少男少女们一齐动手帮我搬家，有的用纸箱装书，有的搬家具，有的抬重物，有的骑三轮车……可谓车水马龙地前往我的新家，成都地质学院家属宿舍11幢。

最后，在夕阳西下之时，我、先生和儿子三人坐在学生小付同学骑的三轮车上，离开了我任教整整10年的中学。那是我人生中最美好、最难忘的10年！突然，我想起徐志摩的诗《再别康桥》："轻轻的我走了，正如我轻轻的来；我轻轻的招手，作别西天的云彩。"

晚风徐徐吹来，轻轻地吹拂在我脸上，我感到十分愉悦。沿途经过郊外农田，啊！好一派迷人的秋色！我喜欢这绚丽灿烂的秋色，因为它表示着成熟和繁荣，也意味着愉快和欢乐。

第六章　科学的春天，儿上少年班

1978年,是伟大的一年,伟大意义在乎人类,在乎中国人民。

这一年,在中华大地上,中国的历史迎来了巨大的转折,这一年被称为中国的"改革元年"。

这年的3月18日,中共中央在北京隆重召开了全国科学大会。这次大会,是我国科学史上空前的盛会,标志着在结束了"文化大革命"后,我国科学技术事业终于迎来了"科学的春天"。

这一年,在科学春风的沐浴下,落实知识分子政策、恢复高考制度、尽快恢复研究生招生制度等一系列重大举措全面实施,中国发展教育事业的需求犹如箭在弦上,十分迫切。

这一年,所有知识分子的热情都被奇迹般地调动起来,大家的初心和梦想被点燃了。

也是在这一年,中国科技大学少年班举行了开学典礼。在开学典礼上,中国科学院院长方毅说:"少年班是科大在全国的独创,是中国特产,新生事物。"少年班的学生中年龄最大的16岁,最小的才11岁,这在之前从未有过,一时间,这消息被炒得沸沸扬扬。

1978年的中国土地上,传出一个又一个振奋人心的消息,让我们真真切切地感到中国科学的春天到来了!我们万分高兴,精神振奋,大家都满怀信心与期待,摩拳擦掌,决心要好好干一番事业。

1.儿子就读小学,仅用4年时光

儿子进入小学读书,正逢"科学的春天"即将到来之时。彼时,我先生曾跟我聊道:"1966年,西南师范学院推荐我报考研究生,一切就绪,但由于'文化大革命',所有努力都付之东流了。现在,我应该好好读书做学问了!"我说道:"'文化大革命'耗去了我们最宝贵的青春年华,现在要夺回失去的时间,真该认真做学问了!但是,我们的黄金岁月已经过去了,只有加倍努力。"我又补充道:"我们尚未实现的梦想,也许只有让我们的儿子去实现了!"我先生沉默不语,对我的说法没做回应。

过了不久,我先生主动跟我说:"你那天讲的我们的梦想,也许真的只有让我们儿子去实现了!我们一起努力培养儿子去实现我们尚未实现的梦想吧!"

激励儿子自律　小学萌生跳级

彼时,我常想到,我先生出生在一个书香世家,从小喜欢读书。从小学到大学毕业,他在班上总是名列前茅,总想在他最热爱的物理学领域做出一些成绩。但是,生不逢时,先生在他人生的黄金年华,因为"文革"而整整耗去了10年,然而人生没有回头路,虽有遗憾但也只有认命了。

随着社会大环境越来越好,儿子也快5岁了。我和先生常常讨论如何培养儿子的自律性,提高他的学习兴趣,何时上小学等问题。

第六章　科学的春天，儿上少年班

我和先生认为，从小培养孩子的自律能力，对孩子一生的发展是非常重要的。自小培养自律，是会受益终生的，是奠定孩子未来获得成功的基础。因此，我们有意识地采取多种形式帮助儿子增强自律意识，鼓励儿子鼓起勇气做必须做的事，让他在生活上、学习上逐渐学会自律，去感受自律带来的自由，慢慢地学会掌控自己的生活，提升自己的学习能力。

关于儿子何时上小学一事，我和先生各有其考虑。我想尽早让儿子上小学，期盼儿子将来去实现父母的终极梦想。但是，我又想到儿子从小因诸种原因，体质较弱，我担心过早上学会让他因为学习负担过重而影响身体，为此事我十分纠结。

我先生理性地分析道："儿子身体发育指标在正常范围之内，很聪慧，超过我。我曾暗暗测试过儿子的智力，我边教儿子读唐诗边测试，仅两遍他就记住了；教儿子学算术加减法，他立刻就能举一反三；教他英语，他不但能说还能写……我看过小学一年级的教材，对儿子来说没问题，先试读，不行就败北回家。"

儿子第一次上学，是件难忘的事情。

在记忆中，儿子上学的第一天是我送他去的。迎着朝霞，我牵着5岁儿子的小手，儿子背着小军用书包，出了家门，走到隔着东大街的胜东路第四小学校，我再三叮嘱儿子回家过街要小心！把他送进了校门后，我就匆匆离开，赶着去上班了。

儿子回家后，我就把儿子领回的课本从书包中拿出来，想摸摸儿子的底子，考考儿子。呀！语文课本，他大多能读、能写，还会点拼音；算术课本，抽了前、中、后的练习题，他都能做。这个"摸底"结果让我既惊讶，又兴奋不已，直咂嘴说："儿子还行。"

我和我先生都感觉到,如果儿子仅按部就班地读小学一年级,他在学习上一定吃不饱。我们俩一致认为,应利用儿子课外闲暇时间,辅导他同步学习小学二年级的课程。

为此,我和先生做了分工,先生负责教儿子算术、体育锻炼;我指导儿子学习语文、绘画及练习毛笔字。我笑着说:"分工不分家啊!"我们征求儿子的意见,儿子只是抿着嘴笑笑。我突然觉得,这恰恰就是儿子有能力的最好表现。

启动自律学习　并重儿童情趣

我、先生和儿子经过讨论后,共同制订了一个必须遵守的作息制度,即儿子在上、下午课后,由孩子自己安排时间完成作业;下午放学后,1到2小时课外活动,或游泳,或滑旱冰,或打羽毛球等;晚自习2小时,大家都到学校办公室学习,每人一张办公桌。首先由先生和我指导儿子学习小学二年级的教材内容,然后再由他自己学习,完成作业,不懂再提问。其后,我和先生各自忙着准备上课的教案。

当时,我先生在成都地质学院已经是骨干教师了,他不仅要上本科生的大学物理课,还要承担物理师资班和数学师资班的量子力学和理论力学等高难度课程。同时,他还要翻译外文教材《场论》。那段时间可谓大忙时期。当时,我常常能看见我先生一边给蜂窝煤炉扇火,一边看外语,真是一直都在高强度工作。

星期日,我们对孩子的学习进行查遗补缺,或者我们三人骑自行车去郊外写生绘画或旅游。

在那些日子里,我常思考着,儿子为什么会如此聪慧?是因为父亲的遗传基因的作用?还是因为先生作为儿子的启蒙

第六章 科学的春天，儿上少年班

老师，他既遵循幼儿教育法，又循序渐进，既要求严格，又足够耐心和细腻，动之以情，晓之以理地对儿子进行了有效教育的结果？想来是二者兼备。渐渐地，儿子开始有了自律生活与自主学习的能力。

迄今还记得，那年早春时节，严寒尚未褪尽，人民公园玉兰花成片地盛开着。清晨，我们仨带上画夹、小凳、干粮等，骑着自行车到人民公园。儿子目睹千花万蕊缀满枝头，不禁欣喜若狂。我们因势利导，浅显地讲了有关玉兰花的植物学常识、历代著名诗人赞美玉兰花的诗词、写生画的基本方法等。儿子坐在小凳上，手执铅笔，从不同角度观察，然后提出许多问题，如距离近的花与距离远的花在画法上有哪些不同。我边讲边示范，儿子边观察实物，边临摹，画得像模像样，得到围观的游人啧啧称赞。儿子抿着小嘴笑着说："爸爸生日快到了，我要把这画做成生日卡片送给爸爸！"我看到我先生感动得热泪盈眶。

儿子看到比他大的孩子滑旱冰，很是羡慕，他也提出要学滑旱冰。当时我们家经济较紧，但是从不接受双方长辈的外援，不愿给我们长辈添麻烦。虽然一双滑旱冰鞋很贵，但我们还是节约开支，用省出的钱购买了旱冰鞋。

当我们到旱冰场试滑时，我心想我曾在初中学过滑旱冰，而且我滑得还行，于是想显摆一下技能，但20多年没滑了，仅能扶着栏杆，走走滑滑，败下场来。轮到我先生上场滑旱冰时，他胆大，穿上旱冰鞋就离开栏杆往前滑，却不料一跤摔倒坐在地上，他大叫："呀！我的屁股摔得好痛啊！"我和儿子边笑边扶他起来休息。事后，这双旱冰鞋伴随孩子多年，孩子不但学会了花样滑旱冰,还在美国成了滑雪高手。

在小学一年级期末,学校通知儿子进行跳级考试。在规定时间里,我陪着儿子到学校去参加跳级考试,到了学校才知道,只有我儿子一人参加考试。我低头轻声问:"儿子,怕不怕?"儿子没回答我。在记忆中,那场笔试进行了一上午。事后,学校通知我们,孩子通过了学校规定的全部课程考试,成绩很好。按有关规定,学校同意跳级,一开学他就能读小学三年级。

在之后3年里,我们主要按我先生的学习经验,引导儿子在学习上合理、科学地支配时间,强调注重高效率学习,指导孩子学习方法,预习新课、专心听讲、积极思考、课后复习。不懂的地方,让他用小本记下,并分主次打上星号,下课后及时问老师,解决难题。

同时,为了保证健康的身体,应养成良好生活规律,我们要求儿子晚上9点按时上床睡觉,加强身体素质和技能训练。例如,父亲承担起指导、陪同儿子游泳、打羽毛球等体育锻炼,以促使儿子全面发展的责任。儿子仅用了4年时间,就完成了小学全部课程的学习,各科成绩优秀。

2.孩子早慧,大器初成

1974年,美国著名物理学家、教育家李政道教授曾向周恩来总理建议:"理科人才也可以像文艺、体育那样从小培养。"

在我国古代,东汉的曹子建七岁能写诗,唐朝的王勃六岁善文辞,李白"五岁诵六甲,十岁观百家",白居易五六岁便会作诗……

在国外,高斯7岁时能用自己的方法计算出1至100的和是

5050,9岁时能解决几何级数求和问题,17岁就有了许多重要的数学发现。麦克斯韦14岁就开始发表科学论文,贝多芬13岁就创作了自己第一首《钢琴变奏曲》……

为此,世界上许多发达国家都十分重视对早慧人才的特殊培养,采取了有效的培养措施,且有所成效。例如,美国约翰·霍普金斯大学数学早熟青少年研究(SMPY)项目,自1972年以来,就曾多次举办单科性数学速成班,帮助资质好的十几岁的青少年学习并完成大学课程,其结果证明是成功的。

1980年,中国科技大学少年班已经有三届毕业生共117人,其中81人考取了国内外研究生。年仅16岁的干政,已经在美国普林斯顿大学攻读博士学位;15岁的谢彦波考取了中国科学院理论物理所研究生,他是当时我国年龄最小的研究生。

在这期间,国务院总理赵紫阳等中央重要领导,以及世界著名物理学家、诺贝尔奖奖金获得者李政道先生、杨振宁先生等先后到中国科技大学少年班看望少年班的大学生,并与少年班师生座谈,还发表了许多重要讲话。总理赵紫阳发来贺信:"获知你们在学业上取得了优异的成绩,非常高兴。中华民族的振兴,需要大量的人才,也为广大有理想的青少年展现了锦绣前程。殷切希望少年班越办越好,希望你们不骄不躁,锲而不舍,笃志博学,大器早成,努力把自己造就为德才兼备的能够负重致远、担当大任的栋梁之材……"

彼时,我和先生十分关注中国科技大学少年班的情况,我们阅读了《少年大学生的足迹》《科技"神童"的摇篮》等书籍,为少年班取得的硕果感到十分高兴、振奋。同时，我们对儿子的教育也受到这些书的启迪，期待儿子将来有一天也能跨入中科大少年班，走进科技"神童"的摇篮。

1980年暑假，我时常看到儿子像着迷似的阅读有关中国科技大学少年班的书籍。儿子常问我们"天赋异禀"是什么意思，它与勤奋努力的关系，中科大少年班入学条件等若干问题。我们三人常讨论有关问题，有时还会争论得面红耳赤。

经过不断讨论，儿子深有感触地说道："天才如果不努力，再有天赋也会变得普通，的确是'书山有路勤为径，学海无涯苦为舟'，我真想将来能考到中科大少年班……"我和先生不约而同地说道："儿子，我们支持你，预祝你早日考到中科大少年班！"

3. 读重点中学，圆少年班梦

1980年，儿子还不到10岁，他就考入了省重点中学，开始中学阶段的学习。

初中阶段　自学自励

初中阶段是走向成才之路的"十字路口"，它一则是在小学基础上继续加深、拓宽、提高及加固，为顺利地过渡到高中做准备的阶段；二则又是孕育和培养孩子走向未来科学之路的兴趣、爱好和确立志向，树立远大理想的重要阶段。对儿子而言，这个阶段也是为将来报考中科大少年班打下良好基础的关键。

理想，是一个极具魅力的词汇。它凝聚着对人生的追求，它象征着对未来的憧憬。为实现儿子想成为科学家的理想，我们开始重点引导孩子阅读有关的科普读物。

第六章 科学的春天，儿上少年班

一类读物是少年百科丛书，如《中国古代科学家的故事》《达尔文》《爱因斯坦谈人生》等，让孩子学习伟人们在科学道路上顽强不屈的学习毅力，始终一往无前的探索精神；学习他们不怕艰难险阻，敢于创新的科学精神；学习他们树立人生的理想和对未来的憧憬，立下一个明确的奋斗的目标。

另一类是少年自然科学丛书，如《科学家谈21世纪》《电波世界》《征服病菌的道路》等。这些书把科学性与趣味性熔为一炉，使孩子学会周密地观察、仔细地分析、大胆地推想、扼要地综合，从而发挥其积极的创新性。

我们希望儿子在上述阅读学习过程中，逐渐对学习产生兴趣，对知识有"饥渴感"。在此期间，重点是逐渐引导孩子学会自学，我先生以自己的自学体会以及孩子的特点指导其自学。有时，先生会称儿子为"小友"，常常与他一起讨论自学方法与效果等问题，其目的是让孩子学会自学，从自学的必然王国走向自由王国。

自学，是人一生中最主要的学习方式。学生自学能力的强弱，往往影响着学业的优劣。为了从小培养儿子自学能力，先生辅助儿子开始超前自学初中课本教材，以及学习相关的易懂的、有趣味的，又有一定学术价值的课外科技读物，以增加他"进攻型"的自学能力。同时，先生也常常谈到做人之道，培养儿子成为德、智、体、美全面发展的有用人才。

为逐渐培养儿子养成不依赖别人、喜欢独立钻研的习惯，我先生常常跟儿子讲："学习知识就像进食，只有亲自品尝与咀嚼，才能尝其味美，才能消化吸收，转化为身体的组织和能量。"同时，他总是有意识地培养儿子养成刨根问底的习惯，一旦遇到疑点，一定要多方考证，凡是搞不懂的问题非要弄个水落石出才行。

暑假的一天，我们散步路过工地时，我听到他们父子俩一次很有意思的对话。儿子看到建筑工地上的塔式起重机，他说："爸，您瞧！这塔式起重机真棒，太省人力啦！"先生则说："儿子，你想知道它的设计原理吗？"儿子说："爸，你教物理，快说说，这塔式起重机设计的原理。"先生回答道："你回家自己从书架上去找物理趣味知识、物理力学等书籍阅读，寻找答案，去思考解决！最好，你把答案讲给你妈妈听，我也讲讲看法，看谁能给妈妈讲明白。"这时我插话："儿子，不怕，青出于蓝而胜于蓝！三天后是星期日，到时，我一定洗耳恭听你们的见解，我的物理学的确学得不好，高考时物理分数最差，看谁能把我说懂哈。"

事后，我们听了儿子的看法，虽浅显，却有理有据。同时，儿子还算出了一台塔式起重机能代替多少个工人的劳动力。我们看到，儿子已开始逐渐迈入自学门槛，真为之高兴。

"学而不厌" 文理兼修

学习方法是否科学，关系到学习效果是"事半功倍"还是"事倍功半"。先生为了培养儿子用科学的学习方法去思考问题的习惯和能力，他处处谆谆诱导，言传身教地把自己在学习中的成功经验，把开启知识之窗的钥匙交给儿子。例如，学习数理化的基本方法有分析、归纳、比较和综合等，父亲在儿子的学习实践中，通过案例引导，其后，再逐渐加大难度，让孩子学会举一反三，培养其解决问题的能力。

在初中快毕业时，儿子逐渐摸索出一些适合自己的学习方法，开始有了独立的思维能力和开拓精神,努力培养独立思考的习惯。

过去,我一直认为中学教科书上的内容是不容置疑的,从不去打个问号。然而,儿子则不同,对所学的数学、物理教材中的许多定律、公式等,他总要花工夫去多次思考与重新推导,尔后又提出自己的看法,用更简洁的方式表达出来,直到每一个细节都清清楚楚为止。儿子常与我先生探讨有关问题,并时有争执,在他与他父亲的"较量"中,有时看到儿子争赢后,我似乎也感受到了他胜利后的莫大快感。

我担心儿子的学习压力太大,所以曾建议他说:"儿子,对文科如语文、地理、历史等,你不用太在意,只要及格就行了。"儿子立刻反驳说:"妈,这样我会成为学习上走路一瘸一拐的跛脚人,那样是走不远的!您想让我成跛脚人,不健全的人吗?"我意识到说错话了,于是我跟儿子说:"儿子,你当妈妈今天没说过此话,我收回这话哈。"

在文理兼学上,儿子还真让我意外,他从来不偏科。在初中阶段的寒暑假里,他读了中国名著《三国演义》《水浒传》《西游记》《红楼梦》等,其中,他尤其喜爱读《三国演义》,几乎能背诵。中学阶段,每天晚自习前,他都要在学校教研室浏览一下各种报刊,最爱读的是《中学语文报》及与中外历史地理知识相关的报刊。因此,他的文理科均衡发展,不仅理科出色,而且语文、历史、地理的学科成绩也在班上领先。1982年,经四川省重点中学推荐,儿子的文章《开学的第一天——我的新学校》被刊登于《全国中学生读写通讯》第4期。

儿子有一个最大的特点,他在阅读任何报刊、小说,乃至我们路过的学校居住区的校黑板报时,他常常会指出其中的错字、有误的语法等,并发表自己的观点。我们学校负责校黑板报的胡老师,碰到儿子常笑着说道:"小张,你那天指出的校黑板报的语法错误,我纠正了,谢谢啊!以后,发现黑板报上有错误的地方都请你给我指出哈!"

寒来暑往　回归自然

寒暑假来临前,我们仨总会讨论如何安排假期生活,当然也会预先策划回归自然的考察活动。我们仨在他中学阶段,先后考察了九寨沟、峨眉山、卧龙自然保护区、烟台蓬莱阁、北京长城等地。

1983年暑假,为了激发孩子对自然科学的热爱,我们策划了一次科考——到四川卧龙自然保护区考察大熊猫、登巴朗山,并参与高山草甸植物科考。

8月1日,晨曦微露,我们三人各骑了一辆自行车,临近中午才到达都江堰市。在60公里的行程中,我们沿途经过了郫县和彭州,饱览了秀美的川西平原的自然风光。富含腐殖质的黑土田上处处稻浪起伏,沿途果林硕果橙黄,大地散发出芬芳馥郁的草木气息,我们共同感受着自然之美与丰收之喜。

次日,我们仍选择骑自行车,直到实在无法骑自行车的陡坡处,才把自行车寄放到当地派出所,再换乘汽车。暮色渐浓时,我们才到达卧龙自然保护区。

第三天,我们走进大自然的大课堂,与国宝大熊猫零距离接触。大熊猫长着一对八字形的黑眼圈,耳小尾短,儿子看到大熊猫可爱的模样,乐不可支。他与大熊猫戏玩,摸到大熊猫时,叫道:"呀!大熊猫的毛好光滑,肢体胖软软的!"随后,我们观察了大熊猫的生活习性和生活环境等。

第四天,我们有幸在自然保护区领导秦自生教授的帮助下,参加了保护区巴朗山牧草科考队的工作。

我们乘坐科考队的车,慢如蜗牛地爬上海拔4000米以上的巴郎山高山草甸。在技术员们的指导下,我们一起参加了采集标本,进行"样方测定"等工作。

在休息时,我们来到一片绿色的草甸中,草棵子里有盛开着的蓝色马兰花,粉色喇叭花,素淡野菊花……风吹过来,一簇簇五颜六色的花全在向我们招手,狗尾巴草也摇起了"小旗"向我们点头致意。大家都舒适地躺在野花缤纷的草甸上,嗅着青草醉人的气息,望着蓝天白云,看着远处连绵的雪山,景色美极了。这时,儿子朗诵了一首清人曹三选路过四川巴朗山时所作的诗:"立马秋风绝顶山,千崖万壑拥斑斓。劈开云雾依辰极,身在青霄紫气间。"大家不约而同地鼓掌,说诗人真是写出了这美景。

孩子在返程时,深有感触地讲道:"如果生物课在大自然这个大课堂上上课,该多么有生趣、多么迷人啊!我们也能感受到野外工作的浪漫和艰辛。"

1985年暑假,因我与中科院成都生物所共同研制的科研成果——PW植物胶要送去四川松潘101地质队进行现场试验,所以我们一家三口去了松潘地质队。

在这期间,我先生带着儿子搭地质队科考的顺风车去了九寨沟考察。回到地质队时,父子俩的高兴劲别提了,他们喜滋滋地讲道："九寨沟真是原汁原味的自然景观,那景色,尤其那水,真是太美了！由于时间太紧,我们主要去了日喀则景区的诺日朗瀑布、镜海、珍珠滩、五花海。那五花海的水呈现出各种色彩,有墨绿、宝蓝、鹅黄、翡翠等……"接着孩子考我说："妈,您说说为什么同一水体中会同时出现多种色彩?"我回答道："水体下面沉积物不同啊！"儿子接着说："妈,您仅回答对了一半,我和爸讨论过,这还与水体吸收光波和反射光等有关。"他还遗憾地说："妈,你该去啊！"我说："以后会有机会呀！"

这次我们三人在松潘地质队住了10天左右。我天天登上海拔4000多米的高山草甸,在钻井泥浆中加入PW植物胶,测试钻井效果。儿子天天在地质队驻地,仍按作息时间读书学习。他的刻苦勤学精神让地质队的李廷宣大队长十分感动,他主动关心儿子,并送来大灯泡改善照明条件。

一年两假 "温故知新"

中学阶段,每一年都有寒暑假,我们曾经一起计算过,寒暑假天数加起来略少于一学期。我们一致认为:这段时间正好是"温故知新"最好的时间,即可利用高二假期复习高一、初三、初二、初一的功课,依次类推,复习已学的知识,使之巩固、加深和提高。这段时间也正好可以被用来学习新的运动项目,提高原运动项目的水平,以及有目的地回归自然,去参与科考、旅游等活动。

儿子从小学到高二年级10年里的每个寒暑假,甚至是一年一度的春节,我们从没回过我重庆父母家过春节。我父母也十分理解我们,支持我们为心中的梦想,即期待儿子将来能跨入中科大少年班——科技"神童"的摇篮。

每个寒暑假,儿子总会提早制订好假期的计划,其中包括:巩固知识难点、学习新知识、强化体育运动等内容,以及想达到的目标。之后,儿子自觉地按照计划实施。

在我记忆中最深刻的是,暑假的某一天,我发现孩子在聚精会神地阅读我大学时学过的《无机化学》那本厚厚的教材,那是当年我所在的大学生物系四年级的教材。我笑着问儿子:"你读得懂吗?"他回答:"大学教材不过是在高中教材的基础上加深和扩宽了,也更详尽了而已,能读懂呀!读后,回头再看高中教材,就对很多内容有了更深的理解。"

而今,每当看到儿子优美的游泳姿势,我的记忆就总会跨过时空,回到曾经每个暑假,带我再次经历那鲜活真切的情景。为了提高儿子的游泳技能和体能,我先生骑着自行车,带着儿子到学校附近东风河渠的上游处。然后,他让儿子系着游泳圈,从上游开始向河流下游方向游去。这时,我先生又骑着自行车奔向下游,并在岸上大声叮嘱儿子注意安全。每次训练他们都要往返数次,时间长达两小时。我的分工是后勤,烧好饭等待他们父子归来。

在我记忆中,80年代的成都地质学院系领导有一个传统美德,即大年初一,领导要到教师家拜年。每次到我家,我们三人都在读书学习,这曾一度在我们学院被传为佳话。

4.高中奋发,科技摇篮

儿子升入高中后的暑假,我们仨在校园散步时,偶然碰到与我先生同一个教研室的易老师的儿子易忠,他大我儿子两岁,曾教儿子滑过旱冰。小易正在备考西安交通大学少年班,儿子也早已知道他曾获得过成都市数学竞赛奖。小易说:"我参加了一个补课班,那老师还行,小张,你可以试一下!"

事后,我催促儿子去上补课班。那天下午,儿子听完课回到家后生气地对我说:"妈,您天天催我去上补课班,花了钱,也耗了时间,老师讲的内容,就是课堂上老师讲的内容。我才不愿意接纳他人的二手知识。"从此以后,我们再也不提上补课班一事。

当下,针对中小学生的各类型补课班不断出现,许多学生每天不是在上补习班,就是在去补习班的路上。面对这股热潮,我们不禁沉思,现今各类型补课班给孩子的成长和学习究竟带来了多少好处呢?

理科竞赛　成绩优异

在儿子高一的某一天,他回家对我们说:"学校老师鼓励我们参加全国理科竞赛,班主任毛老师认为我数学和物理好,要我准备参加这两科的全国竞赛,我自己也想参加物理、数学的竞赛。"我们听后为之高兴,我说道:"这是好事,你爸爸的数学、物理是强项,可由你爸爸负责数理指导,妈妈只有做后勤保障。"

此时,我已经调离中学到了成都地质学院,原中学宿舍因拆迁,不能再住了。我们的家已搬到距离儿子就读学校10里远的成都地质学院了,所以此时我们面临着儿子上学太远的问题。

当时,这个问题真把我们难住了!最后,我们只好暂时借住到我先生妹妹家的一间平房里,但那房子不隔音,每到晚上,左邻右舍的电视机吵闹声就没完没了的,儿子根本无法学习。

第六章 科学的春天，儿上少年班

为了让儿子能专心读书，我先生通过师兄，教中学的哈老师，在附近中学要了一把那中学办公室的钥匙，方便儿子晚上到办公室去上晚自习。此后，我先生和儿子借住在市中区。每天晚饭后，他陪着儿子骑自行车到那办公室去上晚自习，这样总算解决了读书难的大问题。

在那个年代，每周只能休息一天，每逢周六晚，他们父子俩便骑着自行车，在车龙头上挂着蒸饭铝锅，伴随着叮叮的交响乐来到成都地质学院度过周末。我做上丰盛的美餐给父子品尝，其后读书、运动……周日晚，父子俩才依依不舍地离去。

彼时，儿子面临选择参加全国理科竞赛的参赛学科科目的问题，儿子从小因为受他父亲的熏陶，对物理这一学科有着浓厚的兴趣，在初中物理学科竞赛中已多次获奖，物理老师总夸儿子在物理方面有天赋，所以我们想让儿子参加物理竞赛。但是儿子说："教数学的毛老师已经跟我讲了，按她多年指导参加全国数学竞赛的经验，她给我指导，拿全国数学奖是很有希望的。"我先生说："数学、物理有相关性，儿子已经表明了观点，想参加这两科的全国竞赛。"此刻，我心中暗想，14岁的儿子，真是"初生牛犊不怕虎"。

此后一年半的时间里，我住到成都地质学院，忙于我的教学和科研。我把儿子全权交给我先生，我先生除了到成都地质学院上课外，他既当爸又当妈，既要管儿子生活，又要指导儿子参加全国物理、数学竞赛。现回想起当年我先生为了儿子成长所付出的是那么多，我既有感激之情，也有内疚之情。

在这期间的一个星期六下午，夜幕已降临，都晚上7点多了，过了儿子回成都地质学院的时间，可仍未见儿子回来，我和先生急了，时间一分钟一分钟过去，儿子还没回家，我俩议论着各种可能性。然后，我俩骑着自行车到学校大校门搜寻了一圈仍不见儿子，于是我们就沿着儿子来成都地质学院的固定路线，边骑车，边睁大双眼搜索，生怕他与我们错过了。

突然，我先生说："孩子肯定还在中学办公室上晚自习啊！"我们加快车速骑到中学办公室，看见儿子正在聚精会神地演算习题。我们悬着的心终于落下了！儿子说："呀，我忘了今天是周末啊！"

在返回成都地质学院的路上，在静穆柔美的夜色中，天空中的北斗星闪烁着，仿佛在告诉我们坚持不懈，梦想一定会实现。我们边骑着车，边谈笑风生，我问我先生："您怎么算准了孩子在办公室上晚自习？"先生风趣地说："儿子，再逃，也逃不出我如来佛的手掌心。"

在高中二年级时，由于儿子的学习成绩超群，他的学校曾多次推荐他参加全国、省级、市级理科各学科竞赛。儿子没有辜负老师的重托，多次获得全国、省、市理科竞赛奖。其中，1985年，在省、市、自治区高中联合数学竞赛中，他获得全国优秀奖；1986年，在全国中学生第二届中学物理竞赛中，他获得四川省优秀奖。

儿子曾颇有感触地讲道："听课和自学是一种相对静止的学习，而参加学科竞赛，则是学习过程中的一种剧烈运动。在这种运动中要读许多书，大量做各种类型的习题，不仅能丰富知识,也能提高对各种习题的综合推导、演算和论证技能,也训练了逻辑思维能力。同时,在迷茫地探索前进之路的过程中,能让人变得更加坚强,也感受到其中的趣味。"

参加各类型竞赛,培养了孩子才思敏捷的学习特质,不甘落后和顽强拼搏的进取精神。

高二年级　自学高三

1986年,报考中国科技大学少年班的条件是考生系高二学生,年龄在14岁以下等。考生应参加全国统一高考,考试科目和考题与当年的理工类相同。

高二下学期,儿子在获得中国科技大学少年班报名资格后,他将要准备参加当年的全国统一高考。

此时,离全国统一高考仅有两个多月时间,儿子还没学过高三年级的课程。面临如此严酷的情况,我们该如何是好?

我们分析,一致认为这是一次机会,若考上中科大少年班,则是实现了梦想,若没考上,明年仍可参加高考,这算是多了一次参加高考的机会。另外,高二以前的课程,经过每年的寒暑假多次温故知新,早有准备,没有复习的必要了。高三年级的教学内容,儿子参加的全国理科竞赛中也涉及了,现在的问题是如何在这两个多月时间里补上高三尚未学的课程内容。

为了此事,我和儿子到学校办公室去见了他的班主任毛老师。她中等身材,40多岁,有着利落的短发。从那黑边眼镜中透出的目光,是那么炯炯有神,那么和善可亲。毛老师热情地接待了我们,她说:"小张现在读高二年级,高三课程还未学,面临参加高考。我与学校领导研究过了,现在正要征求小张意见。小张可同时到高三年级班去听课,有不懂的问题,就可去问有关任课的老师,老师们也都知道了,学校会全力支持他的。"

我问身边的儿子对此有什么看法,却没预料儿子竟会这样讲:"老师,请您把教师用的高三课程的各科教学大纲给我,我可以自学,不用去听高三年级的课。"毛老师也颇感意外,略带惊讶地说:"小张,老师相信你的学习能力,你有什么地方需要学校、老师帮助的,跟我讲!你是我们学校第一个报考中国科技大学大少年班的学生,加油!"毛老师的话语让我觉得好温暖、好亲切。

儿子开始自学准备高考了。他仍按作息时间学习、锻炼和生活。先生一再提倡高效率学习,儿子晚上7点阅读课外读物。其后的时间则按高三课程的各科教学大纲要求自学高三课程。为了保证身体健康,我们要求儿子晚上不准"开夜车",晚上10点得准时上床睡觉。

在儿子上中科大少年班前,我家一直都没有电视机,有关时事、新闻我们均通过阅读报刊和书籍去了解。我们仨天天共同读书学习。高才生的先生成为儿子的"私人教师"兼伴读"学友"。同时,他也是儿子体育锻炼的"陪练对手",常常一起打羽毛球、乒乓球、游泳、滑旱冰,以及下象棋等。

参加高考 成绩优秀

仅用了两个多月的时间,儿子就自学补上了以前没学过的高三全部课程。

离高考的日子越来越近了,我们把家搬到成都地质学院宿舍了。父子俩天天黏在一起,除学习、讨论问题外,开始迷上了下象棋，父子之间象棋之战的时间越来越长。而我管后勤，采购、伙食等学习以外的事。

离高考只有几天了，父子俩还在天天下象棋，我看着心急上火，就把象棋收了起来。父子俩发现象棋不在了，竟然问是不是被我藏起来。我说："是呀！火烧到眉毛了还不急！"这时，父子俩大笑，儿子说："您怎不懂得考前，科学减压、合理调节，以保持旺盛精力，头脑清醒，用最佳状态迎考的道理呢？"我听后觉得他言之有理。

我先生陪着儿子迎来了人生第一次高光时刻——高考考试。每天考后回家，父子俩总是面带喜色，我问考得怎样，他们回答总是，等着高考成绩通知吧！经一番刻苦努力，儿子终于取得了优秀的高考成绩。

科大复试　梦想成真

高考后不久，中国科技大学少年班招生办公室寄来了复试通知（包括笔试和面试），其内容附有儿子参加全国统一高考的成绩，儿子的高考成绩远超清华大学录取线。

1986年仲夏，我陪同儿子乘火车前往中国科技大学少年班参加复试，心情多为开心，也有点紧张，因为儿子终于离梦想又靠近了一步。

来自全国各地参加中科大少年班复试的考生在家长陪同下聚集于中科大招待所。复试内容有数学、物理、化学、外语、非智力因素测试及综合面试等，这是第十期中科大少年班招生，增加了心理测试。

在这几天的复试中，主要采取"先上课，再考试"的方式，以

绛帐春秋·岁月留痕

了解考生是否有优异的接受、理解能力,是否对所学的内容具有融会贯通、举一反三的能力。外语复试包括对听、说、读等的全面考察。心理测试更是有五花八门的题目和形式,考生只能凭借自己掌握的知识和应变能力来回答。这些考核,目的是了解这群孩子是否有高智商、超专注、特执着等能力。

此时,这一群12岁到14岁的少年,正处于人生的金色年华。这群智力超常的娃娃们,正期盼去奋勇攀登科学的金字塔。记忆中,他们有的还是乐队指挥,有的是围棋高手,还有的是体育尖子……更搞笑的是,有一个12岁的小男孩不从门进出房间,而是翻窗,这样的行为实在是够淘气和天真的,真是可爱。

复试结束后,学校让我们回家等通知。

一周后,中央人民广播电台广播,中国科技大学第十届少年班共录取36人,我们同时也收到了中科大少年班的录取通知书。

儿子就读的学校是省重点中学,他是该学校第一位考入中国科技大学少年班的学生,学校为他举办了庆贺欢送会。班主任毛老师说:"有的学生脑子很灵,但不刻苦,没有毅力,学习不好;也有的学生脑子不灵,尽管刻苦,但学习也不好。小张这学生,则是既聪明又勤奋,两者兼备……"

儿子从小学到考入中国科技大学少年班整整10年,那是辛苦耕耘、顽强拼搏的10年,也是丰富的10年,所以,也是他一生都值得夸耀的10年。

每当谈到陪伴儿子苦读奋斗的10年往事,我先生总是激情澎湃、热血沸腾,其中的艰辛啊,日夜的期盼啊,都值得了!

第七章 少年班学习,到美国留学

1. 读少年班,神童摇篮

1986年秋,14岁的儿子带上简单的入学行装——三大件行李,即一床被褥、一个箱子、一个网兜——入学了。箱子内除换洗衣物外,全部是学习用品和参考书。网兜内有脸盆、搪瓷缸和铝饭盒。儿子乘硬座火车奔赴朝思暮想的中科大少年班。这是儿子第一次离家,远离父母,独自乘坐几千里行程的火车到安徽合肥求学。

我和先生送儿子上了火车后,回到家,顿时感到家里是如此冷清,就连灯光也变得如此暗淡,房间里仿佛失去了温度。我像失魂落魄般地感伤,不由自主地落泪。先生见此状安慰我道:"你我期盼孩子到中科大少年班,去为实现我们尚未实现的梦想奋斗!今天,孩子迈出这步是多么不容易,我们应该高兴!这是暂时、充满希望的离别!现在,你我也应好好干事业了。"先生言之有理,于是我收起了眼泪。

从那后,每当结束一天的工作时,最盼望的事情就是能收到儿子的来信。在这4年里,儿子共给父母邮来131封航空信。每当我读到这些"两地书信",每次心理感受都不相同,有时高兴、喜悦、激动,有时辛酸、忧愁、烦恼。时至今日,我还常会忆起信中的故事。

绛帐春秋·岁月留痕

后来，先生按儿子不同的成长阶段，以时间顺序把来信编号，将这些"两地书信"完好地珍藏在一个箱子里。

1986年9月15日，在我们的期盼中，收到了儿子的第一封家书，我们悬着的心终于落了下来。

……9月8日下午，我们在中科大礼堂举行了隆重的开学典礼。校领导出席了少年班开学典礼，鼓励少年班学生努力奋发，学习成才，去迎接科学的春天……

83级少年班曹一斌同学传授了学习经验，小曹仅用3个寒暑，学完了大学5年的主要课程，提前两年考取了赴美物理学博士研究生……

在少年班，没有系和专业的概念，因而不受专业的束缚和限制，对我们开阔知识面和全面发展有好处。我们的年龄都是12岁到14岁，学校选派了有丰富经验的"班妈妈"帮助我们学习、生活等。

少年班有相关课程的设置，但强调扩大专业口径，促进学科的相互渗透，我们可以任意选修全校任何专业的课程。学校为少年班开辟的第二课堂科目有文学、写作、艺术欣赏、书法、绘画、摄影、科学动态、科学新技术等。另外，还有选修课和知识讲座，以及各种体育运动选修项目。学校还为少年班设置了计算机室，学生在任何时间都可以用计算机。学校还专门建立了动手实验室，少年班学生无论有什么新点子，都可以到实验室进行"折腾"实验，这也几乎成为大家的业余生活。

这里是科学家的摇篮，我对未来充满信心，会热烈地拥抱新的一天……

妈妈出差了,爸爸一个人在家一定很寂寞吧。这是儿子第一次在远方给二老写信。

我们给儿子的回信:

……为了你的梦想,你努力耕耘,收获了硕果,进入了中科大少年班,这是一段不平凡的经历,爸妈为你感到骄傲和欣慰。

孩子,你现在又面临科学的金字塔,需要你不断去攀登,去征服!孩子,在前进的道路上,望你碰到困难、挫折时,不低头,用你不认输的意志、拼搏的精神、乐观的态度勇往直前!

孩子,你正处在人生茁壮成长的黄金青年时期,请务必记住,正直、诚信、创新、坚持、宽容、感恩,逐渐树立正确的人生观……坚信更加美好的未来将展现在你面前,加油吧!

14岁的儿子突然远离父母去异地求学了,我们从照顾、培养儿子成长的繁忙事务中解脱出来后,我们的家也从城市的市中心彻底搬到了成都地质学院。我突然感到小家变得异常安静,时间也仿佛变得慢悠悠的了。

我和先生常回忆起儿子离家求学第一年的元旦节。学校放假了,校园空旷而安静。太阳高高地挂在天空,那个明媚的日子,暖和得如同阳春三月,我俩到校园外散步,看到很多同龄父母和孩子一起嬉戏。我俩都感到有些孤独,总是牵肠挂肚地念着远方的孩子,不约而同地问对方:"孩子是怎样过元旦的呢?"又同时回答对方:"还用说,读书!"

寒假快到了,我和先生掰着手指头算日子,计算儿子回来的时间,并在日历上把他要回来的日子画了无数个红圈。这时正是春运高峰时间,合肥到成都的火车又是夜间零点后到站。那个年代还没有的士,更没私家车,我们犯愁要如何去火车站接孩子。

我俩联络了成都地质学院的3位家长,他们的孩子也和我儿子一同就读中科大,我们决定一齐到学院借一辆汽车去火车站接孩子们。尽管正值寒冬,但我们仍怀着喜悦、激动不已的心情到了火车站。大家一双双眼睛,紧盯着出站口,期盼看到孩子们的身影。终于等到他们了,最后出站的儿子站在我面前,看起来儿子个子长高了,显得十分精神,身上除了背有一个小黄书包外,什么都没有。儿子说:"爸妈,火车上人超多,人挤人,从起点站到终点站,在狭窄车厢中,仅一足之地,我困倦,打了个盹儿后,我带的东西全都飞了。"

第二天早上,我把炖好了的鸡汤放在桌上。儿子起床后说:"好香啊!妈,是鸡汤香味吗?"我说:"是啊,你鼻子真灵。"他说:"爸妈我们一起吃吧!"我俩推辞着说:"我们已吃了早餐!"我们坐在桌边与儿子聊着聊着,看着他把大半只鸡吃掉。然后他说:"我填饱肚子了。"我们问:"你们学校伙食怎样?"儿子说:"好呀!火车上一天一夜,我饿惨了,这鸡汤太好喝了。"

寒假期间,儿子自己选购了一台飞利浦收录机。在整个寒假期间,这台收录机成了他忠实的伙伴。他说:"在高中时,学校英语课听力训练较少,这个假期必须解决听力问题。"他选择了美国电台的VOA英语节目,据说它具有知识面、词汇量大、速度适中、循序渐进等优点,特别适合大学生。他天天抱着收录机收听,还把内容精心录制下来反复模仿,儿子不断地纠正着英语发音和语调。

真是功夫不负有心人,经过一个寒假,他的外语听力、阅读速度和表达能力都取得了惊人的进步。随后,他又开始听《美国之音》。寒假结束时,他已可以用较准确而流利的英语与外国朋友交谈了。

大学二年级暑期回家,儿子跟我们侃侃而谈道:"我们少年班的学生读书真是如饥似渴、如痴似迷,在强者云集的少年班你追我赶,个个都十分刻苦,不少人是开夜车的夜猫子。我们'班妈妈'十分辛苦!晚自习后,她常到教室把学生一个一个地往宿舍拉,盯着学生钻进被窝,关灯后,还在宿舍门外观候,直到无动静才离开。但'班妈妈'前脚刚走,这些学生后脚就从床上一骨碌爬下来,轻手轻脚地回到路灯下苦读,直到夜色阑珊。后来,学校采取'晚上十一点少年班宿舍统一熄灯'的制度。见此状,有的学生干脆躲着'班妈妈'把被子抱到教室去了,读书读到实在困倦了,才钻进被窝蜷缩在课桌上睡觉。"

我们听到后,十分为之感动,少年班的大多数学生早已被公认为"天赋异禀",但他们仍刻苦学习,个个劲头十足,风格各异,这也是少年班特有的一种氛围。每个学生都是"少年心事当拏云,谁念幽寒坐呜呃"。看来,这一代人将一定会迎来科学的春天。

2. 选入"卡班",世纪之战

1987年10月29日,儿子邮来的第34封信:

……这次是中科大全校物理辅导班的统一考试,我考了全校前5名。我们的总教头朱栋培老师极为惊讶!朱老师问我:"小张,你暑假看了些什么书,你一定是做了海量习题吧?"我笑着说:"我只是碰巧运气好,超水平发挥了。"

我已被推荐参加最后一届CUSPEA("中美联合培养物理类研究生计划"的英文缩写),简称"卡班"。下学期开学,正式开始集训。

86级少年班仅有4人,为正规军,一场新的"世纪之战",即将打响,但愿我不是落伍者。

1987年3月16日,我们给儿子回信:

……收到你的快信。我们高兴极了,妈妈高兴得手舞足蹈,甚至在客厅旋转起舞。

孩子,你通过一轮又一轮的筛选,过关斩将进入"卡班",终于又向前迈出了一步。曾记得有一位杰出的跳高运动员说过令我难以忘却的话:"我们跳高运动员拼命追求的,就是今天比昨天跳得更高,明天比今天跳得更高。"正是这种追求超越、渴望突破的精神,才能帮助人们夺取事业上的"金牌"。

> 我们的所作所为还没有达到一个人真正能达到的限度的三分之一，人所悄悄地浪费掉的生命能源是不可估量的。"是不为也，非不能也。"
>
> 你在学习方面已经取得一点成绩，但是请你记住那位跳高运动员的话，不断把人生的横杆升高，跃上人生一个又一个新高度。
>
> 孩子，祝贺你入选"卡班"备战参加最后一届中美联合培养美物理学类研究生计划！

1981年，李政道先生倡议发起中美联合培养物理学类研究生计划，希望创造更多机会让优秀的年轻一代能到国外学习深造。

考试是由美方命题，每年参与命题的美国大学有哈佛大学、康乃尔大学等，全部用英文出题。考试难度水平大致适用于优秀的美国大三学生和美国博士研究生一年级学生。每年的考试范围、题型和总分会根据出题学校的不同题目发生变化。最后，由60多名全国著名的物理学家参与阅卷工作。

1988年寒假，经过不断筛选，"卡班"云集了出类拔萃的学习精英，进行艰苦的强化集训，强者相遇勇者胜，选出的优胜者将迎接最后一届中美联合培养物理学类研究生计划考试。

鉴于试题范围、题型等可变因素太多、难度极大，时间又紧，而考生大多是大二的学生，因此，经全国一流高校层层考核，筛选出了极优秀的学生组成"卡班"，备战中美联合培养物理学类研究生的考试。

中科大"卡班"强化集训期间,正逢一年一度的春节,我先生前去中科大少年班看望了儿子,同时带上爷爷赠送给孙子的派克金笔。这支金笔是爷爷被评为重庆市工商银行先进工作者的奖品,其上刻有"心想事成"的字样。

春节后,我收到我先生的来信,信中详细地描述了"卡班"不一样的团年饭事。信中说:

……农历大年三十,在这个中华民族的传统佳节,"卡班"的领导、老师、学生与前去的家长们欢聚一堂,喜迎新春佳节,热闹非凡。学校餐厅内,挂满了大红灯笼、彩色气球,美丽的中国结烘托出了节日欢乐、祥和的气氛。领导向大家道上节日问候,祝愿"卡班"将创造更多的精彩!

随后,大家品尝了食堂师傅们精心准备的佳肴。领导、老师不停地把最好的菜往学生碗中送,并关怀地叮咛学生们注意身体!大家共同分享着"卡班"的趣事,互相送上美好的祝福。最后,我们还看了一场电影。

节后,"卡班"又进入了强化集训,每天听课、做练习、评讲、讨论、示范、考试、查阅历年考题、模拟考试。

最后,儿子迎来了人生第二次高光时刻——"卡班"考试,他获得了优异成绩。但是体检时,儿子由于过于劳累导致身体健康出了问题,失去了此次良机。

此时,助战的我先生安慰儿子道:"古今之成大事业、大学问者,必经过三种境界:'昨夜西风凋碧树。独上高楼,望尽天涯路。'此第一境也。'衣带渐宽终不悔,为伊消得人憔悴。'此第二境也。'众里寻他千百度,蓦然回首,那人却在灯火阑珊处。'此第三境也。好事多磨!"

儿子与中美联合培养物理学类研究生失之交臂后,满不在乎地说:"我经历了这次强化集训后,更感近代物理学充满逻辑性,非常完美、非常严谨,对它充满了无穷的兴趣。我专注在今天,鼓足勇气往前走。这几个月的经历是我人生中的宝贵财富。"又补充道:"漂亮的失败也是另一种成功!"

3. 自费留美难,跨越高"门槛"

大学三年级,儿子除了学习必修课程和选修课程外,还要为自费留学做好准备。

自费留学,不同国家的不同学校要求各异。对于去美国留学的学生来讲,需要跨过的第一道"门槛"就是考托福和GRE。美国著名院校对托福、GRE的"门槛"要求尤其高。

美国一流大学在筛选学生时,极重视托福和GRE的考试成绩。因为,托福是考查学生的语言能力,听说读写的强弱;GRE是考查学生逻辑推导能力,以及词汇量。

大学三年级寒暑假,我们感受到了儿子为备战托福和GRE勤奋、艰辛、顽强的精神。作为父母,我们既为之佩服,也忧虑儿子的身体,心里真是五味杂陈。

儿子寒假回家后,立刻投入到托福考试的准备中,宿舍和我的办公室成了他生活的全部空间。我发现,儿子无论是去办公室,还是回宿舍的途中,他耳朵上都插着耳塞在听外语录音。

春节期间,正是寒冬最冷时节,寒风凛凛,孩子的手冻得通红僵直，还在不停地摆弄着他的飞利浦收录机，边听、边读、边写。学校偌大的办公楼空荡荡的，偶尔可见有少数寒窗苦读的学生为追逐心中的梦在努力学习奋斗。

课间操时，我先生把炉上烤好的红薯带上，送到儿子学习的办公室，儿子高兴地吃完热乎乎的红薯后，就和我先生打半小时羽毛球，解严寒之冷后，又开始学习。

儿子一步一个脚印地顽强学习，最终，托福考试获得620分的好成绩。

同年暑假，儿子回家后，为了开学回校参加GRE和双GRE的考试，仍在我的办公室做考前准备。在那个年代，办公室没有电风扇，更没听说过空调，人们都是用扇子解暑。

回想起1987年的夏天，天气特别热，每天晴空万里，太阳把地面烤得滚烫滚烫，到处散发着盛夏的威力，天热得像发了狂一样。

暑假期间，四川崇州鞍子河自然保护区邀请我们去考察该自然保护区的旅游资源，并将汽车开到我们办公大楼，接我们去自然保护区考察。

此时，我到办公室去，看到儿子热得仅穿着短裤，他赤膊上阵，还是汗流浃背。办公桌上放有一个计时钟，他一边计时，一边读、写、背英文字典。

当时，我真想叫上儿子与我们一起去自然保护区，既可回归自然，也不至于遭受如此的酷热。但转念一想，他正处于激战前夜，岂能临阵而逃呢！

儿子跟着我走出了办公室，又跟着下了楼，送我们上了车，看着我们的车飞驰而去。这时,我听到车窗外传来儿子熟悉的声音:"妈妈再见,注意安全!"其实此刻,我完全知道儿子是想跟我们一起去自然保护区的,我也想同儿子一起去,但是为了彼此的梦想,为了初心,为了追梦,只有暂时放弃一切,去追梦!

儿子顽强地学习,脚踏实地、循序渐进、稳扎稳打地备考GRE,最终取得了优异的成绩:一般GRE成绩1980分,双GRE的"数学单元"成绩得了满分800分,物理专业成绩也得了满分990分。

大学四年级,儿子以优异的成绩完成了大学5年需学习的全部课程,并顺利通过毕业答辩,提早一年毕业,获得了学位。

4. 留学条件,冰解冻释

80年代初,中国的国门稍稍地开了一条缝,虽然狭小,但毕竟还是为这一代优秀的年轻人打开了国门。

公安部开始受理自费出国留学申请,并出台了有关自费出国留学人员的若干具体问题的规定。

安徽省公安厅和合肥市公安局也出台了与其相衔接的若干自费出国留学人员相应的细则要求。

中国科学技术大学,校字(90)第034号《关于自费出国留学人员几个具体问题的暂行规定》:在校学生因自费出国留学而申请退学者,必须备有相关材料(侨属证明、对方的录取通知书、交在校期间的培养费缴纳收据等)齐备后,方准予退学。

在校生必须退学后,才可以自愿申请留学。

从自费出国留学相关文件看,申请自费留学需满足这几个条件:其一,需要有侨属证明(县级以上侨务办公室证明);其二,有国外亲戚做经济担保,承担学生就读美方学校的学费、生活费等；其三，美国接受学校审查学生各科成绩、科研成果、发表文章、综合素质，推荐教授的水平和知名度，以及所委托担保学校I-20表。最后，学生应缴齐在校读书期间的培养费。

从公安部门到院校针对自费出国留学人员出台的相关文件不难看出，如果高校学生选择自费出国留学，一旦没成功，你将失去一切，将成为社会闲散人员。在80年代的铁饭碗时代，失去铁饭碗是异常严重的个人问题。也就是说，当年的高校学生选择自费留学相当于完全赌上自己的前途，需要有义无反顾地冲出国门的勇气！

严格的要求　无穷的折腾

按从上至下的有关文件规定，申请自费出国留学必须备齐四大件，即侨属证明、国外经济担保、美方录取通知书和担保学校I-20表，以及缴齐在校读书的培养费。

有侨属证明，说明你有海外、境外关系。此时此刻，我不能不沉痛地回想起，父母曾伤心地给我讲过，在1967年前后，在万籁俱寂的半夜三更，他们流着眼泪把鄢氏家谱和家里所有的照片通通烧掉，直到化为灰烬。从此以后，他们与海外亲戚就再也没有往来了。

彼时，最难办的是自费出国留学条件中的"学生家庭必须是侨属，还要国外亲戚做经济担保"这项。为准备侨属证明和国外经济担保，我和先生被折腾得焦头烂额，这一过程，非亲身经历者是难以想象的。

当时，我和先生商量后，决定分别从两条线，即从张氏家族线和鄢氏家族线中去筛选列出可能愿意帮我们开到侨属证明和做经济担保的亲戚、朋友。我们先是四处打听,再筛选出能救急的亲友,然后信件联系,最后,登门拜访。

为寻求侨属证明,我们耗费了长达10个月的时间,现在想起当时乘飞机、火车、汽车、轮船到重庆、安徽、上海等地,四处奔波的艰辛一言难尽。

最难忘的是"病急乱投医"的经历,即我的重庆丰都之行。我先生跟我聊道:"我妹妹张勋大学毕业被分到重庆丰都县农村接受再教育时,结识了一个好朋友叫吴寄蜀。她在刚解放时出生,父母去台湾时无法带走她,只能忍痛割爱留下了她,故她取名叫吴寄蜀。其后,她父母又去了加拿大。改革开放后,父母曾荣归故里过……"

听到这个消息的第二天拂晓,我便匆匆带上儿子申请自费出国留学的相关材料,我先生送我到成都火车站,我乘火车到重庆后,马不停蹄地直奔朝天门码头,再乘下水船去丰都。在船上,我翻阅手里的材料,思考着仅有这点线索怎样才能寻找到吴寄蜀女士,又怎样拜访她、求助她,心有急事,沿江美景我也顾不上观看了!

船停靠在丰都县城后,我直奔县侨办,侨办工作人员听说我找吴寄蜀女士时,他热情地接待了我,带我去了小吴家。正巧小吴在家,她40岁上下,中等身材,眉清目秀,齐耳短发,她的嘴角有点上翘,好像总在微笑,给人一种亲切的感觉。她热忱地接待了我,详细地看了我带去的材料后,说:"你孩子太优秀了,我也想帮你,但侨属证明要说明我们与你们的孩子是直系亲属关系,我和我老公都不姓张,也不姓鄢,我们籍贯也非重庆、江苏,侨务办能无根无据地开这证明吗?"停顿后,他思考了一会又说:"关于国外亲戚做经济担保的事,我父亲从加拿大回到丰都县时,曾给四川美院的老师办过经济担保。但这事还要跟我父亲商量,因为这涉及经济担保的金额。"

其后,小吴劝我留在丰都看看正在开发旅游的丰都县城。我说:"孩子已经收到美国几所大学的录取通知书和奖学金,现在,急着办理孩子出国留学的事!日后有机会一定再来丰都。"我感谢小吴的真诚指点和帮助,向小吴表示谢意!告别时,小吴说:"我父亲若有消息,我会立刻告诉你!"

从丰都回程中,我感到小吴点醒我了下一步寻侨属证明的方向,只能在张氏、鄢氏家族中寻找。我决定回重庆老家向鄢氏家族求援。

家族的厚爱 铭记在心间

回到重庆老家,我向父母亲和弟弟讲了儿子自费出国留学遇到的极大麻烦,即需要侨属证明。父亲说:"在解放前夕,重庆鄢氏家族的亲戚是有去香港、台湾等地的,但1966年后,谁也不敢与他们往来,现在到哪里去找呢?"我说:"孩子为了自费出国留学退了学,去不了美国,就只能成为社会闲散人员了!谋事在人,成事在天!总要去努力呀!"

于是,我父母亲和弟弟鄢和国四处串联、走访、寻找、打听鄢氏家族中在国外亲戚的有关情况。

其间,我和父亲拜访四叔的经历给我留下了刻骨铭心的记忆。

寒冬的夜晚,我70多岁的老父亲跟我讲:"你陪我去你四叔鄢宝庭家去拜访一下,他家在下半城储奇门。"我父亲年迈,走路缓慢，偶尔还要咳嗽，在去的路上，父亲跟我讲："我打听到，鄢宝庭的姐姐鄢婉容在香港，据说去年还回过重庆。"

我们到了四叔家的单元门口后，要爬3层楼，这下可难倒了患有支气管炎、肺气肿的老父亲了，老父亲扶着楼梯栏杆，颤巍巍地边爬楼梯边喘气，爬几个阶梯就歇一下，又再爬，好不容易才爬完3层楼。

当我们叩开四叔家门，四叔看到是我父亲，十分高兴，问长问短。相互寒暄一会后，父亲向四叔介绍了我和我孩子情况。四叔看完了我带去的材料后，高兴地说："啊！这是好事！是鄢家的人才呀！我会写信跟大姐讲你们的情况和想法，现在我把大姐在香港的家庭地址给你们，你们把有关材料用特快专递寄给大姐，并讲清楚需要请大姐做的事。我与你们同时联系，加快进度！"其后，四叔又说："去年大姐鄢婉容从香港回到重庆，还去看了鄢家花园。"告别时，我们向四叔表示了深深的感谢！

当我们父女俩带着高兴、喜悦的心情返回家时，已是夜深人静了。这时要从下半城往上半城走，全是上坡路，父亲走起来很吃力，我扶着略微佝偻笨拙的父亲，看到他步履蹒跚，并发现他时而还高一脚低一脚地走着，看他喘不过气来，又不断咳嗽的样子，当女儿的真是好心痛！老父亲好不容易才回到市区。

这时，老父亲低眉垂眼，难为情地跟我说："不行了，我忍不住了，我要尿了！"正好在街的一个转角，我背过身说："爸，老年人，你又患有前列腺肿大病，现在，只有就地解决了！"

回到家时，母亲和弟弟还在等我们，当我们把去四叔家的情况讲了后，大家都喜出望外地说有希望了，真是"皇天不负苦心人"！这时，我弟弟说："姐姐，关于自费出国留学前应交齐在校读书期间的培养费一事，我去想办法解决，你不要管此事了。"

值得一提的是，30年前的中国人，大部分人兜里都没有闲钱。在那年代借100元钱都难，我弟弟和国慷慨解囊帮助侄儿，缴纳了在校读书期间的培养费一万元，真是雪中送炭。每当想到此事，我的感激之情还是无以言表。

这一夜注定难眠，因为孩子自费出国留学虽历尽艰辛，但我终于看到了曙光，确实有点兴奋！那年代家里没电话，我真想飞鸽传书，把这件事告诉我先生和儿子！但我也感到有些忧伤，父母的身体日渐衰弱，我作为女儿却远离老父母，没尽到责任。好在，我弟弟和国是很孝敬父母的。

第二天清晨，我乘最早一班火车返回成都，当我把这次回重庆老家的情况告诉我先生后，我先生夸我有能耐。我说："此行仅看到一点晨曦，未来的路还很漫长，还有很多问题需要解决，我们决不能懈怠！时间太紧了，我们快整理材料，给大孃孃写信吧！"

当我写好了给大孃孃的信，我读了又读，我先生改了又改，字字推敲，生怕有不妥之处，心想这封信真是值千金啊！它关系着儿子的前途，决不能有失误。

邮出给大孃孃的特快专递后，在期盼回信的日子里，我不由想到，由于种种原因，已经有几十个寒暑，我们与至亲时空相隔，相互间杳无音信了。

我们的信发出后仅一周多,就出乎意料地收到了大嬢嬢的回信。

> ……借此先祝贺,你们有一个如此勤奋好学的儿子,真是难能可贵。
> 关于令郎赴美留学一事,困难在于需要侨属证明和国外亲戚做经济担保人,我们对所告各点深有体会,将尽其能力去办理。我们已经去美国驻香港总领事馆咨询了,正在努力……

当我和先生读到此信时,我俩是又激动、又感激,眼睛也湿润了。我和先生久久对视,接着两人脸上都露出喜悦的笑容,一时间百感交集。

事后,我跟先生聊道:"虽然我们从没见过大嬢嬢,但时间的流逝却卷不走血缘亲情,血总是浓于水。"大嬢嬢为我们孩子出国所做的事,真是够尽心尽力的了。随后,大嬢嬢又来信:

> ……我理解,你们已心急万分,我们又再次去了美国驻香港总领事馆和律师所,经过各方设法奔走,现邮出说明我们之间是直系亲戚关系的证明,用此证明可去相关单位办理侨属证明。
> 关于国外亲戚做经济担保一事,由于经济担保金额较大,我们想采取多方集资的方式解决。同时,我们已将相关材料寄给安徽省合肥市公安局……

绛帐春秋·岁月留痕

我们终于收到了大孃孃与我们之间的直系亲戚关系的证明，以及部分金额的经济担保。曾经让家族陷于泥沼的海外关系，却在这关键时刻帮助了我的孩子。

我们拿着直系亲戚关系证明到有关省、市和学院统战部，和侨务办公办妥了侨属证明。

迄今，我们还珍藏着大孃孃的来信和电报，共22封。在这些来信和电报的字里行间，我们真切地感受到他们虽身居海外，仍在异国他乡艰苦奋斗的顽强意志。但同时，他们关切民族盛衰，关心祖国改革。他们重视亲情乡情，对家族十分关心的，有守望相助的精神。为帮助扶持我们的孩子留学美国，年迈的亲人们付出了满腔心血，已尽心竭力了。

其间，儿子已收到来自美国9所大学的录取通知书，儿子选择了加州伯克利大学。该大学提供给他全额奖学金，此外，他还可任助教工作，另付酬金。

由于国外亲戚所担保的经济金额较低，最终是否会影响办出国手续，我们还拿不准，心中仍忧心忡忡。

正值此时，我先生的中学好朋友李有才专程上我家，告诉我们说："本周星期日，香港百威音响集团将来成都开展销会，主持会议的谭小薇女士与我姐夫认识，你们可去碰碰运气。"

星期日那天，我和先生早早地就赶到了百威音响集团开展销会的现场。盛大的会场上，摆放着各类音响、乐器，尤其是舞台表演用的钢琴，太有气势了。我们远远看到谭女士，她30多岁样子，中等偏高的身材，有一头乌黑亮丽向内卷曲的短发，长着柳叶眉，一双大眼睛，高挺的鼻子显得很有精神。她脸上的淡妆,朴素光亮,颇显魅力,她身上的衣装简洁明快,十分典雅。

她正在忙碌地接待着贵宾,指挥着现场工作,她的举止既成熟又稳重,处理起事务来干练有度,说着一口漂亮的普通话。

展销会现场的工作结束后,谭女士接见了我们,谭女士客气地说:"你们孩子的大概情况李先生跟我谈了,你们的材料留下,会后我会认真阅读。"我说:"欢迎谭女士光临我们成都地质学院,参观恐龙博物馆,也欢迎到寒舍做客!"

两天后,谭女士光临我家,聊道:"你们孩子真不错,到美国留学后,将来能为科技发展做更大贡献!明天回香港后,我会请我的律师立刻去按相关要求办理经济担保。"然后,她参观了学院的恐龙博物馆,临别时,谭女士留下了她在香港的通信地址。

由于美国伯克利大学录取通知书上要求的入学时间迫近,我和我先生整理好儿子申请自费出国留学的全部相关材料后,带上简单的行装,乘火车前往合肥中科大。

到中科大后,我们立刻将已经办好的自费出国留学的相关材料送到学校和省、市公安局等相关部门办理自费出国留学的相关手续。但在审核时,审核部门认为我们办理的经济担保金额不够,要求补足其金额。

彼时,我们急得犹如热锅上的蚂蚁,怎么办?我们又没有谭女士的电话,从合肥到香港的往返信件需花近两周的时间!这时,我先生急中生智说:"合肥有到香港的飞机,我们把情况写进信中,到机场去请去香港的乘客把这封信捎到香港去。我说:"啊!对,这是好办法呀!"

我和先生连夜给谭女士写信,讲明情况,希望她能助我们一臂之力……

清晨,我俩赶到合肥机场的候机厅,找到了去香港,正在排队登机的乘客。我俩选了一位中年女士,我上前,礼貌地说:"您好,想打扰一下您,请您帮我们捎一封急信到香港去投递……"当我说明情况后,这位女士热情地说道:"行,没问题,我一定会办到,放心吧!"我感激地目送她离去,祝她一路顺风!心中默默地在祈祷,希望一切顺利!

4天后,我们收到了香港的特快专递,谭女士寄来了全额经济担保文件。

还值得一提的是,在那个特殊的年月,我与谭小薇女士在茫茫人海偶然相遇了。她为我儿子出国留学尽其全力,从此我们结下了深深的姐妹情谊。20多年来,随着时间流逝,我们的姐妹之情越发浓厚。每当有成功的喜悦,开心的事时,我们姐妹俩就会共同分享;每当失意、悲伤时,我们姐妹俩也会共同分担。

终于,在家族亲戚、朋友、朋友的朋友、偶相识的人的共同努力下,我们克服重重困难,办齐了有关自费出国留学的全部手续,儿子将实现他的留学梦想。

今天,中国青年海外留学热潮已经形成了一道亮丽的风景线。然而,这一代人是否了解30年前,那一代人为留学所经历的种种艰辛呢?这"难"只有他们自己及其家人知道,但艰苦努力的"果"是众所周知的。

我们深切地感受到时代在前进,随着改革开放,我国更多的年轻人将走向世界,这必将促进我国科技和经济的高速发展。

第八章 留美的奋斗，创造与发明

1.告别中科大，怀念少年班

1990年8月中旬，儿子即将离开中科大，去美国伯克利大学留学深造。他陪同父母跨过了4年时光，让我们穿过时间的隧道，去了解他在中科大少年班学习、生活的点点滴滴。

我们在科大校园里边漫步边闲聊。

当我们走到中科大招待所时，我问儿子："是否记得4年前(1986年)也是仲夏，我陪你到中科大少年班来复试？"他立刻回答道："怎不记得！"并感叹道："啊！一眨眼，已在科大少年班读了4年啦！岁月飞逝，真是太快了。"我又说："你到科大少年班时，给父母的第一封来信讲，'我的成功，将从这里起步！'，现在你即将开启人生的又一个新起点，未来将面临许多困难，记住'咬定青山不放松，立根原在破岩中。千磨万击还坚劲，任尔东西南北风'。"我看到，儿子的明亮的眼里闪烁出十分坚定、奋进的目光，并郑重地点头，那没有说出口的话在我们之间无声息地交流着，真是无声胜有声。

当我们走过中科大少年班教室、实验室、图书馆时，儿子说："4年前，我来到这个全国瞩目、青少年向往的少年班。在这里，我扩大了自己的视野，方知天外还有天，山外还有山。以前是36个第一名聚集在了一起,现在只能有1个第一名,只能有一个'学霸'这个事实,终于被大家接受了。

我进入少年班,就开始了快节奏的学习生活,教室、实验室、图书馆三点一线,宿舍仅是一个客栈。人在奋斗中不仅创造自己,也创造了环境,在这种环境中每个人都感到一种压力,仿佛总有一种动力推动着自己勇往直前,否则你就会被大家抛弃。

在4年的学习生活中,我逐渐懂得,人生不像小说、诗歌、音乐那样充满了欢乐和虚幻的幸福,随时都会遇到困难和挫折。两年前,在中美联合培养物理学类研究生项目的选拔中,我与之失之交臂,但我逐渐学会了从困难和挫折中换取未来的成功。我逐渐懂得,人生是一场永不停息的奋斗,当某些愿望达到,获得暂时片刻的满足感和幸福感后,又将开始新的追求……"

当我听了儿子的这些谈话,我仿佛看到他这4年,近1500天穿梭在中科大少年班教室、实验室和图书馆之间,儿子一路上匆忙、艰辛和坚定,留下密密麻麻、重重叠叠的足迹。正是这些足迹,今天才把他引向留学生涯。

当我们走到中科大少年班宿舍时,儿子谈道:"我们晚餐后,有时聚在一块吹牛,这种交流方式特别热闹,如数家珍般道出,一会儿是高斯的早慧,伽罗华的天才,一会儿贝多芬、莫扎特,一会儿是费尔巴哈、黑格尔……大家一起交流,真是'天马行空''各抒己见'。有时我们也聚在一块玩桥牌、象棋、围棋,大战几个回合……"

当我们走过中科大少年班班主任的办公室时,孩子谈道:"我们的'班爸爸'叶国华老师,随时会发现学生的闪光点,他总是因材施教,提高学生的创造能力。同时,他也创造机会让学生开阔视野,培养其独立组织的才能,叶老师出金点子,让学生群策群力地组织丰富的课外活动,我们少年班的整个学习和生活的氛围也逐渐由紧张到放松。

最令我难忘的是,少年班第一次独立组织去大蜀山国家森林公园。在临走前,叶老师策划活动方案,对我们千叮万嘱,如遇到意外情况不要忘记处理原则……该景区离学校10多公里,是合肥市唯一的一座山,有典型的火山地貌、多姿多彩的人工湖泊、变化无穷的气象景观、异常丰富的植物群落。

同学们从激烈的竞争中解脱出来,一头撞进大自然的怀抱,大家都显露出天真少年特有的亢奋和激动。女同学们自然奔向那花海中,采摘野花,编制花环,互相戴在头上。哈!梦想当居里夫人的姑娘们,此刻都在争当大自然的公主,多么欢快;男同学们则爬啊、攀啊、呼啊、喊啊!向山顶进攻呀!梦想攀登科学金字塔的少男们,现在目标只有一个,争占山顶制高点,大家玩得很专注,很上心,很投入!这一幕幕场景,正是纯真少年难得的性情流露使然。

4年少年班的岁月,它将奠定我未来的人生之路的坚实基础,对我以后的科学人生有着深刻的影响。感恩我的老师们以各种方式教给我知识和做人的道理。我爱少年班,这段美好的人生经历将永远珍藏在我的心灵深处,它将是我一生的财富。"

2. 微薄行装,前往美国

1990年8月15日,因为孩子入学时间迫近,我和他从合肥乘火车回到成都,必须尽快准备行装赶赴美国了。我先生前去上海，了解上海美国领事馆签证情况。

我们是工薪家庭，我和先生每人一个月的工资是58元5角，这个工资我们拿了20多年。为了办出国留学证件，各种费用已耗尽家里所有的钱。向学校交付在校读书期间的培养费一万元，还是我弟弟赞助的。我们只剩下一个空家当了。这时才真正感到，家庭面临着的经济危机是多么严峻。但是我们心中却感到惬意，因为孩子羽翼已丰，将迎着曙光飞抵太平洋彼岸。

临行前的一天清晨，在我家单元门口，出乎意料地看到我70多岁的父亲，他仿佛从天而降，孤身一人从重庆赶来。我惊讶地问："爸，您怎么没告诉我们您要来，我们好去火车站接您呢？"爸说："你们忙，我行，我向单位请了3天假，专程来为外孙送行呢！"

他们爷孙一起畅聊，我父亲告诉了孙子许多做人的道理，在外时需注意的地方，其后，爷孙合了影……

在给儿子准备前往美国留学的行装时，我用了我和先生20年前结婚时购置的一个猪皮箱子，装上物品过秤仅重32公斤。

我先生有做手账的习惯，现仍保存着儿子出国时的备用物品清单，共4页。在泛黄已碎的纸上留下了那个时代特有的气息，其上写有，春装(棉运动上装、运动下装等30件)、夏装(T恤衫、田径衫、长裤等26件)、冬装(毛衣、防寒服等几样)，以及日常用品(雨伞、剪刀等)，还有炊具高压锅等。这些物品耗去了几百元。最后，孩子购了机票后剩下仅75美元，他还要乘飞机去美国旧金山，再到加州伯克利大学。

行期已到,离别在即。我们的心情十分复杂,虽然为孩子能到太平洋彼岸留学而高兴,但是我们尽了最大努力却仅为他准备了如此微薄的行装。这里面盛载的当然不只是衣物用品,更盛载了多少年来父母无尽的关爱和期盼。同时,这里面也蕴含了说不清的苦楚、辛酸,我们对此深感歉意。也不能不想到,人们言传:"美国社会的冷漠。"这个穷光蛋小子,未来在美国怎么生活?再想到,今日惜别后,如此遥远的国度,我们何日能再见到唯一的儿子。

送儿子去机场,到候机大厅,我们泪眼相视,叮嘱他常来信!孩子向我们挥手告别!而后,他转回头深情地再次向我们挥臂告别!当他再次转身,大步向前走去,消失在人流中时,我鼻子一酸,泪水夺眶而出。

飞机慢慢滑入跑道,传来引擎轰鸣声,看到银色客机昂首冲向万里长空,我知道儿子真正的留学生涯从此开始了。

3. 异国求学,感慨万千

1990年9月7日,我们怀着焦急的心情收到了儿子从美国邮来的第一封信。信上写道:

……登机后,正好碰到科大校友第九系的研究生,我们又正好邻座,由此看来科大学生去美国留学的人还真是不少。

飞机中途停靠在日本东京机场,再飞过富士山。我俯视一看,无边际的平原上有一处突兀的锥形山体,那是上帝徒手捏出的完美雄伟的富士山!在东京上空,我看见下面高速公路上和停车场里密密麻麻的车子,车顶在阳光照耀下闪烁着,像一群金龟子,感受到了宏伟壮观的现代化景象。

到了美国下飞机后,高速公路上,只听见汽车车轮沙沙作响的声音,犹如社会在高速运转着。

刚到这富有异国情调的旧金山,得知它原来的名字叫"圣弗朗西斯科",中国人也叫它三藩市。它为美国西海岸的一座大城市,不但色彩瑰丽,气候宜人,它的东方情调也格外浓郁,我在和它的接触中,心中禁不住涌起一种似曾相识的感受。

我住的学生公寓可远眺金门大桥,它是世界上跨度最长的吊桥,大约也是世界上最长的桥,上下两层,单向为8车道高速公路。这座大桥横跨在碧海之上,宛若奔驰的长龙,既雄伟、矫健,又颇显灵巧秀丽,十分壮观。哪天我照几张照片寄给您们看看。

我到旧金山之后,在盛备同学家住了一周,吃住都没花钱。下周我将搬进学校公寓住,包吃,自助餐很不错。同时,学校还给了我到美国购买机票钱的支票,我将开始做助教工作,酬金完全解决了我的费用问题,还会存有余款,大约几个月后,我汇钱给您们啊!

另外,在我们最困难之时,小舅舅雪中送炭,给了我一万元钱,付清了在校读书期间的培养费。你们转告小舅舅,大约几个月后,我将汇钱给他,谢谢小舅舅!

读完儿子的来信,我们的一切担忧都烟消云散了。

4. 在伯克利大学，攻读硕博学位

在加州伯克利大学5年多的时间里，孩子给我们寄来了许多英文、中文、中文夹有英文的信件，以及他的工作、生活、有纪念意义的照片。我先生在每封信上都注上收信时间，按先后顺序编上号；把照片整理好放入活页相册中，注明照片的时间、照片的内涵等，全部珍存于箱中。每当我们看到这些在空间和时间中穿梭旅行的书信和照片，我们脑海会立刻浮现出信中蕴藏的旧事，一波波回忆的浪潮便席卷而来。

每当我再次读起那一封封儿子写给我们的书信，以及翻看相册中那一张张照片，我想拿起笔书写那一刻的感受，但深感自己文字的无力，它们似乎永远无法表达当时我内心的思念、欢乐与辛酸。我就筛选出其中，在重要时间节点有代表性信件的内容来分享。这些往事的片断，是不完整的内容，但可了解儿子在留学期间生活、学习，以及不忘初心、方得始终的追梦概况。

体验旅游　感悟美国

1991年3月春假后，儿子的来信：

……在春假期间，伯克利大学在学生公寓组织了去"Redding"体验旅游。

在盛情的欢迎招待会后，各国留学生应邀走进美国家庭，融入其中一起生活、学习，全方位体验美国人的家庭生活。其间，我们参观了水坝、电站、新闻中心（报社）、印刷厂、医院、淘金遗迹，体验了户外滑雪，游览了湖泊、群山、茂林等。

美国人给人的第一印象是非常讲究工作效率。我们到达之前,组织者们就把6天的体验旅游程序给安排好了。每天的行程安排、乘车安排,哪个学生到哪位美国人家庭体验等,都列得清清楚楚。其后,按原计划实行。在整个过程中,没有任何失误。体验旅游时,我看到所有工作人员在学生如云之际,总是认真工作,笑容可掬,彬彬有礼,效率很高。美国社会遵循的格言是:"工作时努力工作,玩乐时纵情玩乐。"

美国人给人的又一个印象是"民族大熔炉",他们共同组成了美国社会。他们对我们十分友好,态度都很友善,待我如亲人,真有点回家的感觉。我住在Judy Pate家,他们热情好客,在丰盛的家宴上,我饮到了友谊的醇酒。我与他们的孩子一起遛狗、游戏、玩耍,他们亲自驾车引导我四处参观。

这是我第一次尝试滑雪,摔了几个跤,轻微扭伤了脚踝,自愿服务的医生及时帮助处理了我的扭伤。自愿服务的教练细心指导我学习滑雪技巧,辅助我反复练习,终于我能较自如地滑雪了。他们鼓励我道:"第一次能滑到这样水平,真是好样的。"

在此期间,我们参观了当地的新闻界报社,美国新闻界出报速度令人惊讶!从我们这帮外国留学生参观开始到参观结束,图文并茂的报纸就已印好,并可人手一份。报纸报道了这次体验旅游概况,有每个留学生的照片,参观水坝和电站的情况,滑雪场的滑雪场景,以及留学生走进美国人家庭的实况报道等。

第八章 留美的奋斗，创造与发明

在此期间，常常有许多美国白人和黑人挺身而出，报名充当"义务工作人员"，他们怀着一颗热忱的心义务服务。在闲聊中我得知，他们每星期义务工作几个半天，竟有不少人坚持不懈，一干就是十年八年，真让人敬佩。

我和中国香港、日本的留学生一起乘游艇游览了Shasta湖。满湖碧绿的水，高空的白云和青苍的群峰清晰地倒映在水中，湖水、山峰、茂密森林、天影融为晶莹的一体。在这幽静的湖上，一群白天鹅在飞翔，天鹅的鸣叫声映衬了湖面的幽静，真是美极了。

在离别之时，举行了规模宏大的告别舞会，在美妙的音乐中，留学生们与美国舞者欢快起舞。当我们怀着依恋的心情辞别时，车子徐徐向前开走，我看见他们挂着惜别泪痕的面孔从我眼前掠过。我们唱起了《友谊天长地久》。

这短暂的"体验旅游"给我留下了难忘而美好的回忆。

两年获得 硕士学位

在第一学年结束时，儿子来信写道：

……伯克利大学的研究生，个性十足，风格各异，他们身上有着年轻人的共性，也有着让人耳目一新的个性。许多研究生在完成繁重的学业外，不仅自学感兴趣的前沿科技，还跃跃欲试地准备创业。在这里，我真切地感受到，伯克利大学的老师教得极用心，学生学得极努力，这里充满了严谨的、浓郁的、自由的学术氛围。

这一年里，我忙于研究生专业课程的学习、实验，以及助教工作等。

研究生专业课程的教材有近千页，教授上课只挑重点难点讲，好在我在中科大少年班，尤其是"卡班"的培训中奠定了扎实的基础，这让我学起来还很轻松；实验内容，在少年班大量近代物理实验课的基础上我也能顺利完成；助教工作，主要是去解释本科班学生提出的问题，通过相互探讨问题来完成，这种互动也拓展了我的思路，提高自己的表达能力。唯一较麻烦是批改本科班学生的作业，这要耗去许多精力和时间。

爸妈，猜猜看，在伯克利大学，也就是在美国一流大学，最热门的选修课是哪类课？您们绝对想不到，是体育运动训练课，尤其是棒球、橄榄球、篮球、足球运动训练课。下学期，我也许有望排队进入网球训练课。为什么美国人如此热爱运动呢？内在原因是因为美国社会喜欢体质健壮的人。

爸妈，下期我准备旁听我感兴趣的有关大规模集成电路的课程，为将来读博士，转向研究大规模集成电路做好准备。

随后，儿子用了两年多时间，以优异的成绩完成了近代物理学硕士生要求的课程，并顺利通过毕业答辩，获得了近代物理学硕士学位。同时，他还旁听了部分大规模集成电路基础课程，为将来攻读博士打下了一定基础。

青春廿岁　灿烂芳华

"当生命走到青春时节,真不想再往前走了,我们是多么地留恋这份魅力和纯洁。可是不能呵！前面有鸥鸟的召唤,身后是涌浪般的脚步,和那不能再重复一遍的岁月,时光那么无情,青春注定要和你诀别,时光可也有意呵！毕竟给了你璀璨的韶华和炽热的血液……"

1991年5月24日,儿子20岁生日。我和先生在电脑上制作了多媒体生日卡和贺信送给他:

今天是你20周岁的生日,青春才刚刚登场！爸妈想了很长时间,准备送给你一份礼物,送什么呢？就送下面的我们的人生感悟吧！

祝贺你:青春廿岁,令人羡慕,令人嫉妒！

它是成长岁月的记录,也是一个历史过程。当你回头审视你走过的历程,就会发现,有许许多多值得留念的事,也有不少有遗憾的事情。但是,时光永不会倒流,人生永不会重复！在这重要的时刻,爸妈提醒你在往后岁月里要把握好以下几点:

首先,确立人生的目标和方向,人生就像射箭,目标和方向就是箭靶子,若找不到箭靶子,每天拉弓又有什么意义？　其二,要勤奋、努力、创新、开拓,坚信有耕耘就会有收获;其三,要养成宽容大度的胸怀气度,纳百川之水,才能成为湖,最终归于大海;最后,还要学会心怀感恩之情,在感恩中感到快乐、满足,将来就一定会成为人格上更健康、更完整、更完美的人。

绛帐春秋·岁月留痕

祝愿你,做心中有光的逐梦者!梦想前行,志存高远。有坚定梦想,青春岁月才不会像无舵之舟漂泊不定,你才有勇气踏平一切荆棘坎坷,哪怕遭遇所谓的至暗时刻也要一如既往地不忘初心,去追梦吧!

信发出后,很快我们就收到了儿子20岁的生日聚会照片,它摄于学生公寓,20岁的他坐在中间,周围二女四男,是来自中国台湾和香港的留学生,餐桌上摆满了他们自己做的丰盛菜肴,还有生日蛋糕等。

在祝福生日快乐的乐曲中,同学们给他送上了美好的祝福。然后,他默默地许下了心愿,随后,吹蜡烛,切蛋糕……是啊,年轻真好!青春太美了!

博士学位　艰辛奋斗

彼时,儿子在攻读近代物理硕士期间,意识到中国是世界上最大的集成电路市场,占全球份额一半以上,每年需进口超过数千亿美元的芯片,而且都位居单品进口第一位。如此倚重进口芯片,主要是缘于国产的芯片与国际先进水平之间的巨大差距。

他更明白,中国的芯片技术和产业发展还需要至少20年时间和一代人的努力才有可能攀上世界高峰。

在如此情况下,他开始超前旁听,自学与大规模集成电路相关的前沿科学技术知识。随后,他在取得近代物理学硕士学位的基础上,采取学科延伸、拓展,决定攻读大规模集成电路的博士。

第八章　留美的奋斗，创造与发明

在博士学习期间里，儿子意识到，在加州伯克利大学，有许多杰出的集成电路大师，如胡正明教授（美国工程院院士）。同时学校能提供经典模拟集成电路实验条件，还有极佳的学习环境氛围等，这一切有助于儿子学习与研究集成电路。因此，他认识到不仅应争分夺秒地学习博士相关学位要求的各门功课，还应该夯实根基，学习与研究集成电路相关的基础材料、工业设计、工艺流程、精加工、生产线等。于是，他又挤时间去本校旁听或跨校去学习相关芯片制造和生产过程等课程。

儿子也意识到，在该科学领域只有站在前辈学者巨人的肩上才能看得更远，攀得更高。他也认识到不仅要学好相关学位各门功课，更重要的是必须泡在图书馆，自学参阅大量相关书籍和文献资料，尤其是阅读近期顶级核心期刊上的文章，通过学习前沿知识，拓展自己的视野，丰富知识储备，才能逐渐构建自己所在领域的知识体系。同时，还应该不断地去寻找该领域的突破点，去开拓创新，并一直坚持，默默付出，才能为未来追逐"芯梦"打下坚实的基础。

儿子更意识到，要在该学科领域有所创新，就必须花大量时间泡在实验室里做实验，通过大量实验来说明自己创新理念的正确性、可靠性、重复性，这就要求必须做海量的实验，收集实验数据，分析实验结果，找出其因果关系，印证创新理念。

鉴于实验室容量有限，实验室常常会没空挡，儿子往往只有等到夜深人静才轮到他做实验。这一上阵就是没日没夜、通宵达旦地干，不达到他的预期目标就不肯罢休，一定要闯出自己的一片天地来。

另外,儿子还感悟到,理科要在学科领域创新出成果,不仅要有理论和实验,应懂得制造的知识、生产的方法和工艺的流程,而且还要参与到生产实践中去。于是,他又挤出时间到生产单位参加生产实践。他邮寄回的照片,展示了高级无尘实验室的工作状态。他的来信有段话:

爸、妈,……现在,我才深刻感受到集成电路芯片行业发展的不易,从普通的石英砂,到电子信息行业"皇冠上的明珠"芯片,需要经历极其严谨、极其高难度的淬炼才能达到高纯度,还需要开拓创新的科学思维、精巧工艺的艺术设计、精益求精的工匠精神,以及现代科技质量管理等,才能在小小的芯片上集成数百亿的晶体管,仿佛一个微型世界(以纳米量度)。这过程已经历了60年的岁月磨砺,其间有无数传奇的故事,让我百感交集,有机会我讲给您们听听。

爸、妈,这学期功课相当紧,但在强烈的兴趣推动下,我又选修了一些我认为十分必要的课,需要做大量实验,真的太忙了,但这是我的兴趣,我喜欢折腾,没问题。我最近在减肥,掉了十磅肉。我现在剃了一个和尚头,我三分之一的头发都白了。哪天给您们寄张照片过来,看看您儿子现在像什么样。

我们读到儿子一封封简短的来信,感受极其复杂,一方面,为孩子以顽强的意志,像赛马一般越过一道又一道高栏,让生命扬帆前进,驶向奋斗的目标而感到欣慰。另一方面,我们又为他学习和生活的艰辛而担忧，常想，如此辛苦会不会超出身体承受力，若超出身体的负荷，结果会太可怕，于是心里也惴惴不安……

1993年寒假，孩子回国探亲。他回来前夕，我和我先生在挂历上画了一个又一个圈，常望着挂历掰着手指计算离孩子回家还有多少天，并开始着手策划回家10天的安排。

终于等到这3年分别后的团聚，孩子回家了！

在机场见面时，我细细观察到，孩子的变化真大，他从瘦高体形变成魁梧的体态，显得壮实多了；谈话举止上，从腼腆变得健谈，还带点幽默；性格修养上，从沉静斯文变得开朗大方，举止从容多了。

儿子回家给我们带来了喜悦，带来了欢乐，也给我们的小家带回了进口的洗衣机、微波炉等几大件电器。

在短短的10天里，他去曾就读的中学校感谢恩师，去参加中科大成都的同学聚会，去迎接中学同学的来访……当然再忙，儿子也挤出时间去了重庆感恩爷爷、婆婆、四爷爷、小舅舅等亲人。他们都曾热忱、真挚地给予他帮助，滴水之恩，当涌泉相报。我先生用镜头记录下了那一幕幕，它定格了，全家团聚浓浓的幸福时刻；它定格了，同学友情天长地久的美好瞬间；它定格了，感恩亲人、朋友的深情……永远铭记这一切的一切，它们已成为我记忆宝库中一颗颗流光溢彩的珍珠了！

其间，儿子畅谈了他在美国的学习、工作、生活、见闻，以及点滴感受。他谈道："这3年，真切感受到，无论是美国教授们科学严谨治学的态度、不懈探索的作风，还是研究生们执着追求、独立思辨的精神,以及美国大学以人为本的治校理念,抑或学术上开放、自由的模式,都值得借鉴。

尤其是在寒暑假,研究生与导师之间的学术研讨会不会中断。定期学术研讨会是各个合作者,以及不同课题组的教授在一起组织的讨论会。在此之前,大家都必须做好充分的准备,阅读与该专题有关的文献,这些文献都是该领域近期的、前沿的顶级期刊上的文章。定期学术研讨会上,研究生必须紧密结合研讨会的专题进行15分钟的报告之后,进行提问、辩论、讨论等。上述过程,能让学生始终处于一个积极学习的状态,尤其是在辩论中的思想碰撞,则有助于提高学生的独立思考和思辨的能力。研讨会让学生学会学习方法,也培养其良好的表达能力。"

回国探亲10天,时光转瞬即逝,那是我们最惬意的时光吧!儿子匆匆的故乡之行结束了,但留下了许多美好永恒的记忆。

返回美国后,儿子立刻又投入到他充满兴趣的大规模集成电路研究中去了。除了完成博士生专业课程、大量繁多的实验室工作外,他还承担了导师的科研课题研究。同时,他也着手撰写博士毕业答辩论文,他仅用两年多时间,就以优异的成绩获得了博士学位。

5. 创造发明,申请专利

一个人的创造力,取决于崇高的精神追求,其次是健康的生命本能。这两者既是密切相关的,也是互相依存的。一个人若无精神上的追求,其目标就是盲目的,精神上的追求若无本能发动也会是空洞的,二者缺一不可。

第八章　留美的奋斗,创造与发明

1994年10月14日,孩子来信讲:

爸、妈,您们好吗?

今天课后,我与导师闲聊,导师讲:"我有幸经历这伟大的时代,亲眼见证、参与、推动,经历了全球芯片发展的艰辛创业、不断探索、激情的青春历程……你们这一代将肩负着历史的重任……"

我近来忙于挤出时间跨校甚至跨州去听课、实验,除了参加一些学术研究活动外,还到顶级的集成电路的厂家参与实践工作。

我想,我们这一代站在历史又一新起点上,的确肩负着历史的重任,恰逢其时。正如有人讲:"为了芯梦,'一代人要吃两代人的苦!'"我在繁忙中感到充实和快乐,决心在集成电路创新的残酷"赛道"上找到自己的最佳位置,并不断努力开拓创新出时代需要的产品。

我这次回国探亲时,听说爸正在给物理师资班上理论力学和量子力学课,真好! 尤其是量子力学,尽管这门课难度大,学生学习较困难,但这门课对物理专业的学生却是十分重要的,我有以下建议,供您参考。

量子力学是支撑现代物理大厦的支柱,在各个领域都有应用。量子力学是半导体的指导思想,我正在学习和研究的集成电路也是建立在半导体技术基础上的应用器件。

爸,您一生好学,热爱物理学,不妨结合教学,学习一些有关量子力学应用的现代科技前沿知识,在上课时,将之引入课堂,丰富教学内容,激发学生们的学习积极性、兴趣性,产生学习动力……

爸,想来您还是有这个精力和能力,可以试一试,您说呢?我可介绍些量子力学与集成电路有关的科技前沿知识给您,这对于您的水平来说是轻而易举的事……

我们读到此信,有些激动和高兴,孩子已青出于蓝而胜于蓝了。而更重要的是,他为实现梦想——在科学上力图超越时代——做创造发明的准备或尝试。

也就是说,孩子在做真正喜欢做的事,并全神贯注,又持之以恒地努力为将来创造发明做好准备。在此过程中,他的各种智力品质,其中包括好奇心、思维力、想象力、灵感性、直觉性等全都将积极地调动起来,并正为未来创造发明做出努力。

当我读儿子的来信时,我仿佛坐上了时光穿梭机,一下子我就跨越时空回到了19年前的情景,那时,父亲是孩子儿时人生道路上的第一位老师,父亲采取启发式、循序渐进、因势利导等有效方式引导了儿子学习。

然而,19年后,在新的科学技术前沿,教学对象的情景逆转了过来,变成儿子指导父亲学习量子力学与集成电路有关的科技前沿知识。这真是"长江后浪推前浪,前浪晒在沙滩上"。

在儿子的鼓励下,一生学而不倦的先生也开辟了一个新的学习领域。这开启了儿子指导父亲学习之路,父子通过信件和电子邮件等多种形式相互探讨,互相切磋学科技术前沿知识。

6.创新是发展动力,研发"三维存储器"

1996年,儿子获得了大规模集成电路博士学位后,开启了

第八章 留美的奋斗，创造与发明

他以梦为马，不负韶华的人生旅程。他以开拓创新、攻坚克难、攀登科技、逐光而行的步履，拉开了人生舞台的序幕。

他是一位刚刚踏上工作征程的新人，工作激情在激励着他坚持不懈地向奋斗目标进军。一种心灵涌动的激情使他振奋，暗暗酝酿着心中的梦想——在学科领域要超越时代的局限性，创新发明专利。

创新是发展的动力，是事业的灵魂，是裁判业绩的标尺。"创"就是开创，就是开辟、开拓、新创、创造，就是有所突破、有所革新、有所造就。"新"就是前所未有、不同既往，就是新意、新鲜、新颖、新生。

在此期间，在一种坚韧的、奋发向上的、不甘于碌碌无为的精神的激励下，儿子奋发图强，与梦想相伴，首次申请有关集成电路的美国专利并获得成功。

其后，在美国，他致力于从事大规模集成电路原创性的创新应用，以及集成电路生产工艺流程突破革新等研究工作，成功申请并获得了数十项美国授权的集成电路发明专利。

彼时，在大规模集成电路行业，开发储存器技术提高存储空间成为新趋势。这就好比在地面上修房子，房间越多存储空间越大。当时的技术仅停留在平面上修房子，通过采取不断增加平房房间数的方法来增加其容量。但是，随着时间和技术的推进，在两三年前，大家终于意识到平房修不下去了。因为就算是可以在一块地上把房子修得越来越小，但是总会达到极限，直到房间再也挤不下去。研究者们面临着前所未有的困惑，这就促使对存储器进行技术创新革命被提上了议事日程。

当年，放眼世界，没有人想到要从立体空间上来解决三维存储器的空间问题，更没有人敢想到从二维存储器空间上，创造出激动人心的立体空间，并着手三维存储器的开拓创新研究。

此时，儿子开始萌生创新思维想进行从平面转向立体空间的研究，"路漫漫其修远兮，吾将上下而求索"，他经历艰辛、曲折，越过跌宕起伏、重重障碍，竟然在黑暗中点燃了星星之火，率先提出了三维存储器的思路，即将存储单元分布在三维空间中，致力于打开存储界的TB级时代。但是，当时他提出的创新思维，即从平面转向立体空间以研发三维存储器的理论的重大突破，收到的不是鲜花和掌声，而是来自各方面种种不断质疑的声音，甚至冷眼。

2003年，奇迹终于出现了——三维存储器诞生了，人类创新打开了"芯片"发展的又一扇大门。

随着科技发展，三维存储空间终于迎来了发展的春天。现今，欧美许多公司已经加大力度开发三维存储器，如三星、英特尔公司等。

2019年1月，儿子毅然选择回国，这也是基于同一梦想，回归初心。他将多年研发的大规模集成电路，即芯片集成电路的研发技术成果带回祖国，弥补国家"缺芯少魂"的问题。

儿子先后获得了159项由中美官方授权的大规模集成电路发明专利权。他曾说："我的梦想是让芯片集成电路产品成本越来越低，尽快打开三维存储器产业在国内外的新局面，做出一件前所未有的事情，并产生很大的影响，这样我就很满足了。"

第九章　辗转美国行，感念儿艰辛

1. 病魔突降，死里逃生

1994年6月的一天，我在翰林国画学院听课时，我手托双腮时，偶然发现右腮耳前有一个黄豆大小的小包块，但无痛痒感觉。

回家后，我告诉先生，我右腮耳前长了一个小包块。随后，我先生陪我去了成都市各三甲中西医院看病。专家们说法不一，华西医院大外科医生说："这就是个淋巴结，不信的话我们可以马上动手术，还可以打个赌。"我是学生物学专业的，知道颌面处有12对神经，手术不慎，后果是不堪设想的。

随后，在华西医院李庭谦教授的提示下，我到华西口腔医院颌面外科专科请王昌美教授诊病，通过加强CT检查和她多年临床经验，诊断为"腮腺瘤"占位病变，性质待定，应尽快手术。

听到华西口腔医院颌面外科的权威王教授毫不迟疑的诊断结果，我顿时傻了，反问道："您能判断是良性肿瘤，还是癌吗？"王教授说："手术中作病理切片，以病理报告为准。"

我先生想法来开导我，他安慰我说："现在又没下结论，你又没感觉，你们家族史上也没有患癌的。"

而对这突降的病魔，我沉默无语，感到生命受到了威胁，那夜我真的无法入眠。此时，我才幡然醒悟，生命中不可替代的

绛帐春秋·岁月留痕

价值才凸现在我的眼前。我想了很多很多往事,思考着下一步该怎么办?是采用手术治疗,还是用中药治疗,我十分纠结。

事后,我查看了相关医学书籍,到华西口腔医院颌面外科的病房,向患同类型病的患者了解了手术效果,有无后遗症等。

我总担心,手术若使颌面内的12对神经受损,则会造成嘴歪或瞎眼等术后后遗症,我无法接受那么的严重后果。

爱美之心人皆有之,但不手术,若是恶性肿瘤的话,现在犹豫不决延误手术时机,则有可能会危及生命。在这忐忑不安的时刻,王教授说:"著名川戏一级演员陈书舫曾患过此病,手术后也仍活跃在舞台上。"

于是,我和先生马不停蹄地去了成都市川剧团,拜访了陈书舫老师,正巧她在剧团,当她听到我们的来历后,陈老师说:"我患病手术前,也曾有过这样的顾虑,但医生给我注射了一种使神经显色的显色剂,手术避开了面神经,手术效果很好,没出问题。陈老师还让我看了她曾经手术后留下的伤口,现在几乎看不出手术的痕迹了。

这时,我近距离看到已70岁的川剧名旦陈书舫的面容,仍眉清目秀,明眸皓齿,皮肤白皙。她梳着齐耳短发,鬓角略有白发。她送我们走时,还再三安慰道:"放心,没问题的!"

在近一个月的调研、咨询,以及访问患者的过程中,每当我乘公交车近距离看到周边乘客,我总会不知不觉地偷偷观察他们的右颌,他们都没长包块,太幸福了,我心里竟然产生一种近似嫉妒的酸楚。我感到命运对我太不公平,为何这厄运偏偏落在我头上,还是在面部?为何要我受这样的折磨?最后,我还

/ 158 /

是不得已住进了华西口腔医院颌面外科住院部。

当我做完了手术前应检查的项目后,王昌美教授叫我到她办公室去,她与我面对面相坐,轻言细语地跟我讲道:"我为你的手术准备有几套方案,如果包块周围为细胞组织,神经没穿过包块的处理方案;如果是最坏情况,神经穿过包块……面临各种情况时的手术方案。"最后,她还说:"你好好想想,想通了我再给你做手术哈。"这过程永恒地嵌刻进我的脑海里,每当我打开这段记忆的闸门,一股感激的暖流便流进我心里。

经过两天激烈的思想斗争后,我下定决心手术。我暗自做好了最坏的打算,准备好将无声地告别这世界上我最挚爱的先生、父母和远在美国的孩子。我在病床枕头下放有一封遗嘱和家里仅有的6000元钱。

早上8点,我被推进手术室,上麻药后,我就什么都不知道了。当我醒来时,瞥了一眼墙上的时钟,已是下午4点。我预感不妙,此时头和颌面全被纱布紧紧包裹着。

这时,我身边围满了我的学生,以及学生们送来的鲜花、花篮、水果等等,上面写满了他们对我的真诚祝愿。同时,同学们轮流通宵守护着我。

第二天清晨,我醒来时,刘韦弋同学忙问我感觉怎样?有同学帮我洗脸,有同学帮我梳头,有同学用吸管喂我喝牛奶……此刻,我真切地感受到,世界上最美的职业,就是教师;最隽永的风景,就是师魂;最动人的感情,就是师生情。

其后,在追问我手术的有关情况时,我先生婉转地讲道:"手术中,医生把切下的包块立刻送去进行病理分析,冰冻切片结果显示为腺样囊性癌。王教授请病理室再做一次分析，其结果仍是腺样囊性癌。因此，医生决定把你右边的腮腺全部切除，切得很干净，手术很成功。"手术后，王教授来看我，临走时讲："出院后还要做化疗！"

手术后，我知道病魔——癌降临于我了。这时，我没感到惊慌或委屈，反倒很冷静，我想这是我无法改变的事实，我赞同许多先哲的这个看法，既然死迟早要来，现在这个情况对于我而言，早来迟来就不是很重要了，反正都是一回事。现在我50岁，离开这世界是稍微早了点，但却能给人们留下我"永恒美丽"的记忆，当然这代价太高了！我自我安慰着。

手术后的第6天，王教授查房时，告诉我："石蜡切片病理报告出来了，以石蜡切片病理报告为准，病理报告是多形性腺瘤（浸润包块和出芽性生长）。不用化疗，出院后你也不用服药，只需好好休息，注意营养。"我顿时感到，我这是与死神擦肩而过，死里逃生了。

为此，我与王昌美医生结下了"医患"深情，每年新春佳节时，我都要前去医院看王医生或送新年贺卡表示祝贺。

出院后，我先生除教学外，每天都陪着我，沿着校园小路到校外田野散步，从秋天走到冬天，又从冬天走到了春天。

冬天的田野，显得特别空旷、辽阔，天空是灰色的，混沌的天气，似有"荷尽已无擎雨盖，菊残犹有傲霜枝"的意境。

春天来了，它带着阳光，带着色彩，带着希望来到了人间。我俩每天到田野漫步，看着农民播种的小麦一天天发芽，直到小麦收获。

在田野漫步时,我和先生讨论的话题左绕右绕,最后总免不了说到我的病——这包块上。在我出院时,我曾再次向王教授寻问我的包块性质,她讲道:"你的包块是良性肿瘤正在向恶性肿瘤转化,要定期复查。"我先生总是用尽一切话语和例子抚慰我,开导我。但在那些日子里,我心上总笼罩着一层乌云,心中沉甸甸的,泛着缕缕愁绪,我想也许我与死神不期而遇又侥幸地逃脱了,但真的逃脱了吗?有限的人生,有限的时间,我萌生了要去美国看看儿子的想法,我想亲自去看看那众说不一的美国。

2. 酸楚之行,美国一瞥

1997年春,当我通过远洋长途电话告诉儿子:"我们将去美国,机票费我们自己出,帮我们购买一下机票。"儿子没表态,既没说欢迎,也没说拒绝。当时,我想,我的病情谁能说清楚呢,谁能说准?我此生能去美国看看就算知足了。因此,我没征求孩子的意见,也没顾忌他的难处,自私地决定,采取"霸王"式的美国之行。

但不久,儿子邮来了有关邀请信、经济担保等诸多的证明。我们到美国领事馆顺利拿到了签证。很快,儿子就邮来了机票。

1997年6月21日14点15分,在上海机场,我和先生乘坐国际航班飞往美国,飞机慢慢滑入跑道,伴随着巨大的加速度跃入蓝天那一刻,上海尽收眼底,从这个角度望去,偌大的城市微缩得犹如孩童的玩具模型。飞机进入云层,映入眼帘的是太阳高悬、云海翻滚,啊!太壮观、太美丽了,应摄下此景,作为气象学教学片。但我当时无相机，只有将此景深深储藏于脑海。

16点15分，我们到了日本东京。在转机中，我们进入日本候机厅，它是如此宁静，人如此少，与上海候机厅的人满为患形成了鲜明的对比。在候机厅，我们用早已准备好的糕点当晚餐，但无开水和饮用水，这里的一瓶矿泉水售价是中国的20倍，我长叹一口气，唉！还是中国好。

夜幕降临，等到晚上10点钟，转机航班起飞，该机乘客不太多，未满座。飞机上，尽管我们迎着日出而行，但是，乘务员却要求乘客把飞机的窗户全关闭，免受昼夜逆转时差的影响，此法极妙。

又经过了9个小时的飞行，飞机降落在了风和日丽的洛杉矶。我俯视洛杉矶，看见集中的西式建筑群，宽广的行车道，奔驰的小车，城市掩于茂密的各类植物群落中，简直是太壮美了！

当我们推着行李车进入美国海关接受检查时，我就开始忧心不安，这些被我们从千万里外带来的物品是否能顺利地通过海关？我们知晓海关检查十分严格。借鉴曾来美国探亲者的经验，出发前，我对"危险"物品进行了改头换面的包装，期望能多给儿子带点他喜欢吃的食物。经过海关口时，海关执勤警察询问我们行李箱有什么物品时，我总回答books、clothes，最后总算顺利通过了海关。

我们推着沉重的行李，搜寻着儿子的踪影，但总不见他。我忍不住要去猜测，他是否车在路上出问题了？是否搞错了时间？正当我们焦急时，一个胖胖的小伙子，向我们走来，走到我们身旁，孩子变得我几乎都不认识了，我惊讶地看着他。几年间，他的身材已变成"虎背熊腰"的美式体形了，唯有那双明亮透着坚定神情的眼神尚没变。我心里想，真是一方水土养一方人，儿子被同化了。儿子的神情不热不冷，似乎我们之间变得有些生疏了。那么，我们之间的思想感情又将发生怎样的变化呢？这只有从往后的共同生活中去寻求答案了。

3."橘城"尔湾，天使之城

洛杉矶的"橘城"(Orange County)，名称来自当时的主要农作物——橘子，它位于美国加利福尼亚州南部，西濒太平洋，在洛杉矶的东南方。

洛杉矶尔湾，坐落于"橘城"中部，在华人圈是神一样的存在，又称为天使之城。主要居民是中上层家庭，其中多为华裔、韩裔，是一座年轻的新兴城市。

这座城市建于1971年12月，是由著名建筑师William Pereira规划设计的。

尔湾阳光是那么亮丽，亮得像金子；那么柔和，柔和得体贴人。

尔湾可称为花园之城，到处都是树木、花卉、草坪。一片片大大小小的绿地，星罗棋布，花草宛如锦绣，树木迎风摇曳，着实令人心旷神怡。每天凌晨和黄昏定时从地下喷口自动喷出"人工水雾雨"。这归功于城市规划设计的前瞻性，全城都修建了完善的地下管网系统。

城市住宅为形态多样化的西式风格的一层或两层楼的别墅；色彩有奶黄色的、白色的、灰蓝色的，它们均掩于绿树和鲜花丛中，相得益彰，美丽迷人。

别墅住宅前后均为花园或小型儿童运动活动场。花园均为西式花园，园林花木剪裁成锥体、球体、圆柱体等。花园内有精美的白色桌椅和大型太阳伞。

尔湾城市如此宁静，行人稀少。偶尔遇见外国人迎面走过，他们总会热情地打招呼："嘿（Hello）！"可谓礼貌之城。

街上行驶着无以计数的小车，车轮与路面摩擦发出单调的沙沙声响，似乎在告诉我们美国的特点——高节奏、竞争、奋斗！小车如此多，速度又如此快，行人该如何过马路呢？

正在此时，孩子示范其方法，即按一下街口柱桩上示范的图像，选择你将要去的方向，按一下相对应的按钮，对面的指示图上就会呈现行人过街的动作。当你走到街中心时，图案会变成一个红色的手掌，它不停地闪动，提示你赶快过街，似乎在用手语热情地提示你。此时，绝对能安全过街！当你横着通过街后，回头会看到无以计数的小车就停在你的身旁，正静静等候，有的车主人还伸出头微笑地向你招手，美国的车主礼让行人的"礼仪"让我很是敬佩。这样友好的情景，让我的思绪不能不联想到国内有些小车车主的低素质行为，真是对比鲜明。

尔湾的气候要多舒服有多舒服，夏天早晚都非常凉爽。人们一年四季都能享受阳光和海滩，还能享受早晚的"人工水雾雨"。

20世纪80年代晚期，尔湾在开发时接受了环保主义的概念，保存了超过农场一半以上的开放空间作为自然栖息保护地，城市主要围绕这些自然栖息保护地、公园及开放空间进行发展布局。经历近30年的城市可持续发展，这里已经发展成为公众向往的"共同目的地"，成为值得居住的热门城市。

4.洛杉矶游,拾趣有感

在尔湾市居住的期间,我们曾漫步洛杉矶大街、游赏亨廷顿庄园、参与教会活动、去海洋世界、逛迪士尼乐园、参观大学,以及到拉斯维加斯赌城等。

游亨廷顿庄园　旅游独树一帜

亨廷顿庄园是美国最著名和最具规模的文化艺术教育中心,也是世界上少有的集图书馆、美术馆、植物园等于一体的综合博物馆。

亨廷顿庄园位于洛杉矶市近郊的圣玛利诺高级区。这庄园占地1300亩,建立于1919年,是原美国加州铁路大王亨利·亨廷顿的私人花园。他去世后,生前居住的庄园由他后人捐献给政府成为博物馆和公共花园,开放给世人参观。

当我走进庄园的图书馆时,仿佛走进了世界文学珍品的宝库。在这里,我目睹了世界第一本活字印刷的《圣经》、莎翁的早期作品、《富兰克林自传》手稿、乔叟的《坎特伯里故事集》的珍贵手稿等,还有许许多多罕见的文献。在这里,我们似乎听到它们无言地诉说着世界文学的精品故事,传承了世界的文明精神。

同时,这里每年都会吸收近两千名来自世界各地的学者,让他们聚集于此馆进行考察研究工作,一代代人站在这些文学巨人肩上传承和创新着文学作品。

当我走进亨廷顿庄园艺术馆时,就像是迈进了世界艺术珍品的殿堂。我欣赏到了18世纪和19世纪英、美、法国的许多艺术珍品,其中有大量的风景和人物油画、绒绣、瓷器、汉白玉雕、青铜雕塑等。

还值得一提的是油画《蓝衣少年》，它是英国肖像画家、油画大师托马斯·庚斯博罗的代表作，这巨幅油画赫然地端挂在展厅的醒目位置，十分震撼。这些艺术珍品丰富多彩，技艺巧夺天工，形象栩栩如生，真不逊色于我和先生曾在意大利人类艺术宝库见到的艺术珍品。它们如此精美，使我惊叹不已，流连忘返。

当我迈进亨廷顿庄园植物园时，这里的景象更是让人惊叹，尤其是仙人掌植物公园，展示了世界沙漠仙人掌科4000多个品种，如仙人掌树、仙人果、麒麟树等，再现了植物野生原貌。聚集于园中的物种，争相开放着美丽奇异的各色花朵，她们在荆棘丛中亭亭玉立，好像神圣不可侵犯的少女。

我不由联想到，我和我先生曾在新疆塔克拉玛干沙漠考察，那时我们所见到的仙人掌科的植物物种，与亨廷顿庄园植物园的仙人掌科种类和规模相比，真是天差地远。

亨廷顿庄园文化研究和教育中心的管理者、工作人员，都是创始人亨利·亨廷顿家族的后代及其亲属。他们一代又一代地传承着他的精神与品格，并创新开发建设亨廷顿庄园文化艺术的教育中心。他们多为青壮年男士或鬓发斑白的中老年先生。他们着装均为清一色黑西装，打有领带，身躯挺拔，气度不凡，脸上总洋溢着骄傲和自豪的神情……他们接待游客总是满腔热情，神情从容。

亨廷顿庄园文化艺术教育中心的文化艺术内涵与其从业人员素质的无缝衔接，让我惊叹。我从事旅游业快30年，曾考察过国内外众多景区，在此，让我真切地感受到亨利·亨廷顿家族不仅其生命基因在代代遗传，而且在事业奋斗、传统文化、品德素质等各方面也都在不断地传承和创新,这在旅游业实在是独树一帜。

如此规模的庄园,过去仅在电影中见过,而今天我们身临其境,真实地在这里感受到了美国当地的历史文化和民族风情,让人惊叹万分! 我深感西方文化与东方文化有千差万别,但又各有千秋。

参加教会活动　举行小型画展

在去美国前,早闻美国是所有西方国家中宗教性最强的国家之一。美国的政治理念是建立在基督教信仰的基础上的,基督教信仰是美国人最重要的精神支柱和道德源泉,在美国人生活的各方面都发挥着重要的作用。

在尔湾市就有十几个华人教会。我们到美国第5天,孩子就陪同我们去参加了教会的体验活动。

基督教会大厅中聚集了来自五湖四海的华人,大多数是台湾人和来此探亲的留美学生的亲人,以及少许香港人。我们虽不曾相识,但我们到了教会真却有种回家的感觉,十分亲切! 正如常言道:"老乡见老乡,两眼泪汪汪。"

我们在基督教会负责人的引导下,共同朗读《圣经》,钢琴伴唱主题歌《一生一世爱着你》,负责人解释《圣经》的某些要点,同时结合实际引用了众多实例,以"博爱"和"包容"为主题红线,贯穿于全部学习中。

在近一天的相聚时间里,大家经过相互介绍后,我们认识了许多新朋友,相互问候,并问有无需要帮助的地方,真是有一种相见恨晚的感觉。

彼时,有一位陈太太热忱地问我想不想找一份工作? 这太突然了，让我感到十分惊愕，但她的热情感动了我，我回答道："请问主要是干什么的？"她讲："教会牧师想请你当管家。牧师是位80多岁老人，他有一个大家庭，有秘书，有8间房，有4位墨西哥佣人，想请你帮助管理。如愿意就与教会秘书联系。"我客气地回答道："谢谢您关心！我才到美国，恐怕难以胜任。"

在美国期间，我们常去参加教会活动，大家无论是否信教，有过什么经历，是贫是富，既有缘相聚，便抱团取暖，相互关爱，无偿帮助，我们虽在异乡为异客，却仍倍感温暖。

我自幼酷爱绘画，师从西南师范大学美术系钱泰琦老师，并在我校任教素描和色彩课，习作了不少国画。我到美国时，也带了几十幅国画。大家鼓励我举办一个小型画展。

在一个秋高气爽的周末，在尔湾华人教会的活动中，我举办了一个小型的画展，展出了20多幅国画，以山水画为主，少量花卉画。

来参观画展的人真不少，现场挺热闹，主要是台湾、香港的同胞，也有大陆来的探亲的朋友们。在展厅中，时而传来台湾、香港口音："咦，快来看！这幅画多像我大陆家乡的群山、茂林，山涧溪流；啊，快瞧！看到这画，我仿佛聆听到了我家乡风吹竹林和小河潺潺的流水声音了！呀，快瞅！这牡丹花开得多艳呀！真想摘下带回家，插在花瓶中……"

随后，参观者提出想购画，问我画作的价格，这完全出乎我的意料，我急中生智地坦然说："我是业余美术爱好者，这些习作，你们喜欢，我高兴，随你们给价吧！"他们商议后，纷纷给我开了支票。让我意想不到的是，这次小型画展还带给我了物质上的收益。

5. 环保体验，"管家"工作

孩子租住于美国一位老太太的二室一厅住房，房子设施十分完善。但孩子家里仅有桌、椅、气垫床，及电视机和影碟机。孩子简单到极限的生活，真让我感到心酸。

有一天，孩子请我给他把长裤脚已烂的部分剪掉缝上后，他又穿着去上班了。又有一天，我们上街，看到孩子脚踏到浅水坑中了，我发现坑中的水浸入鞋里了，原来孩子的皮鞋鞋底早已经坏了！

短暂相处的日子里，我发现孩子在美国的生活并不像我想象中那么好，工作是十分艰辛的，日子也过得很拮据。我现在才明白，当时我在与孩子通电话时，得知我强行要到美国来，孩子沉默无语的原因了。我内心产生了歉疚和不安，面临此情况，该如何为孩子减负担，帮帮他？我和先生议论此事，想寻找机会解决问题，天下无难事，真怕有心人。

拾易拉罐　体验环保

有一天，在尔湾市的超市大门旁，我们看到一大景观，大人或小孩将分装好的易拉罐或塑料瓶用小车推着运到超市，在超市大门旁有一个可回收废品处，当人把易拉罐投入一个两米多高的可回收废品箱入口后，随即按一下指示开关，这时，美元硬币就从收集箱的出口掉出来了。若是塑料瓶，则投入另一收集箱。当连续投入，并按指示开关，美元硬币就哗啦啦地从出口掉出，那声音太吸引人了！太有魅力了！

第二天（周三）清晨，我们外出锻炼较早，看到每幢别墅门口外，都有若干分类装好的回收废物生活垃圾袋和塑料箱，其中有许多塑料箱内装着易拉罐、塑料瓶探头探脑露在外。我们仔细查看,啊!有的塑料箱装的全是易拉罐,有的塑料箱装的全是塑料瓶,还有的塑料箱装的全是废报纸等,我们像哥伦布发现新大陆一样高兴。

  第三天(周四),我和先生早已商量好,一大清早就带上了几个大的塑料袋,不让儿子知道,轻手轻脚地悄悄溜出家门,实施收集易拉罐和塑料瓶,送超市换美元的计划。

  但是,我们出门后,却惊讶地看到,别墅门前什么都没有了,看不到一个垃圾袋、一个塑料箱,到处都是干干净净的,周围静悄悄的,我俩的计划落空了。

  周末,我们从别墅的富人区搬到尔湾北区独立房。我们从对门台湾先生那里了解了垃圾回收的详细情况,经调查核实后,再次制定了我们的拾易拉罐和塑料瓶,换美元的行动计划。

  清晨6点,我俩蹑手蹑脚地起床,带上大塑料袋和一次性卫生手套,悄悄地出了家门。看到沿途独立房门外有一袋袋易拉罐、塑料瓶、生活垃圾和一箱箱废报纸,我们便迅速把一袋袋易拉罐、塑料瓶放入事先准备好的大塑料袋中,立刻去了附近超市废物回收箱处,把易拉罐和塑料瓶投入可回收的废品收集箱中,出口处即刻哗哗地传出硬币清脆的声音,真是太美妙动听了!

  这天早上,我们共收益了28美元28美分,当时折合成人民币可有200多元,这相当于我们一个人半个月的工资。我们俩开心地笑了,异口同声地说道:"美国真是遍地黄金!"

  体验求职 推销自己

  在99南加州大华超市,我们看广告得知,有的家庭请管家,每月工资折合人民币8000元以上(当时我们大学教师每月工资才300—400元),很有吸引力。我跟我先生说:"我闲着无事,不如去体验一下管家工作,干一个月相当于在国内工作一年的收入啊!"我先生笑说:"可以先试一下,不行就不要干啊!"

到美国的第22天,通过电话沟通,我很顺利地联系好一家香港家庭。孩子开车把我们送到这户香港人家里,女主人钱太太非常客气地接待了我们,她讲道:"你的工作就是照顾一个5岁小女孩艾莲上幼儿园,她只会讲英文……"

小女孩是个混血儿,苹果脸,大大的眼睛,清澈的眸子,长长的眼睫毛,樱桃式的小嘴,太可爱了!

我早上送她去幼儿园,一路上她又蹦又跳,我用简单的英语提醒她要注意安全!晚上我再接她回家吃晚餐。

在相处几天后,我逐渐了解小女孩艾莲了。她的形象遗传了东西方父母的基因,性格天真活泼、单纯热情,但她任性、爱表现、静不下来,还有常常故意与人作对等问题,其原因也许与她生活在单亲家庭有关。

这种港式单亲家庭的状况,使我深深地感受到,孩子是母亲唯一的希望,母亲对这个孩子太顺从、放任和溺爱,欠缺正面引导和教育。孩子艾莲喜欢唱歌和跳舞,此外,想干什么就干什么,好像世界只有她自己似的。

小女孩艾莲与我相处还算友好,我们一起练舞蹈基本功。我带她参加美国人的庙会,去玩各种游乐项目,收获的奖品全归她,她可开心了。

每天她从幼儿园放学回家,晚餐时,她最爱吃我做的卤鸡腿。但时间长了她就不爱吃卤鸡腿了,偷偷地把卤鸡腿放到垃圾桶里。事后,我知道她吃厌了,我就不断查阅菜谱,改进做菜的手艺,艾莲也越来越喜欢吃我做的菜了。

在国内，许多父母赞赏我们培养孩子有方，不仅让孩子成功上了中科大少年班，又出国留学了，常常有人与我们探讨培养孩子的经验。实话实说，是孩子的父亲曾尽全力，用一生最宝贵的精力和时间培养儿子，陪同孩子成长，我先生讲："我一辈子做得最成功的事，就是培养我儿子考入了中科大少年班，留学美国成为博士，为国家培养了人才。我用爱心和责任培养儿子，我觉得我做到了，也为此感到十分欣慰。"我也曾分享了这过程的幸福和喜悦。

然而，我们在美国与儿子相处的日子里，儿子曾多次指出我们受传统的"应试教育"的影响，过度重视他的学习，忽视了对他成长过程中的性格、素质、创造力等方面的培养和塑造。他讲的这些话，深深地刺痛了我的心，我感到很无辜，暗暗流泪。我们曾历经千辛万苦培育他，并送他到美国留学，孩子却这样评价我们对他的教育和培养。

痛定思痛后，我深思，寻找问题的原因所在，因此，当我送小女孩艾莲进到幼儿园时，多次留下来仔细观察了解美国幼儿教育的场景。

艾莲就读的幼儿园内设有玩具部、绘画部、积木部、戏剧部、厨房部和图书部等。孩子们可以自由选择活动区。学校也鼓励儿童选择自己喜欢的活动项目去参与，提倡自由发展，自由创造。

我目睹了老师是如何引导孩子们到户外的大自然去体验活动，如去海滩玩沙、玩泥、种树等；也目睹了老师是如何引导孩子们弹奏各种乐器、自编节目等。

第九章　辗转美国行,感念儿艰辛

老师要孩子们做力所能及的事,解决自己遇到的问题。有两位孩子在创造性地用积木搭建房子后,找老师争论谁的作品更优秀时,老师就让孩子们讲讲各自的创造想法,自评优点。自己的问题自己解决,既尊重儿童,又肯定了儿童的创造精神。

幼儿园老师把尊重孩子放在第一位,认为每个孩子都是聪明的,优秀的,平等的。教育中,他们强调启发孩子的创造性,培养孩子的思考能力,并能学以致用。

这让我体会到中美在儿童教育上确实存在巨大差异。儿子对我们传统的"应试教育"提出了质疑,我们确实应该认真思考此问题。正如孩子说的那样,我们在教育他的问题上失去许多机会,得到很多迟到的经验和教训。我希望阅读过这本书的读者不要再犯类似的错误了,如何与时俱进地教育孩子真的值得我们认真思考和探讨。

我做管家的工作体验,虽然短暂,但我用心地扮演了这个"角色",把学历、资历归零,放下身段,纵使是从事基层的工作,在做中学,学中做,只要你付出,就有感悟,就有收获,生活就会更加充实和美丽。

6.畅游旧金山,访问儿母校

同年,11月21日,我们乘飞机去旧金山,中国人也叫它"三藩市",是一系列海湾城市的中心城市,它在世界上享有巨大的名声,并在美国占有重要的地位。我们参观了金门大桥,游了"花街",逛了唐人街等著名景点,更重要的是,访问了孩子的母校——伯克利大学。

登高金门大桥　漫步创意之街

金门大桥连接湾区的两个半岛,全长2737米。大桥横跨碧海之上,宛若长龙,既雄伟、矫健,又颇灵巧而显瑰丽,非常壮观。在桥头,我们下车漫步,登高游览,沿路有许多卖工艺品、纪念品的小贩。

从金门大桥高处眺望一望无边的碧海,给人无限空阔的美感。俯瞰繁盛的中湾区,有耸入云霄的摩天大楼,鳞次栉比的商店住宅,森然罗布的巨舰,白帆点点的游艇。碧海蓝天,似真似幻,不啻人间仙境。金门大桥每年吸引许多国内外游客前来观光,他们在这里能感受到大海无比宽广的胸怀,也能舒展情志,领略海湾的美景。

据说每年总有一些轻生者从这雄伟的建筑物上纵身跃下,去了极乐世界。为避免常常有人到此轻生,政府后来在桥身两旁加了安全设施,即给大桥两旁增添了两片羽翼,以防患未然。

旧金山是丘陵地貌,因此,它有好些坡度不小的街道,与重庆、香港十分类似,但它的建筑设计更具独特的创意性、艺术性,显得更美丽。

隆巴德街,又称为"花街",是世界上最弯曲、坡度最大的街。它的街道,坡度大到60度到80度,可与我的故乡山城重庆相媲美。但是,它的设计和修建十分具有创意性,在那里的住户修建了向街心伸展的块块齿状花圃,其间留出一条自上而下的单向车道。这样一来,汽车行驶时,就必须左弯右拐,盘旋而下,此时便可欣赏花圃中各色艳丽的花团了。在此驾车,要求司机具有非常高超的技术,这让许多驾驶员望而生畏。儿子以异常娴熟的驾车技能行驶在车道上,当时我紧张得手心都捏出了汗,当我们的车下到街上时,许多观望者都鼓掌赞扬他高超的驾车技术。

唐人街是旧金山的中国城。这条街可以说是标准的,最典型的,最具代表性的中国味十足的中国街。我一踏进唐人街,立刻有种到了香港的感觉。

唐人街建筑风格大多数为中国明清或民国风貌,店铺的装修、装饰、招牌、减价招贴等都与香港无异,只是更多用英文字"显摆"罢了。

中国式的餐馆星罗棋布,多是中国人开的川菜、粤菜等样样都有,并到处可购到中文报刊和书籍。

在唐人街购物或交谈用普通话和粤语是完全行得通的。这里的一切,着实使中国人有了回家的感觉,看起来也分外亲切。

我们到了旧金山,一看满街都是中国人,不禁脱口而出:"哇!这里外国人好少哟!"可别忘了,这儿是美国,咱们才是外国人呢!

访问儿母校　伯克利大学

伯克利大学位于美国旧金山湾伯克利市山丘,是世界著名公立研究型大学。这所公立大学与私立的斯坦福大学、加州理工学院共同构成了美国高校学术的脊梁。它在学术界享有盛名,该校曾有72位学者获得过诺贝尔奖,数位学者获得菲尔兹奖……常年位于全球大学排行榜前10名,也是美国最佳公立大学,排名第一位。

儿子曾在伯克利大学攻读获得了近代物理学硕士和大规模集成电路博士学位。

我们走进这所无围墙的大学，远远就望见高耸在校园中心的著名的萨塞塔，它是世界第三高的钟楼，每天到了重要的正点时刻，塔上便会有敲钟声和奏乐声。傍晚时分，在钟楼下能看到日落于金门大桥的美丽而壮观的景象。

我们漫步在校园小道上，道旁有着茂密的植被，我惊讶地发现小松鼠在林间穿梭跳跃、嬉戏或寻食。偶然还能看见浑身白色羽毛，体躯高大的火鸡高傲地在林里散步。

我们来到伯克利大学的运动场。那是一座高标准比赛运动场，设施十分完善，草坪绿绿的，座位空空的。儿子告诉我们："明天这时候，伯克利大学校球队与斯坦福球队将有一场激烈的冠亚军战，看台和周边将会人山人海。"他又讲道："爸妈，我写信给您们讲过，我入校时，选修了体育运动训练课，那是比任何课程都难选到的课，要排很长时间的队！体育运动是一件让自己快乐起来、健康起来、强大起来，并给我们灵感的最重要的事。"

孩子陪同我们参观了实验室，目睹了又一代留学生正在争分夺秒，满腔热情地做实验，仿佛看到了当年儿子的身影。我们到了博士生工作室，博士生们正面对屏幕上显示的大规模集成电路激烈地讨论，儿子立即融入他们的讨论之中……

我们拜访了儿子的博士导师——胡正明教授。

胡教授是美国工程院院士、中国科学院外籍院士。他是微电子微型化物理及可靠性物理研究的一位重要开拓者，多年从事集成电路领域前沿性研究工作。他评价道:"小张敏而好学,善于思考,思路清晰,有较强的开拓创新精神,具有较高的学术理论水平。"

胡教授介绍了他们近年新的科学研究成果等。更多的是,我与胡教授讨论了有关学习中国国画艺术的感受,真没想到我与胡教授还有共同的艺术爱好——中国国画。

临走时,我赠送了一幅我的习作《卧龙雄姿》山水画给胡教授,感恩他对孩子的培养!

在旧金山期间,我、先生和儿子拜访了曾获诺贝尔物理奖的朱棣文先生的母亲李静贞女士。李女士70多岁,身着运动衣,干练的短发,气质文雅、很显精神。她与我们聊道:"……1943年,他们一家人从中国到美国……现在,我先生身体欠佳,已住进老年公寓了……"

我赠送了一幅我的习作《硕果累累》给李女士。她开车送我和先生回家,她开车的技术真是娴熟。

当年,我50岁患重病后,有幸带着数以千计的问题踏上了美国领土。在5个多月的时间里,我在美国洛杉矶和旧金山两大城市,站在不同的视觉角度,近距离地观察和感受到了美国的社会现象、人情世故、人文历史、风景名胜等,那次经历让我感想良多,浮想联翩,也给我以启迪,益人心智。

美国近半年的生活经历,让我感悟到了美国人的诚信意识、恪尽职守等品德。但是,我仍然深感我难以融入到美国社会中去,我决定回国,我的事业在中国。

1997年12月7日,我先生和儿子为我送行,我们三人到台北餐馆,儿子为我举行了告别宴。

当日24时08分,我怀着不舍的心情,含着泪,挥手与丈夫和儿子告别,独自登上国际航班回国了。

第十章 蓦然回首,高教卅年

1. 新的起点,新的篇章

1981年春回大地之时,一切又重新开始了,终于真正地开始了！我去成都地质学院报到。在去学院报到的路上边走着边想,我今后将在高等院校任教,这是一所专业性很强的地质院校,而我大学所学专业并非该学校的专业,这里将是我人生的一个转折点,也是我人生又一个新的起点。虽然我已不年轻,但是我有丰富的人生阅历和沉淀下来的丰厚知识、教学经验,更重要的是我心里蕴藏着极大的动力和潜力,并且,我还有许多人少有的执着追求的坚定意志,我将勇于面对挑战,去追求人生新的体验。至于最后结果,我坚信"谋事在人,成事在天"。

突然,在前行的路上,学校花园中一片贴梗海棠跃入我的视线！那红色的花朵,缀满枝头,那金色的花蕊,在风中颤动。每一个花苞,都仿佛抿着小嘴,含着笑对我说:"春天来了！它洗去了凛冽寒冬带来的沉重。啊！它带着阳光,带着色彩,带着你的希望来了！"

想当年,我到探矿工程系报到时,系主任朱宗培老师热情地接待了我,跟我谈道:"我系钻探泥浆研究室的研究任务是,在钻井时，钻到不同的地层会出现诸多的问题，为此要精准地添加相应的有效泥浆，其宗旨是采用泥浆解决钻井护壁堵漏的问题，并提高钻井的速度。目前，钻探泥浆研究的热点是采用植物泥浆。你是学生物的，主要着手研究开发与生产植物泥浆用于钻探工程，在这方面你是有基础的……"

我面对的是生物学和钻探工程学两个学科交叉的课题，钻探工程学对于我来说是一个陌生的专业，我感受到了前所未有的压力，深感束手无策，无从做起。值得庆幸的是，钻探泥浆研究室的主任吴隆杰老师，他曾留学于圣彼得堡矿业学院（原列宁格勒矿业学院），又是多年从事钻探泥浆研究的专家，他主动承担起辅导我学习钻探工程专业知识的任务。

当年，吴隆杰老师年近50岁，中等身材，体格健壮，目光炯炯有神，戴着一副眼镜，总是穿着一身深蓝色实验室工作服，脸上总是带着严肃认真的表情，一眼看去就能感觉到他是一个踏实做学问、实干型的老师。

在那些日子里，我满腔热情地投入到一个崭新的领域，自学钻探工程专业知识，每当碰到"拦路虎"时，吴隆杰老师总是不厌其烦地边讲解边绘图给我看，有时还到实验室，通过实验讲解相关问题。

我在吴老师研究室工作了4年左右，他给予了我无私的关怀，手把手地指导我，让我从一个对钻探泥浆一无所知的门外教师成长为该专业骨干教师，不仅开始承担该专业基础课的教学，还参加了相关研究课题，并获得地矿部的多项科研成果奖。

吴老师尽心竭力、认真严谨的科研精神，低调对待学术成果,以及积极的人生态度给我留下刻骨铭心的记忆,这些回忆和感触难以言表。

从那时起,我独自一人住进了学校宿舍,把孩子的事情全权交给理解和支持我的先生,开始了我再次学习新的学科专业知识的历程。提笔写到这里,当年难忘的日子似乎一个接一个地从脑海里浮现了出来。

当时,为了追回那些逝去的时光,我抓住一切机会拼命地学习,工作室、图书馆和寝室这三点一线,是我全部生活的轨迹。

我每天拂晓开始攻读外语,为解决我外语口语和听力基础不扎实的问题,我主动争取,参加了地矿部外籍教师英语培训班的学习。

当时,我置身于一群年轻教师中,是班里英语听说能力最差的,且又是最年长的学生,我历经重重困难,克服了自卑,踏入了英语口语班。我深知自己别无选择,只有加倍努力。我放弃了娱乐、社交,甚至放弃了想孩子和先生的时间。我疯狂地学英语,如同中了魔咒。哪怕是有半点杂念,我都对自己怒不可遏。

外籍教师麦克,是一位有英国血统的俊美的年轻男教师,有一双淡蓝色的眼睛,总是满面笑容,有一种传统的绅士风度。我记得第一次上课时,他要求我们每位学生用英语作自我介绍,那时的我很难为情地作了自我介绍后,老师还微笑地点头,示意叫我坐下,我感到如释重负。

麦克老师的教学采用的是启发式、讨论式和游戏式的愉快教学法。在教课中,好像他只会表扬学生或说:"再说一次!纠正自己的错误。"他总是循循善诱,诲人不倦地纠正我们的发音和语调,训练我们开口讲英语或听磁带后,请我们再重复一次。

最初,我在校园里远远见到麦克老师,总是绕道回避老师,怕听不懂他的问话。但这时,老师总是加快脚步赶上来,用缓慢的语速用英文和我打招呼。

我班同学常议论道:"真庆幸遇到这位好老师!他不仅在教学上创新启发式的教学,而且懂得我们这一代人的心理状态……"老师总能想出各种招数把学生从"哑巴英语"中引出来,提高我们英语的读、听、说、写的能力。在学习中,我们逐渐品尝到了快乐学习英语的味道。

经过半年的地矿部外籍教师英语培训班的学习,我能用简单的英语来交谈了,这也为我1997年的美国之行打下了基础。

此后不久,在全校的教师英语统一考试中我获得优秀的成绩。因此,我被推荐担任《国外地质》《环保科技情报》和《探矿科技情报》这3个科技期刊的文字翻译员。

科技情报的翻译不仅涉及英语水平,还涉及相关专业知识。在确定要求翻译的文献后,每篇译文背后可能有数篇文献的阅读量,也需要我去阅读和熟悉相关的科技资料。每次翻译时,我总是先把原文每一个文句、每个话语彻底弄懂,对它的意思和内涵吃透以后,再以准确、贴切、通顺的文字再创作,最后整理成译文。这个工作没有捷径,只有靠自己的努力去完成。

在此,我不能不感谢恩师曹越华伯伯。曹伯伯同我的父母亲有着至亲的渊源,有着深厚的交情,这可以追溯到相当久远的年代。曹伯伯毕业于复旦大学外国语言文学系,曾任第二次世界大战远东战区中缅战地的翻译官。其后，他从事科技资料翻译工作。在我读书期间，就师从曹伯伯学英语。我到高校任教后，请求他修改我翻译的文献，曹伯伯真是有求必应，为我的译文倾注了大量心血。每周，我邮寄去翻译初稿后，都会定时收到曹伯伯修改后的译文，其上总是有着密密麻麻的修改标记和批注，以及对难点加以说明的字迹，真不知倾注了曹伯伯多少心血，但却没留下他个人的丝毫印记，真是感人心肺。

那期间，我写字桌旁边的地上，翻译文献的草稿纸摞起来有数尺高。我先生和儿子嘲笑我说："你真够用功啊！"这期间，我在各科技期刊杂志上发表了10多万字的译文，其中凝聚着曹伯伯无法估量的心血和对我的厚爱。

2."亮剑"成果，违潜规则

在钻探泥浆研究室，我边学专业知识边查阅最新生物泥浆研究进展的情况。我朝思暮想的都是怎样突破研究瓶颈。有一天，我在四川省科技情报局查阅资料时，看到中国科学院生物所的一则报道："植物瓜尔胶豆，经处理后，有极强黏性，可应用作为增稠剂与黏合剂的原料……"

这一科技报道，让我"脑洞大开"！回忆起1967年期间，我曾参加中国科学院四川生物所组织的药用植物薯蓣考查，成都生物所是从事植物研究的科研单位，我早就应该向他们"求援"呀！

第二天清晨，我骑着自行车赶到中国科学院成都生物所时，他们刚好上班。自从"薯蓣考查"课题结束后，我们都再没蒙面。当我迈进他们的研究室时，他们先是惊讶，大家互相看着，接着都异口同声道："怎么，你从天上掉下来了？"时间过得真快,屈指一算,啊！一晃12年过去了！此时,我们都已从青年步入中年,各自都已成家立业了,他们也都已经为人父了,我也已经为人母了。

当我说明来意后,刘照光所长说:"历时20年,我们在四川植被考察中,已发现类似于植物瓜尔豆、有增黏性的好几十种植物了,有的增黏性效果还优于瓜尔豆。"

刘所长又说:"我们可以合作研究、开发生产植物泥浆的添加剂以用于钻探工程。生物所负责筛选植物样品,你们钻探泥浆研究室负责实验,筛选出增黏性作用最佳的植物。"

1983年7月,我校与中科院成都生物所开展了野生植物胶在钻探泥浆中的应用研究。我们对成都生物所提供的36种植物,历经一年多的反复实验筛选、改性,以及配制泥浆工艺的研究,并对比在钻探中使用的各种钻探泥浆性能,最终筛选研究出了"PW植物胶"。

其后,我作为该科研课题的主持者,奔走于学校和现场,负责到各探矿工程矿区对"PW植物胶"进行生产试验。我曾到过四川松潘、洛阳、河南和宁夏等地的地质探矿工程队进行"PW植物胶"的生产试验。

1985年8月,我主持了"PW植物胶"到四川松潘东北寨金矿区的101地质队生产试验。当时正值暑假期间,我先生和儿子也陪同我前去生产试验地。

那时的路况不好,多为碎石路,途中尘土风扬,颠簸不堪,犹记当时我们是乘地质队的吉普车,从清晨旭日初升出发,直到夕阳下山才到达了地质队。

到达目的地,我们一下车,顿时感觉空气是那么洁净,呼吸是那么畅快,天是那么碧蓝,但自来水又是那样寒冷刺骨。

第二天清晨,我和地质队负责钻探的技术员乘吉普车到松潘东北寨金矿区山下,再换乘"爬山虎",即用拖拉机改造成用于爬山的车,它载着我们登上海拔4000米左右的钻孔施工现场。

我指导地质队钻探技术员把"PW植物胶"精准配制成泥浆液,在指定的钻孔施工中使用,测数据,并与以前使用的泥浆效果对比。

在这期间,我穿梭在松潘东北寨金矿区的崇山峻岭间,轮流奔走在各个钻井现场,指导现场科研实验。

在这期间,我也领略了当地人称为"小九寨"的原始大森林的景观,那是层层叠叠的茫茫林海,蔽日遮天,那巨树梢头的碧叶,连成一片,摇曳不停,把林海上空淡淡的白云赶来赶去。阴雨天里,整片原始茂林雾霭掩罩,棵棵参天大树时隐时现,影影绰绰,犹如太虚幻境一般。

当"PW植物胶"泥浆在现场实验达到预期效果后,我和先生携儿子考察了海拔3200米的亚高山草甸,又称为"五花草甸"。

当时正值盛夏,"五花草甸"一望无垠。草甸植物种类繁多,除禾本科外,还有蔷薇科、菊科、石竹科等双子叶植物。"五花草甸"五彩缤纷,犹如色彩斑斓的鲜花海洋,鲜花多得似乎蔓延到了天边,与云彩连成一片。彼时,我们在"五花草甸"中欢跑、呼叫。真恨不得一头倒下,融入到美丽无比的草甸的怀抱中去。我们三人,确实玩疯了!

随后，我们一边拍照，又一边录像。时而，我们又慢慢地走，边欣赏边欣喜若狂地说，太美了！太美了！我们沉醉在大自然中，高兴得不亦乐乎。

儿子一边欣赏一边摄像，突然提出一个问题："你们看，为什么'五花草甸'上的黄色、紫色和蓝色的花开得比山下我们住地的花更艳丽，更明亮呢？"儿子的父亲接着说："不可能啊，它们是同一种属又在同一地方，不会那样啊！"父子不停地争论着，于是我说："你们可以采摘'五花草甸'上各色花的标本，下山去与我们住地的花对比，看你们父子谁正确。"

当我们爬到阴坡时，跃入眼帘的又是另一种景观，亚高山草甸与冷杉针叶林交错分布，十分美丽。

我们下到海拔3000米以下处，见到的垫状植物的种类越来越多了，各种各色的高山杜鹃从山头开到山脚下，璀璨的山谷，缤纷娇媚，团团花簇，成片燃烧，有的还傲然岩头。高山杜鹃虬根更奇，有的形似虎身，有的状如猴头，有的呈现人的形态。

回到住地时，儿子拖着父亲去把在"五花草甸"上采集的各色花与住地的花进行比较。我则忙于整理现场测试的数据，并与技术员交换意见。待我工作结束后，看见儿子蹦跳着跑过来说道："妈，真的！高山上的'五花草甸'的同种植物花的颜色比我们住地的更黄、更紫和更蓝，颜色也更加鲜艳亮丽，这是为什么？"我说："儿子，你对事物观察细致而敏感，'五花草甸'的花色更鲜艳明亮，其原因是高海拔紫外线强，能促进花的花青素分泌及生长，因此高山上的花颜色亮丽而且大，而有关紫外线光谱波长与颜色相关性的研究，你与你爸是学物理光学旳，就让你们去讨论！"

第十章 蓦然回首,高教卅年

历时3年多,植物学和钻探工程学两个学科交叉、跨界融合的科研课题,终于结出了硕果——"PW植物胶"。正当我们筹备召开"PW植物胶在钻探泥浆中的应用研究"科研项目的鉴定会时,探矿工程系的主任却说:"暂时不开鉴定会,待以后再说。"

我十分纳闷,"成果出来了,为什么暂时不开鉴定会?"当时我真没明白其中缘由,所以我去中科院成都生物所征求意见,该课题负责人讲:"我们PW植物胶性能优于植物瓜尔豆,应尽早召开鉴定会,会议由我们中科院成都生物所组织。"

1985年12月,由中科院成都生物所组织了"PW植物胶在钻探泥浆中的应用研究"的鉴定会。鉴定结论为:"PW植物胶"是一种多功能、高效、新型的泥浆处理剂。该产品可广泛应用于地质、煤田、水文工程等部门的钻探工程中。

该成果不仅得到同行专家的高度认可,还受到了中科院的充分肯定,更让国内外同行看到钻探泥浆研究的新方向,其后这项研究获得了多项科研优秀成果奖。

然而在科研评审会时,系领导却回避出席会议。事后,系领导对我工作的支持态度渐渐有所改变,我百思不得其解,不知问题究竟出在哪里,这样的处境使我感到有点尴尬。但上帝为我关上了这扇窗户,没想到又为我打开了另一扇门。

由于学校新成立地理师资与旅游专业,工作急需人手,所以我从泥浆研究室调到了地球科学系从事教学工作。

4年后,我终于找到了当时我出问题的答案,原来是我没按学术界的潜规则行事,我与学术界的潜规则发生了最为激烈的碰撞,即我忽略了我们的科研成果是在系领导的热情支持和大力帮助下完成的。

3. 奉献普教，培养师资

1985年，《中共中央关于教育体制改革的决定》发布，针对发展"普九"教育，需要迅速培养大批师资，成都理工大学在地质学领域内的合理延伸，承担了创办地理师资专业的重任，为普教做贡献。

我主要负责了地理师资与旅游专业的建设工作。首先，以该专业富有经验的教师为核心，以相关专业教师为辅，引进必要的外来力量组合成了一支强有力的教师队伍。其次，在有关领导的支持下，我们在完成省内外该专业课程设置的调研后，组织编写了一组具有鲜明实践性、新颖性、地域性的教材。再次，为发扬地质院校的传统，我们开设了地理环境、旅游资源开发等课程。同时，为充分发挥地质院校的优势，我们加强了野外教学实习，使学生在牢固掌握相关知识的基础上，提高动手能力，使野外教学实习成为地理师资专业的特色。

付出总有回报，30多年过去了，学生回母校见到当年教过他们的老师时，他们热情而真挚，谈得最多的是，当年我带领学生们在校园内进行植物地理实习的场景，以及自然地理综合实习的难忘的经历。他们由衷地感激我们开设和教授的认识实习、综合实习等实践课，丰富了他们的理论和实践知识，扩大了他们的视野。

当年，我校园艺科每年都根据我们的教学要求，在校园内引入种植了教学实习所需的有关科、属、种的植物，以满足植物地理课认识实习课的教学需要。

每年春天，我带领学生在校园内进行植物地理实习时，都会讲解植物物种与景观、物种与文化内涵等内容。例如，学生们集中在"木兰"植物园中，我会请学生观察玉兰、辛夷、广玉兰等植物，并讲解木兰属的物种形态特征。在讲述构成的景观时，我会举例"玉兰"参差佩玉排空出！并引入诗词，对"玉兰"赞美之词："绰约新妆玉有辉，素娥千队雪成围。"它有象征着年轻一代青春活力、朝气蓬勃的文学内涵。这样的讲解，时常会吸引许多非本专业的学生也参加到实习中，每次讲完后，都会收获热烈的掌声。

当年地理师资与旅游专业综合实习开辟的第一条线路是成都—重庆北碚—长江三峡—三峡工程，此路线穿越四川盆地各主要自然地理单元。第二条线路是南宁—柳州—宜州（白龙洞）—桂林（桂林山水）—北海，此线路穿越广西壮族自治区南东北各主要自然地理单元。第三条线路是乌鲁木齐（大板城）—天山（天池）—吐鲁番（火焰山、魔鬼城、葡萄沟、高昌古城、千佛洞等）—石河子—克拉玛依油田，此线路穿越新疆维吾尔自治区北疆各主要自然地理单元。

实习内容涉及地质、地貌、气象水文土壤、植被，以及工业地理、农业地理、交通地理、历史地理等。

1994年7月，本专业的师生乘火车去乌鲁木齐，到新疆师范大学后，分乘两辆大客车去新疆西北地域进行实习。对各具代表性的地貌结构和景观的考察持续半个多月。

师生们皆是第一次踏上这神奇而又独具魅力的新疆西北边疆。迄今，师生见面时，大家总要回忆起那些永驻脑海的记忆。

绛帐春秋·岁月留痕

一号冰川　天山雪莲

我们到新疆时,正是酷暑,烈日炎炎,气象台发布出高温红色预警。我们驱车120公里,到了世界上离城市最近的天山一号冰川。当师生登上海拔3700米到4486米的天山一号冰川,闯入冰雪世界时,周围都是现代大小冰川,我们完全置身于白色的冰斗之中。在这个宁静、严寒、深邃、沉寂的环境里,有诗意的人称其为回归"寂静美"。但是,偶尔我们还是会听到有种飘忽而又无从称呼的摩擦声息。说声息,不如说是感觉。此刻,男同学们兴奋地脱去上衣和外裤,光着上身在冰上摆出各种造型拍照。女同学们则相互借穿鲜艳的衣服在裸岩冰雪带狂舞拍照。刘老师忙着讲授:"一号冰川是乌鲁木齐河的源头,它由76条现代冰川组成,地貌和沉积物很典型,有"冰川活化石"之誉,是我国观测研究现代冰川和古冰川遗迹的最佳地点。"

随后,有几位男生手捧花束从天而降,呼叫道:"快看！天山的雪莲花！"他们的声音划破寂静的冰斗世界。女生们围住他们,我从男生手中接过雪莲花,请学生们观察朵朵洁白的雪莲花！我从植物学角度讲道:"雪莲花,属于菊科,凤毛菊属,为高山草本植物,又被称为雪山玫瑰。它的形状像莲花,茎高40—70多厘米,叶似芭蕉,呈淡绿色,花盘晶莹洁白,花瓣层叠,中间有紫红和橙色花蕊,花有碗口般大,散发秋菊的幽香,它生长在冰雪深处的石缝、砾石和沙质湿润处。雪莲花被视为吉祥和爱情纯真的象征。"同学们听了我的讲述后,对这雪莲花更是爱不释手了。

探火焰山　观坎儿井

我们的汽车向吐鲁番盆地的中北部行驶，一路上师生大谈《西游记》里写得神乎其神的故事：孙悟空在大闹天宫后，被投入太上老君的八卦炉烧炼，炉鼎被打开以后，孙悟空蹬倒了炼丹炉，几块带有余火的砖块掉落凡间，化为了火焰山。

大约汽车行驶了100公里，突然有学生惊呼道："快看啊！一片青烟一片红，炎炎气焰欲烧空。"在"车览"途中，教地貌课的蒋泉发老师从地貌成因讲道："火焰山位于吐鲁番盆地，是我国海拔最低之地，遍地红色砂岩，古书称之为'赤石山'，维吾尔语称'克孜勒塔格'（意为红山），岩石熠熠闪光，红艳如火，四周群山封闭，空气不易流通。白天有强烈的日照，产生的热气流移向盆地中部，兼山岩红外线辐射，形成极热气温。盆地周围的戈壁砾石的热辐射全集中在此，气温可达70摄氏度以上。古生物学证明，远古之时，这里曾是浩渺的大海，在地壳运动过程中，海底的红色砂岩从古海中钻出，形成了火焰山。"

当车停在一片绿洲中后，司机发话："同学们，葡萄沟到了！"

啊！眼前是一片绿色的海洋，串串葡萄，晶莹剔透地挂在架上。马奶子葡萄、黑葡萄、无核白葡萄等等，有的绿如翡翠，有的艳如玛瑙，有的细如珍珠，有的大如橄榄，使人目不暇接。参观者尽可采摘品尝，这里使大家"乐不思蜀"了。

在葡萄沟，我们还参观了坎儿井。讲解员是一位20岁左右的维吾尔族姑娘，她身材高挑，深目高鼻，一双略带浅蓝色的眸子，清澈明亮，如同一泓碧水，精致的五官，夺目的美丽。她身穿一袭红色的新疆舞裙，头上戴着一顶俏皮可爱的"朵帕"小花帽。她用标准的普通话讲解道:"坎儿井是荒漠地区一种特殊的地下水灌溉系统,为古代三大工程之一。吐鲁番人民根据盆地地理条件、太阳辐射和大气环流的特点,经过长期生产实践创造出了坎儿井,它把盆地丰富的地下潜流水,通过人工开凿成为地下渠道,引上地面灌溉使用。"

姑娘用骄傲的语气讲道:"我们吐鲁番坎儿井总数达1100多个,全长5000公里。"

讲解参观结束后,场面真够热闹的,男女学生排着队邀请这位维吾尔族姑娘照相合影,并相互留下通信地址。我不由想到了一句话:"翻过高山,正遇江海;行过荒漠,恰逢花期。"

我们创办的地理师资与旅游专业共10届,向社会输送合格毕业生近800人。我们通过对历届毕业生情况的追踪调查,发现用人单位评价很高:"毕业生专业思想好的占80%以上。学生教学质量好、知识面广、动手能力强,讲课尤其生动形象,如讲到新疆地形地貌情况时,如数家珍,社会给予高度评价。"我们创办地理师资与旅游专业时因紧扣"师范特点",办出了特色,办出了水平,曾数次获得四川省的多项荣誉奖,也受到全国多家报纸和电台的关注,它们为我们的这个专业发出了新闻报道和专题评价,并向社会进行推广。同时,我们办学的一些具体措施已在省内外有关院校推广,成为他们重要的借鉴经验。

4. 与时俱进,创新专业

在改革开放的形势下,我国城乡建设和旅游业有了极大的发展,掀起了前所未有的热潮。但是,当我们回头审视时却发现在其开发建设中有些缺乏应有的科学指导,存在无序开发建设的问题，这导致了生态环境和有限资源遭受破坏，产生了不可逆转的负面影响。这一问题在中国西部的一些地区尤其突出，如不及时解决，势必将阻碍社会的可持续发展。培养城乡规划和旅游资源开发有关专业的人才，在我国已经是刻不容缓的战略任务，是我国实现社会经济可持续发展的急需，于是我们学校与时俱进，拓展开设了社会急需的专业。

1992年，我校在中国西南地区率先开设了城乡规划与旅游资源开发专业。

回顾这20多年，我们"不甘人后，敢为人先"的精神，从无到有，艰苦奋斗，直到获得上级和社会的肯定，这是一个十分艰苦的历程。

优质教师队伍　提高教学质量

城乡规划与旅游资源开发专业是创新的专业，是中国教育历史上没有记载的新专业。因此，教师一方面调自相近专业的学科老师，另一方面则需要到全国各高校去要求调用相关专业的毕业生。当时，高校相关专业的毕业生很少，要人单位很多，处于供不应求的状况。我曾多次去省内外大学守着要相关专业的毕业生，但多数时候是两手空空回学校。

在此情况下，我们采取派教师到国内外有关院校进修，根据教学需要去跨校、跨地区聘任教师等多种形式，有力保证了教学质量。经过多年的努力，现在已经建立起了一支优秀的教师队伍。在其队伍建设过程中，最让我们头痛的是寻找任教美术素描和色彩的教师。

那个年代，仅有四川美术学院能培养出教美术素描和色彩的毕业生,而毕业生人数只有一到两位数字,我们根本抢不到毕业生。学校没有为最初几届学生开设此课,在对学生实习单位和毕业生的追踪调查中,一致反映学生的动手绘画能力和对颜色的色感差。这种结果迫使我们学校要立刻开设素描和色彩课程。如何发掘教师潜力来解决素描和色彩课程缺教师的困难?鉴于如此情况,我毛遂自荐,承担了美术的素描和色彩课程。

我自幼喜欢美术,初中时也曾想报考四川美院附中,但因种种原因放弃了,但我还是一直坚持自学,不时追梦于此。"文革"期间,我曾请西南师范学院美术系钱泰琦老师指导我学习绘画,曾数年利用业余时间到翰林美院学习山水国画。我也曾在美国洛杉矶尔湾举办了个人小型画展。我的国画作品还入选成都市国画展。但是国画与美术的素描和色彩有所差异,真要走上讲台任教素描和色彩课,我是有些欠缺扎实的基础,所以我的心还是有点虚,真怕误人子弟。

当时,面临无教师的困境,教学又急于开设美术素描和色彩课的现状,也许是上天给了我机遇,让我去圆儿时的一个梦。对我来说,我很想抓住这机会,这是一个致敬,致敬我年少时的梦想、致敬我最喜欢的艺术形式,能够参与它,此生我就无憾了。

我终于实现了进一步学美术的梦想。

真是无巧不成书。1998年,我遇到四川美术学院学生张无,他从小学习美术,美术的素描和色彩基本功很扎实。他看了我的作品后说:"老师,你可以教素描和色彩,我再给你补补素描和色彩有关的绘画技巧。你上课时,我也可以给你助课。"

从那时起,我想从危机感中通过努力来超越自我,决心尽快强化美术素描和色彩的理论和技能。于是,在业余时间里,我几乎形影不离地跟着小老师张无,带着画板在校内外进行风景写生或画素描或画水粉画。我指导研究生的工作室变成了美术室,摆着各种石膏几何模型和头像,以及实物。室内有两个画架,小张的画架在左,我的画架在右,我们同时静物写生,共同讨论,相互切磋,琢磨绘画技艺。同时,我们还共同探讨了相关的素描和色彩的理论,并且用于指导实践。

在小老师张无的耐心指导、帮助和鼓励下,我终于勇敢地教授起了素描和色彩课程。

再后来,我校创办了传播艺术学院,我还真的到了传播艺术系去进修素描和色彩课程。我任教此课程算是赶鸭子上架,但也是追我少年时的梦,我十分认真,也十分珍惜这个机会,边学边教,放下架子,常与学生在画室静物写生,直到夜深人静,直至教学大楼值班师傅来催我们关门,师生才依依不舍地离开画室。

在我教授素描和色彩课程两年后,教学效果调查显示,学生给我的素描和色彩课教学效果评价极高。在毕业生追踪调查中,用人单位反映说,我校毕业生绘画能力不错。我这才感叹道,其实只要你去做了,就会有人看到,就会得到肯定。我总会尽力地去做想做的事,其后这逐渐形成了一种工作理念。

直到退休后,我对任教素描和色彩课程还是感受颇深,我做了自己想做的事,心里非常快乐。人若有梦想,应寻找机会,并勇敢抓住这一不留神就会擦肩而过的机会,尽全力去实现梦想。换句话说,我是一个活得特别专注和用力的人,用力不够的话自己还会觉得不过瘾,会觉得日子似乎白过了,多可惜啊!

面向社会需求　师生进入"角色"

提高教学质量是学校教学永恒的主题,为了适应社会经济发展对人才培养的需求,教学不仅应强化扎实和精深的理论知识,而且还应重视对实际能力和创新精神的培养。

高质量的教师队伍是办学成功的决定因素,教师不仅要有理论知识,而且应具有丰富的实际工作能力。

从1997年起,我除了教学外,还利用休息时间,如双休日和寒暑假,到市规划设计院、四川省村镇规划设计院等单位长期结合教学参加各个规划项目的设计工作。

我经过2—3年的理论自学和到各规划设计院跟课题实践中去不断学习,从理论到实践,经过实践再丰富理论,走向讲台。我从生物专业拓展到承担城乡规划专业的风景园林设计等课程的教学,这个过程是非常艰辛的。当时,风景园林设计在我国毕竟还是一门年轻的学科,专业书籍匮乏。我充分利用我国所拥有的珍贵的古典园林文化遗产,传承其中的优秀内容,特别是学习江南园林艺术手法。为此,我自费去了东方风景园林代表的苏州、杭州等地进行实地考察。更庆幸的是,我在1997年去美国时,参观考察了位于洛杉矶市近郊的亨廷顿庄园,它是美国最著名、最具规模的,也是世界上少有的西方风景园林花园。

在此,我还真要感谢我的先生,他利用长期学习和研究摄影的技巧,在亨廷顿庄园从不同角度,运用不同技巧拍摄了大量风景园林照片和影像。回国后,我先生又到我校传播艺术学院去旁听了与摄影和摄像制作有关的课程,时间长达一年。他边学习边应用,将拍摄的东方风景园林——苏州、杭州园林等,及西方风景园林——美国亨廷顿庄园等大量材料编制成形象的教学多媒体演示课件。

我讲授风景园林设计课时,学生们经常被形象、多彩、生动的多媒体课件吸引。课后,学生说:"老师,你真行,你真是编制多媒体课件的高手啊!"我幸福地解释道:"我先生,张世熹老师才是高手!我在前台讲课,是他在后台编制这些多媒体课件。"

实践检验是衡量教育成果的标志,学生是"教育工程"的特殊产品。城乡规划与旅游资源开发专业师生的规划设计成果,曾获得多项四川省汶川县地震灾后重建城乡规划设计的成果奖。历届毕业生很受社会欢迎。现在有的毕业生已成长为市、县或规划设计院的领导或技术骨干,很多毕业生还获得通过了国家注册城市规划设计师。

弯道超车　培育人才

旅游业被誉为全球经济发展规模最大、增势最强、前景最好的产业之一。中国西部各省、市和县先后几乎均把旅游业列为经济发展的支柱产业。

纵观旅游业的发展,最重要的是科技人才的培养,尤其是高层次人才的培养。随着中国西部大开发,急需旅游人才,客观上为高校跨越式发展、弯道超车提供了广阔的空间和平台。我们曾在地球科学专业的基础上拓展延伸,成功开设了两个相关的新专业。彼时,经过一系列论证后,成功申报了旅游工程学硕士点,开始招收研究生。

1996年,我校在中国西部地区率先招收了旅游工程学硕士研究生。鉴于我的研究方向是生态旅游与可持续发展,其后,我与相关研究方向的导师联合培养了生态旅游博士研究生,实现了学科杂交早出成果。

培养旅游高级人才是一个庞大而复杂的系统工程,它既涉及专业方向和每个专业方向内部纵横的知识结构,又涉及人才综合素质的提高等诸多问题。

为了弥补研究生单纯书斋式学习理论的局限,我要求研究生尽早进入角色,面向社会经济建设需求,实现理论与实际相结合。为了使研究生所学的知识与社会建设需求达到无缝衔接。我要求研究生进校后,尽快参与社会实践、科研课题,培养实际工作的能力。

在10年里,我每年招收1—2名研究生,要求每名研究生必须参加3个以上的市、县级旅游发展总体规划课题项目,并还要参加省级以上的研究性课题。我前后指导的研究生参加了国家级,以及四川、云南、甘肃等省级的科研课题。师生在创新理念的指导下,通过对项目地的考察、定性、定量等工作,出色地完成了科研课题。

2004年8月,我带领研究生去参加世界自然基金会(WWF)项目重点科研课题。编制《生态旅游规划指南》时,我们考察了整个岷山山系的17个自然保护区。

在考察结束后,我们编写了岷山景观自然保护区《生态旅游规划指南》,为未来自然保护区开发旅游业的可持续发展寻找到了一条绿色通道,即发展生态旅游。

此后,这些研究生们撰写了大量的文章,都刊于科技类核心期刊,以及SCI期刊。

前不久,毕业的第一届博士研究生胡海霞从加拿大回母校时,她拉着我手深情地回忆到,那年参与"四川崇州市旅游发展规划"课题考察时难忘的情景,一提起那次考察还要笑上一番。彼时,我们考察自然保护区时,鞍子河溪流两岸,皆是砾石,卵石有苔,水流湍急,清流触石,水石冲击,柔情歌唱。溪上无桥,唯一的渡河方法是,踏石而过。我踏石时,不小心"噗通"一声掉入深深的溪流中,水深及腰,海霞把我从水中拖出,我们从头到脚都湿透了……

更有趣的是,夜幕降临,我们在鞍子河自然保护区选择露营地时,海霞异常兴奋地建议道:"我们可以选山顶露营,落日时,好看夕阳缓缓西沉;夜晚时,好仰望满天星星!"最后,我们真的就按此建议实施。可天公不作美,半夜大风大雨,帐篷、睡袋和防雨设施无一用处,大家都淋成了落汤鸡……事后,我们常笑谈"学科学不懂科学,受大自然惩罚"!

20年,弹指一挥间,当年已毕业的研究生们现有的正活跃于高等院校执教或留学国外,有的成长成副厅级或处级领导,有的在旅游规划设计院主持工作或自主创业。我与每届研究生都建立了通信联系。毕业多年后,大家依然习惯将工作和生活中好消息,通过手机微信,共同分享。每逢节日大家便会相互问候,这是我最开心的时刻。每到此时此刻,往日岁月的情景总会闪现在眼前,其味无穷。

学术之路　无憾此生

我一直认为梦想是我前进的动力,梦想是我生活的拓展和延伸。

蓦然回首,高教30年风雨,我从中年到了霜染两鬓的年纪,但我是幸运的。因为高校30年,我曾经历几次大事:其一,迎着

"科学的春天"的春风，我闯入完全陌生的学科领域；其二，我通过多学科杂交，较快获得了科研成果；其三，我们借高等教育改革的东风，在地质学领域拓展延伸的基础上，成功地设置了两个新专业；其四，我借中国西部开发急需人才的机遇，招收了研究生，为国家培养了很多优秀的研究生，像撒种子一样，把每届毕业的学生撒遍了祖国各地。

当然，在此过程中，我全力投入到教学、科研、地方经济建设等工作中去，甚至把一个母亲对儿子的哺育和培养职责也交付给我先生。这是因为我曾期盼到高校工作和学习，我庆幸有高校工作的经历，在知识的海洋里，我不忘初心，坚守着梦，孜孜追梦。这梦就是体验、感受做学术之路的过程。我深知硕果是由诸多因素所决定的，因此，我不过分强求其成果。但现实告诉我，"有一分耕耘，就有一分收获"。

想想30年前，当时我还在壮年。光阴如白驹过隙，总是跑得飞快。只是我总是把自己的期盼、梦想，无休止地刻在了光阴上。

我潜心高教30年，当回头审视时，我参与、推动了我国高等教育，使其蓬勃发展，也见证了它的巨大变化。我曾为之付出一切，我度过了我生命中最丰产的30年，这也是生命中最享受的30年，我无悔自己的选择——走了学术之路，我可以自豪地讲："无憾此生。"

高教30年岁月像一条河，岁月的河汇成了一支支歌。一支歌，满怀激情迎接科学的春天；一支歌，闯入了科技领域新的航程；一支歌，拓展创建了地质学新的学科专业；一支歌，创新培养了社会急需的高端人才。

第十一章　闯入旅游业,亲历其发展

1.旅游发展,永恒追溯

1978年,这是改写新中国历史的一年,中国发展历史进程中出现了一个大拐点和大转向——改革开放。世界不同种族、不同意识形态和不同宗教信仰的人们怀着对中国的好奇和向往,纷纷踏上了这片神秘的国土。那一年可视为中国旅游发展元年,也可称作中国旅游业发展的新纪元。

1979年,邓小平以75岁的高龄,卷起裤腿,手持木杖,一步一步地登上黄山。他在登山途中与山民话家常,与香港剧组合影,与大家招手问候,老一辈革命家朴素如常人,气节如松柏。他们的形象常常于我的脑海跃然而出。

邓小平就黄山和中国旅游发展发表了重要讲话,并满怀激情地谈及旅游,为中国经济发展开辟了一个新突破口,这个突破口就是发展中国特色旅游产业,使之成为我国改革开放一个新的经济增长点。

40年转瞬即逝,我国旅游业的发展从无到有、从小到大、从弱到强,形成了规模巨大的新兴产业体系,取得了骄人业绩,对国民经济和社会的发展做出了显著的贡献。我国旅游业的发展正在从一个旅游大国走向旅游强国,走向世界。

2. 西部旅游，四川标杆

中国西部地域辽阔，旅游资源异常丰富，有着悠久的历史文化和多彩的民族风情，是中国旅游业极富开发潜力的地域。

中国西部由于受历史、自然环境和地理区位等诸多条件的制约，旅游业发展存在的主要问题是，地域经济发展水平有限、地区思想理念较落后、旅游业赖以运行的基础设施滞后等，使旅游业发展较为缓慢。

近20年，中国西部旅游大开发已突显"后发优势"，即西部借鉴东部乃至国外旅游发展的成功的经验，避免走弯路，从而能快速进入旅游业高速发展的轨道。

四川地处我国西南地区，位于长江上游，辖区面积约49万平方公里。"天下山水之观在蜀"，这里山川神奇灵秀，历史文化底蕴深厚，民族风情多彩，风景名胜古迹密布，拥有一大批享誉海内外、开发价值极大的旅游资源，是名副其实的旅游大省。

1997年，四川省委、省政府把旅游业明确定为经济发展的支柱产业之一，并响亮地提出了"建立旅游大省"的口号，决心走出一条由西部地区旅游业推动经济发展的创新路子。

1997年9月，为了使四川旅游业的发展能与国际接轨，四川省旅游局（今四川省文化和旅游厅）从国外聘请了世界旅游组织秘书长弗朗加利先生来成都，签订了委托世界旅游组织编制《四川旅游发展总体规划》，简称《省旅游发展规划》的协议。

1998年6月，澳大利亚、欧洲和亚洲的相关学科专家来到四川。历经10个多月奋战，成功完成了《省旅游发展规划》。该规划将四川省旅游定位成中国生态旅游和自然旅游的目的地，为四川省旅游业的可持续性发展提出了切实可行的方案和措施。

《省旅游总体规划》是全国首家邀请世界旅游组织编写的旅游发展总体划规划，它是具有国际视野高水平的省级旅游规划。同时，也为全国各省、市旅游发展编制旅游发展规划有所借鉴。由此可见，此项工作是四川省一项开创性的工作，为中国西部旅游，乃至全国做了表率。

3. 闯入四川旅游，编写旅游规划

1996年，由于旅游业快速发展，急需旅游人才，成都理工大学在西部地区率先招收了旅游工程学研究生，从此时起，我与旅游开始结了缘。

参与编写规划　成果难得的好

1999年元月，陈茂勋教授邀请我共同承担了编写《四川省崇州市旅游发展规划》的任务。从学科而讲，当时，这是一个新兴的学科领域。从编写规划类型而言，当时，在全国范围可兹借鉴的旅游发展规划也很少见。由于这是我第一次编制旅游发展规划，在此过程中留下了许多镂骨铭心，难以忘怀的记忆。

规划编写小组由从省级相关科研单位和大学教师中聘请的有关学科专家和研究生组成，共9人。

首先，编写小组对《省旅游发展规划》进行逐章逐节阅读研究和分析讨论，力求吃透国外专家编写规划的框架、思路、理念、创新，以及各单元重点等。

在编写该市规划之初，以《省旅游发展规划》为样本，编写小组对如何"摸着石头过河"去编写规划有两种意见，各有其论点和论据，争论十分激烈。一种意见认为，初次编写规划，时间又十分紧迫,应采取"邯郸学步"的方法;另一种认为,国外专家编写的规划,欠缺对实情的了解,应"革故鼎新"。当时,天天开会、天天讨论,真是舌如剑,唇如枪,唇枪舌剑争论不完。由于编写时间紧、任务急,委托单位不断来电催促编写小组尽快进入现场实地考察。

有的研究生私下对我讲:"公说公有理、婆说婆有理,算了,简化为举行投票而决定吧!"我说:"不能采用简单的投票方式,通过不断的讨论、辩论,编写思路会更清晰、创新理念会更明确、建设举措会更'落地',其实这也是学习的过程。"

经过一周多的不断深入讨论后,陈教授总结道:"经过这几天的讨论,我们对编写规划的思考更全面、更深入了,进一步学习了《省旅游发展规划》样本,通过大家充分发表意见,知无不言,言无不尽,畅所欲言,殊途同归,最后大家一致认为,在吃透《省旅游发展规划》的前提下,根据市域实际情况走自主开拓创新之路。"经过上述过程,大家相互间已"神会心契"了,接下来规划编写就比较顺畅了。

编写小组对市域进行了半个多月的考察后,我们历时10个月,从该市域实际情况和国民经济发展出发编写,并提交了《四川省崇州市旅游发展规划》的初稿。我们在反复征求地方对初稿的意见并几经修改后,进入了统稿、审稿的繁杂工作,这需要具有相当的文字功底的编辑来承担重任。同时,编辑还要有一定的旅游知识,及计算机绘图能力,真是不太好找。正在为难之时,我先生张世熹自告奋勇,决定承担这重任。

严师出高徒　成果创新高

1962年，我先生张世熹在西南师范学院物理系留校任教后，又到西南师范学院教师进修班继续深造学习，其课程设置了汉语语言文学等相关课程。任课教授是中国著名的比较文学之父、文学评论家、国学大师及诗人吴宓先生。

我先生张世熹常跟我讲："在教师进修班能跟吴宓先生学习汉语语言文学，真是此生有幸，能或多或少，或远或近地接受他的教育，使自己的汉语语言文学知识上了一个大台阶。"

当时，吴宓先生68岁，他是一位面貌清癯的老先生，身姿硬朗，头略秃顶，未留胡须，眉略显白，目光如炬，每次上课都穿着他那"多年一贯制"的灰白长衫，一派充满尊严的学者气质。

吴宓先生治学严谨，取精用宏，见解独特。他讲理论时，有鲜明的论点，确凿的论据，严密的论证，并言简意赅。

吴宓先生在课堂上，讲课神态从容，极为生动，举止温文尔雅，说话缓慢而有节奏，特有韵味，常举实例，通过纠正文章中的错误，以及病句来提高学生的语言文学水平。吴宓教授选取的实例全都是来自于他每天必读的《人民日报》《文汇报》等权威性大报，他常会纠正其错误，一字一板地讲起来。当时我听后，真是一惊，脱口而出："吴宓先生胆子够大！"我先生说："吴宓先生的学问是世界级的，是强大的，因为他充满对历史和文化的责任感，这才是最让人动心、敬佩的风范，也是他的高贵之处。"我被我先生说得口服心服。

有一次，吴宓先生在课堂上说："好些同学说，难以理解文言虚词，实质上并不难，你经常用的话，这个问题就解决了。你把生活中遇到的事改用文言来表达就行了,比如吃饭,就可以说:'三两尚不足,何况二两乎?'这不就用了几个虚词!"这句脱口而出的话,大家都记住了,大家猛然醒悟文言虚词该怎么学,怎么表达。

1969年末,西师美术系从事雕塑的钱泰琦教授请吴宓先生吃家宴时,也请我先生张世熹作陪。最后,有一道小吃八宝饭,其内有小红枣,大家边品味、边议论,这乃真美味。这时,吴宓先生笑谈道:"为了表示对主人的尊敬和友情的纯真,吃小红枣时应连核吞下!"吴宓先生真把核吞下。吴宓先生一生,待事不但认真,甚至总是非常较真,并是一位有名的多情而专一的先生,他对友情、爱情和亲情都极其诚挚率真。

吴宓先生与我先生张世熹居住在相邻的宿舍,常常相互邂逅。我先生常请教吴宓先生有关中文方面的问题,吴宓先生总是热忱、耐心地指导和帮助,有问详答,并举例阐明。我先生尽管是学理科的,但是语言文学功底在吴宓先生的长期指导,以及潜移默化的影响下,积累日渐深厚,有扎实的文字功底。因此,我先生有实力自告奋勇地承担《四川省崇州市旅游发展规划》统稿、审稿的重任。

最终,在专家评审会上,《四川省崇州市旅游发展规划》获得一致好评,通过了专家评审。同时,评审专家一致称赞该规划报告文稿文理通顺、逻辑性强,难找到语言文字上的错误。

事隔12年后,即2011年12月,《四川省崇州市旅游发展规划》由北京清华城市规划设计研究院完成了修编工作。

在"修编说明"中,对12年前《四川省崇州市旅游发展规划》

给予了高度评价:"该规划是崇州历史上第一个全面的市域内旅游发展规划,该规划是当时历史条件和认识水平下一个优秀的规划,该规划尤其突显了难得的文字功底。"

4. 推动旅游发展,主持编写规划

为了适应四川省旅游业发展的需要,四川省旅游局成立了四川省旅游规划设计院,该规划设计院从全省聘请了10多名旅游相关学科的教授和研究员为省旅游局的专家,我有幸成为其中的一名受聘者。从那时起,我才真正进入旅游界这个新领域,我抓住这机会,开始边学习边实践,从事旅游规划等有关工作。

经过20多年的努力奋斗,四川旅游业走在了全国旅游行业的前列。同时,当年这10多名从全省聘请的旅游相关学科的专家已经成了四川旅游领域的领军人物,并培养出了一批年富力强的旅游业后起之秀,他们现正活跃于旅游业领域。

在1999年,我与旅游结缘后,作为中国西部旅游的参与者、推动者,我曾先后主持了德阳市、西昌市、邛崃市、陇南市,以及名山县、石棉县、九龙县、平武县等地的旅游发展规划;也指导了东方奇景、昆明滇池度假区等地的专项旅游规划。

我参与中国西部旅游工作数十年,从中年到我两鬓染霜的年纪,在流金岁月里我交出了沉甸甸的答卷。这里面有许多传奇的故事,值得回味。

考察三星堆　见古蜀文化

在编写《德阳市旅游发展规划》时,第一个实地考察的现场是广汉三星堆文化遗址。

清晨,我们乘坐大巴车,迎着晨曦,前往离成都市区约40多公里的三星堆文化遗址。晨雾朦胧,依稀可见远处的山峦和茂林的轮廓,车行不到一小时,我们便到了位于广汉南兴镇鸭子河畔的三星堆文化遗址。

首先,映入我们眼帘的是三星堆专题性主体建筑外形,这奇特建筑物的设计理念是什么?展示内涵又是什么?甫一看到,大家就不禁议论开了,有学古建筑的专家说:"这是转型期图腾艺术。"有的又说:"这建筑设计是来源于硬山屋顶。"我是非专业的,听得云里雾里,真是内行听门道,外行看热闹。

此时,我们专家团队的四川省文物局朱小南研究员向我们介绍道:"三星堆文化遗址因内有三个起伏相连的黄土堆而得名,也有三星伴月之美名。它的外形设计追求与地貌、史迹及文物造型艺术的结合,并融原始意味和现代艺术为一体,旨在表现出三星堆的历史文化及其内涵。从建筑学角度而言,它的设计吸取了前面专家所说的有关学说的理念。在设计时,面面俱到,独具匠心。"

朱先生还讲道:"三星堆专题性主体建筑外形,从科幻角度来讲,是十分奇特的,斜形椭圆底部,锥形主体,远远看去类似太空飞行物。这太空飞行物经历了大约5000年左右才落到此处。请大家静下心,闭上双眼,一定能听到那遥远太空传来的阵阵缥缈的音乐!请大家去解译其中的内涵!"朱先生的解释终结了大家的争论。

在朱先生的引导下,我们来到考古发掘现场。根据地层关系,把三星堆文化遗址的地层遗存分为四期。因时间关系,我们考察了祭礼坑(大体属于早商时期)。

朱先生讲："三星堆遗址,被称为20世纪人类最伟大的考古发现之一。在世界考古学上素有世界第九奇迹之称,它一直牵动着世人的神经。发掘时,人们发现祭礼坑内埋置了大量金、铜、玉、陶等器物。现在,这些器物都存在展厅中,但陶器易碎,大多已成碎片,尤其是精致薄型的器物。在此曾出土了数以亿计的陶器残片,足以说明当时陶器种类的丰富程度。现在,大家可在坑内寻宝,这些残片距今约2000多年历史,是我国古蜀文化、长江流域文化遗物,具有极高的研究价值。"

于是,我们在坑内,细心寻找陶器碎片,找寻那遥远的文明!我认真寻找了许多大小、形状各异,以及色彩不同的陶器碎片,我把它们当作宝贝,分别用纸包好,并请教朱先生它们是什么时期的陶器碎片、有何价值,并在纸上认真记了笔记。

在考察的回程中,我背着这沉甸甸的千年碎片宝物,心里想,这真是给世人留下了一大堆不解之谜,如果随着科技发展,有一天能让其"复原",重放异彩就太好了。

回到家,我得意地向我先生张世熹展示我的战果,说道:"我寻到了距今约2000多年的陶器碎片,这可是真的文物啊!"我先生幽默地说道:"我们家有这么多'文物',将来一定要发大财的!"

"翼王悲剧地 红军胜利场"

2000年初,我主持了《石棉县旅游发展规划》。石棉县旅游资源尤其丰富,自然山岳与人文历史旅游资源平分秋色,各有千秋。

编写小组经实地考察后,多视角分析了县域旅游资源开发潜力，提出优先开发安顺场历史遗迹旅游区。但是，县政府领导强调打造田湾河的自然风光和温泉旅游资源。这关系着该县的旅游开发总体战略。

编写小组内部反复讨论、统一看法后，曾数次与县政府领导和相关部门领导交换意见，但他们总是坚持他们的观点，大家各执己见。

在此情况下，编写小组深入发掘了安顺场历史遗迹文化的内涵和外延，撰写了论证报告。

论证报告详尽阐释道："……'翼王悲剧地，红军胜利场'，著称于世界，具有独特性、唯一性、历史性和教育性，闻名中外，有极高的知名度。"

安顺场是"翼王悲剧地，红军胜利场"。

1863年5月，洪水猛涨之时，太平天国石达开率兵西征，欲渡大渡河北上，但未成功，全军覆没，留下千古遗恨，故而得名"翼王悲剧地"。

然而，1935年5月，相隔72年后，同在5月洪水猛涨之时，中央红军十七勇士胜利强渡大渡河成功，立下汗马功劳，写下了光辉的历史篇章，故而称作"红军胜利场"。

中国近代历史上的两大事件同在安顺场发生，使得安顺场与太平天国、长征等历史事件，以及石达开、十七勇士等历史人物牢牢地联系在一起。

昔日翼王屯兵的老营盘，红军强渡大渡河的指挥所、河滩渡口等原遗址等均保留完好。同时，此地又新建了博物馆、红军雕塑等。在博物馆内陈列有丰富而珍贵的历史文物。

随后，编写小组精心地策划了一场重演1935年5月红军强渡大渡河的惊心动魄的历史场景。

历史重演红军强渡大渡河那天，当进攻信号弹划破天空，身穿红军制服，身带武器的十七勇士和八个船工在炮火连天和惊涛骇浪中，船似离弦之箭，冲向对岸。对岸敌人的枪声响了，子弹"嗖嗖"地乱飞，敌人的炮弹在河中炸起几丈高的水柱，水浪的撞击使船剧烈颠簸，红军沉着勇敢、力挽狂澜，在急流中勇进，拼尽全力与敌人搏斗，终于抵达对岸。

尔后，十七勇士齐声怒吼，猛扑敌群，霎时间，杀得敌人溃不成军，丢盔弃甲，拼命逃跑。红军成功强渡了大渡河，在此写下近代史上光辉的一页。

当时，全国各电视台、各大报社记者、新闻媒体等，以及旅游者纷纷涌至石棉县安顺场观看。大渡河两岸的山上，观者如云，大渡河沿岸，人山人海，摩肩接踵。

事实证明"实践是检验真理唯一标准"，规划编写小组的观点得到了县政府领导的认可。此规划在专家评审会上，评审委员们认为该规划十分接地气，一致通过评审。其后，《石棉县旅游发展规划》也获得四川省旅游局领导的高度评价。

邛海治理 "亮海工程"

2000年6月，我主持编写《西昌市旅游发展规划》，编写小组实地考察的第一个景区是邛海。

邛海是四川省第二大淡水湖泊，距西昌城仅3公里，位于西昌泸山的东麓。现水域面积大约有26平方公里，西昌市人民誉称她为"母亲河"。

当时，我们编写小组考察邛海时，邛海已经不再是几百年前的那个邛海，甚至已经不再是昔日描写的"碧水秀色，草茂鱼丰，珍珠硕大，美不胜收"的那个邛海了。

我们看见，邛海的沿岸是密密麻麻的吊脚楼房，这些楼内都开着餐馆，它们每天产生的废水被直排到邛海。

当时，我们的编写小组沿着邛海分段取水样分析化验时，发现它的水质明显恶化，透明度下降到历年的最低值。其主要原因是邛海每天都要接纳吊脚楼内餐馆直排的废水，以及由工厂和生活产生的排放量可达数千万吨的污水。加之，这里水域养殖业的排泄物富含氮、磷等，正好为水藻类生物提供了养料，使它们像疯了一般繁衍生长，其残体在厌氧条件下，分解不完全，不断沉积到湖底，致使湖底抬高，湖的面积缩小。

另外，由于邛海流域水土流失等诸种原因，近60年来，邛海的水域面积，每年平均缩减达450亩以上。

随着人为因素的不断干扰，邛海淡水湖泊水生系统演替，必将大大缩短每个阶段的演变时间，这将使整个湖泊缩小的速度加快。如此下去，邛海最终将被填平，并将在地球上消失，这不能不使我们忧心忡忡！

当时，正值中午，我们在这水上吊脚餐厅就餐，其中有一道菜叫"桑拿虾"，让我迄今难忘。

白色着装的烹调师傅把船边挂着的许多细密的渔网一提上来，啊！渔网中，小虾活蹦乱跳。我先生随手抓了几个小虾放在餐桌上，细细观察起来，研究生小杨颇感兴趣，边看透明的小虾，边与他聊道："张老师，我本科是学环境工程的，您教我们大学物理，我记忆最深刻的是，您讲电磁学理论时，打破了传统的教学模式，通过引入科研课题成果，提高我们的学习兴趣，注重师生之间的双边交流，实现了理论知识向实践技能的转变。同时，在教学中，您善于将深奥的理论与趣味性熔于一炉，您的课是深受同学们欢迎的'金课'。当时，我是学习委员，在教师教学效果的调查中，同学们对您的教学给予了极高的评价。"

随后，师傅熟练地用清水把虾子冲洗后，剪去虾须，放入蒸锅内，加大火力，我透过玻璃锅盖，看到小虾子蹦跳的节奏从慢到加快，再又慢慢减弱，最后全部静止下来不动了。

这时，师傅得意地说："这虾是邛海的纯生态虾，加上我独特的烹调工艺，我称其为'桑拿虾'。这道菜的特色是虾肉透红，味鲜肉嫩，清爽宜口，唯有在此才能享受到这样的舌尖美味！"几分钟前小虾还是活泼可爱的，但现在要我去吃这如此惨烈的"桑拿虾"，真使人食之无味。

我们的编写小组在深入实际调查、收集资料的基础上，从不同角度，多层面地分析了邛海现状，并指出，若如此发展下去，结果不堪设想。在借鉴国内外淡水湖泊治理的成功经验下，我们提出了邛海"亮海工程"。

邛海实施"亮海工程"，历经15年，拆除了海滨所有的吊脚楼房和杂乱建筑，退还了海岸，亮出了海面，恢复了邛海秀丽而曲折的海岸线。

在坚决实施邛海海滨带湿地生态治理工程的同时，还实施了沿湖排污管网工程，实施了沿湖绿化、美化和生态化等工程，还原了邛海的绿水面貌。

如今的邛海,远望山光云影,一碧千里,水质清澈透明,好像一幅幅美不胜收的山水画卷。

螺髻山古冰川　考察历险纪实

编写《西昌市旅游发展规划》时,实地考察的最后一个景区是螺髻山古冰川。螺髻山因外形犹如古时少女的发髻而得名,素有"西子浓妆、蛾眉淡抹、螺髻天生"之美誉。

螺髻山位于西昌城南约30公里处,主峰海拔4359米。螺髻山壮丽巍峨,景色绮丽。那神奇美丽的"五彩湖泊"、人间仙境般的温泉瀑布、世界第一大山谷冰川刻槽、雄伟壮观的角峰刃脊和万顷杜鹃花海,构成了螺髻山"五绝"。

6月仲夏,在西昌市政府的精心策划下,首次考察螺髻山旅游开发工作准备就绪后,参加螺髻山考察的成员在指定医院进行了严格体检,并根据气象预报确定了合适的登山时间。

我远在美国的儿子从电话中得知我们将考察登螺髻山,非常兴奋,要求参与我们的考察活动。他是一位户外运动爱好者,放下电话后他立刻预定了机票,飞越太平洋,而后转乘火车,在我们登螺髻山之前赶到了西昌。

这次参加考察的有十几位成员,由张副市长带队,除编写规划小组的成员外,还选派了医生、公安、后勤人员等护航。

那天早上,晨光绚丽,考察队乘车前往高耸入云的螺髻山。螺髻山,她正在含情脉脉地等待着我们去揭开她的神秘面纱。

当我们到达山麓的骑马场时,有几十名彝族老乡已准备好20多匹马和堆在地上的各种登山户外物品,等待我们的到来。当我们下车后,宁静的山麓顿时热闹了起来。

负责考察的领导高声叫大家安静一下，张副市长作了简单讲话，其中主要强调了安全！

因我是考察队最年长的，又是女老师，大家都请我先选马！我当然没推让，面对这么多的马匹，我东看看西瞧瞧，心想，还是选一匹矮点的马，好上下。这时，牵马的彝族老乡毛大姐好像看透了我心思，她说："老师，我这匹小黑马是建昌马，最听话，登山步子稳！"

我向前仔细观察了这头小黑马，马毛色黑而亮，眼睛炯炯有神，仿佛在告诉我安全没问题！我轻轻抚摸着小黑马的背，小黑马向我不停点头，我似乎感到了我与它之间的缘分，我说："好，我就骑这匹小黑马！"

此时，我在一种探秘感和责任感的驱使下，在大家的注目下，毫无顾忌地抬腿跨上马，但因我的足没踩在马铁镫内，上马失败了。我立刻又再试了一次，小黑马岿然不动，这时彝族大姐向前扶了我一把，我终于上马成功了，研究生们为我鼓掌，也增加了我骑马登山的信心。

一个人一匹马，外加一个牵马彝族老乡尾随其后，体格较壮的马匹的马鞍上还驮着一系列户外必需品。整队完备后，长长的考察马队就开始登山了，大家开始朝目的地进发。山间响起马蹄与卵砾石撞击发出的清脆踢踏声，犹如有节奏的进行曲，前进，向前进！

登山没现成的路，马只能顺着山的走势，踏着砾石向山上蹬，马蹄真是从一个砾石上跳到另一个砾石上，我十分紧张，紧紧地抓住缰绳，生怕从马背上摔下来，小黑马似乎理解我的心情，稍稍放缓了朝上攀登的速度，我的紧张情绪这才稍微平息了点。

可随着海拔的提升,坡度的加大,我的心又提到了嗓子眼儿,我战战兢兢地骑在马背上,身子也变得僵硬。彝族老乡毛大姐不断指点纠正着我的骑马姿势,讲道:"当马上坡的时候,身子要向前倾,否则人和马都会翻倒!"当上完坡又开始下坡时,毛大姐立刻叮咛我道:"马下坡时,要把身子坐挺,抻直,略往后倒,不然人容易滑下去。"

一路向上攀登,空气湿润,山峦起伏,陡壁砾石,上坡后又下坡,翻过一山又一山,回头一望,啊!下面全是悬岩和砾石。这时,我全身已经被汗水湿透了,呼吸也急促。我深深地出了几口大气,稳住快要蹦出来的心,这时一股山风徐徐吹来,顿时感觉真爽快!紧张的心情也有所缓解。

骑马经过半天多的长途攀登跋涉,我们终于到了金厂坝,彝语称为"翁里思",海拔3600米,这是我们的第一站露营地,儿子已在露营地等候我们了。他见我说道:"妈,您还真行。我曾多次参加过美国户外登山运动,今天骑马登山的感觉真是痛快!真是'骑马登山犹自健'!沿途考察中,我认为螺髻山开发生态旅游的潜力巨大……"我说:"好呀,待讨论时,多提建议啊!"

在这里,山谷间有一条清净明澈的小溪,它缓缓穿流。在河边的平缓地上,我们下马就地休息。这时,后勤人员可忙开了,有的开始烧水,准备野炊,有的在离天空最近的河边安营扎寨,把军绿色的野外帐篷搭上。

夜幕降下,我进入军用帐篷内,脱去外衣,套上睡袋,而后躺下,透过帐篷的透明窗,看到朦胧的月色投下神秘的影子。

经过一天的骑行,既紧张又劳累,在恍恍惚惚的夜色变奏曲中,我很快进入了梦乡。

半夜,我突然被寒冷惊醒,原来不知是从什么时候开始下起了小雨,风夹着雨水钻进了我的帐篷。所幸是小阵雨,不一会儿便停息了,方得一夜安寝。

第二天清晨,昨夜阵阵的小雨,使林子的树叶泛起湿湿的浮光,每吹过一阵风,有的树叶猝然脱离树枝,像飞鸟一般,在空中飞舞,煞是好看。清晨的高山地带,寒气阵阵,我们都穿上了已准备好的军用棉大衣。

简易吃过早餐后,我们开始各自寻找昨日骑的马和牵马的彝族老乡,又准备开始骑马登山。

这时,意想不到的令人啼笑皆非的一幕发生了,当一位身高1.8米的武警壮小伙刚走近他昨日骑的马时,那马转身就跑了。武警小伙拼命地去追马,尽管他是小伙子,但对于马的速度只有甘拜下风,没追上马。

这时,那牵马的彝族老乡发话:"小伙子你太重了,马受不了!马不会说话,只有跑啊!"我们大笑!这小伙子只能迈开双腿自己爬山了。

经过近半天的长途跋涉,我们终于到螺髻山色彩斑斓的高山湖泊区域了,这里又俗称"海子"群,是这次考察的重点区域。

快到中午时,看见一位彝族老乡牵来一头牦牛,说:"为庆祝登山成功,杀牦牛了!"

考察队来不及休息,便开始开会研究冰川高山湖区域探险考察路线、分工、安全和注意事项等工作。当我们会议结束时，就听到负责后勤的领导叫开饭了。

还未走到野餐地，我就已经闻到了随风吹来的浓郁的牦牛肉香味，我们看到野餐地塑料桌布上放满了各种牛肉菜肴，有红烧牛肉，有牛尾炖汤等。

在我们品尝美食时，我旁边管后勤的小伙子讲："我今生第一次目睹了杀牦牛的全过程，好残忍啊！尤其当牛脖子露出来，准备下刀的时刻，牛的眼神中充满了恐惧和绝望！"顿时，我口中的牛肉突然变味，噎住了我。我说："呀，请你不要讲下去了！"小伙子立刻转移了话题。

螺髻山有33个形态各异且颇为神奇的"海子"，它们水色各有不同，有墨黑色、红色、金黄色、碧蓝色等。它们大的数百亩，小的一两亩，一般相距200米到300米，其中典型的有黑龙潭、黄海、红海等。当天，考察队按各小组分工的任务出发考察"海子"。

我们徒步到了黑龙潭，它是其中最大的"海子"，像一颗璀璨的明珠。它的湖面很开阔。刚到时，湖面还是烟雾缭绕的，看不见对面的山。而且让我分外吃惊的是，如此大的湖，居然水呈棕黑色，深不可测，我们边走边观察，边选点取水样，边拍照。

黑龙潭真是名副其实，水色如墨，湖水幽深，冷峻深沉，突然想到在考察前看到的相关资料上的传说，相传湖中潜藏着一条黑龙。这传说让黑龙潭更神秘了。

我们考察时，发现湖畔周围的树木野草较为稀少，多处可见裸露的砾石、山石及灰黑土，湖边的大山植被茂密，怪石嶙峋。湖中有很多朽烂的树木和树桩,湖水中也未见有浮游生物、藻类或其他任何生命的迹象,仅有枯枝落叶。

这时,天空开始放晴,天色渐明,黑龙潭与周边的山林,好似一幅浓墨重彩的山水画!我此时就置身其中,临湖而立,有种"真是高敞处,别有大乾坤"的意境。

彼时,学地质的一位研究生和我先生张老师同时提出:"该潭的水色近墨黑,是不是与这里水、山、石富含某种矿物质有关?"我说:"应根据我们所见做好记录,并取湖水水样、山石标本等,到时进行分析测试,再查阅该地的有关地质演变、地质结构等资料,做一些研究后,才能得出科学的结论。"

晚饭后,暮色渐渐地向大山袭来,山水树林都蒙上了一层灰色的纱幔,变得朦胧起来了。这时,先是一阵轻飘飘的风夹着小雨落在山林里,响起一片轻微的簌簌声。随后,风越发强劲,小雨变成淅淅沥沥的雨水,再后,又逐渐成了雨柱,它们敲打着山林,就像有一只看不见的巨手,在拨奏着一架无限大的古筝,发出有韵律的声音。

这时,负责后勤的人员正在紧张地研究今夜的住宿方案。儿子根据多年户外运动的经验,指出帐篷露宿不安全。最后,大家一致同意应立刻改造牦牛棚为窝棚。

儿子和后勤人员一起加固原牦牛棚,在棚周围加了茅草和防雨的塑料布等,改造成了窝棚,又在里面搭了个简易通铺,即用大树桩、木材和木板搭成通铺,其上铺有稻草、军用棉大衣,以及睡袋等用品。在窝棚旁又搭了一个防雨棚,便于烧篝火的人躲雨栖身。

夜深时分，大家进入窝棚才发现通铺太小了，即使这十几个人横着、竖着、人挨着人躺都容不下。研究生们说："我们烧篝火，聊天，今夜无眠！"

经过大家的精心策划和计算，我们都脱掉外衣，套上睡袋，人靠人睡下了，真没留下一点空隙。大家笑谈："现在人靠人睡下了，翻身时，请叫一、二、三翻身啊！"至今，那晚那种搞笑的翻身情景，依然清晰地记于心中。

这时，大家"无拘无束"地开始聊天。第一个发声的是张副市长，他说："考察螺髻山是我年轻时的梦想，你们知道吗？我等了20年啊！这次还有点悬，我生怕体检过不了关，我的血压刚好达标。有几个领导都想参加这次考察，但自己知道体检过不了关，才没报名。"

州林业局负责自然保护区的小李讲："螺髻山原始森林里有很多野生动物，有狼、黑熊等。传说有村民在山上的一个隘口处与一只老虎相遇，当时人和老虎都蒙了，相互对峙了不到3秒钟，双方才有意无意地往后退了。从此，螺髻山也有了老虎的传说。"

听了这故事，我先生提醒我注意窝棚外研究生们的安全问题，我立刻起身穿上军用棉大衣去了篝火处。

研究生们用大树干，搭建成三角形的篝火架，啊！那熊熊的篝火仿佛发了疯似的随风乱窜，篝火的火焰、火光和热气正在把严寒驱散。我走近篝火，啊！真暖和。研究生们聊得正欢，他们正聊着研究方向。我告诫大家："螺髻山有很多野兽，决不能离开篝火！待下半夜时大家互相换着睡觉。"

第十一章 闯入旅游业，亲历其发展

当我回到窝棚时，大家都已经入睡了。在万籁俱寂中，只能听见每个人的呼吸声，偶尔还能听到轻轻的呼噜声。

翌日，黎明的曙光揭去夜幕，东方一带，晨曦在延展开来，山林里渐渐地露出物象的轮廓来，越来越清晰。

遥望远处，初升的太阳透露出第一颗微粒，慢慢地，一跳一跳地，努力向上升起来。啊！今天是个艳阳天。

我们编写小组人员开了一个短会，大家根据考察的情况，提出螺髻山开发建设的若干创新建议，儿子讲道："世间千般景，在螺髻山遇见真'绝'色！"他为螺髻山的可持续发展，提出了未来开发的理念与思路，及其若干开发建设的建议，并提出在螺髻山发展生态旅游，是最佳的选择。最后，张副市长对这次野外考察工作给予了充分肯定，并称赞小张把国外的可持续发展的理念引入螺髻山开发建设中，希望规划编写小组一定将此纳入规划。

现今，在我书房里，有整整几书柜的中国西部部分省地、市、县旅游发展规划文本、论证材料等。它们记录了20多年以来，中国西部旅游业宏大的发展事业，也是我曾经奋斗过的事业，更是中国西部旅游发展的缩影。

从这个角度上来说，我可称得上是中国西部旅游业从发展到壮大，再到变强的记录者、见证者、参与者和推动者。

第十二章　锲而不舍,生态旅游

1.传统旅游,面临挑战

改革开放以来,中国的旅游业得到了迅猛发展,成绩斐然。对此,有关统计材料可以列举出一系列令人欣喜和振奋的数字。但是,当我们回过头来审视,会发现过去的大众旅游存在着诸多问题,如受传统观念的影响,在发展目标上,强调得比较多的是产值和速度;在建设投入上,强调的是资金数额的投入;在生态环境上,忽视环境保护等。

近20年,我参加了中国西部部分旅游景区的规划建设工作,目睹了大众旅游开发中暴露出的破坏性建设、废弃物污染等诸多问题。

资源过度开发　破坏性的建设

2000年6月,四川省旅游局委托我的研究生团队编制《四川省名山县旅游发展规划》。我们对该县进行了全方位的考察。

蒙顶山,即蒙山,是中国茶业与茶文化的发源地之一。在2000多年前的西汉,茶祖师吴理真开始了在蒙山驯化栽种野生茶树的历史。蒙山茶从唐代始入贡,绵延至清,1200余年无间断,历来就有"仙茶""皇茶"之誉,闻名全国,远销国内外。也因为种茶,蒙顶山留下了众多重要的历史文物古迹。

彼时，我们规划团队沿着成都去雅安的公路在名山县以西约2公里外，拐进"禹贡蒙山"标志性大门后继续前行，蒙山的美景便尽收眼底。

漫山遍野的茶畦披绿展翠、层层叠叠，从山麓延展向山之巅，好一派绿色的天地。在茶畦旁，古树葱茏，展示着蒙山壮丽的景色与悠久的历史，真给人带来一种"万山秀气归蒙山"的感觉。

我们沿途考察了天盖寺、皇茶园、甘露石室、甘露井等景点。

当我们考察到天梯时，发现它全由红砂石条修筑而成，共有1682级。它起自山腰的禹王宫，经爬陡坡、茶畦、山坳后，直通山顶的天盖寺。千百年来，天梯不仅是登山要道，而且还是蒙山的重要景点。古人曾这样记载过天梯的胜景："禅林之妙景，东眺县廓，稻畦千亩，水光似璄；南望蒙山，烟霞万里，景色如画！"

但是，在这一幅山水画卷的黄金分割画面上，修建了一条人工索道，这条人工索道建在游人视线集中的地方，严重破坏了景观风貌，这是严重的"破坏性建设"。我们规划编制组人员对此现状，你一言我一语，直言批评，参加考察的领导很是无言。最后，有一位领导讲道："旅游开发初期，国内景区索道观光设施也开始火起来，游客人数猛增，导致各景区索道观光设施野蛮生长。该景区投资商，为追求投资快速回报，在未对该工程建设进行论证的情况下，盲目跟风修建了这条索道，忽略了人工索道与整体景观的关系，也忽略了生态环境。"

在旅游开发建设中,出现不少不适当的粗放型、随机型,甚至破坏型的工程,严重破坏了旅游景区风貌,这是开发建设中不应发生,但却屡见不鲜的事实。例如,有的在公路线路设计中缺乏科学论证,在公路修建中,大肆炸山砍树,形成自然风景的"创伤面";有的旅游景区舍弃自然登山步道而铺设拙劣的水泥台阶,既影响了美观,又改变了景区氛围,类似这样的例子真是不胜枚举。还有,更为严重的是生态环境问题日益突出。

废弃物的污染　生态环境堪忧

2011年,云南省委常委,昆明市委书记提出:"在昆明滇池建设的国家旅游度假区(海硬片区)成为昆明市生态环境建设的先行区、示范区。"

同年11月,昆明市委、市政府决定编制《滇池国家旅游度假区发展规划》。我作为该规划团队的顾问,再次到昆明滇池进行实地考察。在考察工作中,我亲身感受到人类对大自然无节制地干扰、无限制地索取,导致人类生存的环境千疮百孔,我对此深感忧虑!

滇池是高原断层陷落湖,距昆明市很近,曾拥有秀色碧水与起伏群山,因此有高原翡翠绿宝石之称。这里的气候四季宜人,平均气温为14.7摄氏度;春季温暖、冬无严寒、日照充足;空气质量在全国城市排名中名列第二位,仅次海口;全年气候宜人,在中国城市中舒适度排名最高。滇池湿地多达5万亩,也让滇池成为鸟类的天堂。

然而,当我们团队到达昆明,前去滇池考察时,距离滇池还有数百米我们就嗅到了微微的臭味,越前行,臭味越明显。当我们到达滇池时,刺鼻的臭味迎面扑来,曾经美丽的滇池如今却臭得让人无法靠近。当我们选点取水样时,正好一股恶臭直面而来。我先生也参与了此次工作,他是一个心直口快的人,面对此景脱口而说:"唉!滇池水质又黑又臭,成了又一个'龙须沟'。"紧接着他绘声绘色、有板有眼地讲述道:"……解放前,北京城也曾有一条恶臭的'龙须沟',给当地人民的健康带来了极大的危害,严重地损害了人们的身心健康。解放后,在科学技术的指导下,经过人民艰辛的努力,臭气熏天的'龙须沟'变成了清澈的'金鱼池',终于旧貌换成了新颜……"现场的领导听后,拍案叫绝说:"当年的'龙须沟'能做到让恶臭水变成清澈的'金鱼池',我们也一定能努力把滇池彻底治理好。"

我们规划编制团队编制完成了《滇池国家度假区发展规划》,并通过了合格验收。

事后,昆明市以"铁腕治污之势",对滇池实施了"清水、清湖工程"、湖滨带湿地生态治理工程、沿湖排污管网工程、沿湖绿化和美化工程等,决心要还原滇池"烟雨空蒙山海际"的美丽环境。尽管治理工作还有很远的路要走,但是,有志者事竟成,只要方向对了,就不怕路途遥远。

2. 意识觉醒,绿色旅游

20多年来,我参与旅游工作,通过与旅游界相关人士广泛交流,总结出大众旅游开发建设,运营管理负面的主要问题为:有限的自然资源面临过度开发的严重威胁,脆弱的生态系统面对旅游需求的尖锐矛盾,大量游客进入景区造成环境容量的超负荷等。这些问题都严重地影响了旅游业的可持续发展。

第十二章 锲而不舍，生态旅游

在人类面临自然资源和生存环境危机的20世纪80年代，全球兴起了保护生存环境的绿色浪潮，生态旅游由此应时而生。这一代表人类时代潮流的旅游类型，修正了大众旅游中人们对旅游资源和生态环境认识的误区。生态旅游发展实现了人与自然协调发展，也实现了人与人之间的"代际平等"和"代内平等"的关系，为旅游业的可持续发展寻找到一条绿色通道。

在20世纪初，国外旅游以保护环境资源为目的旅游形式，被称为生态旅游（eco-tourism），其内涵，一是回归大自然，二是促进旅游资源和生态环境的可持续发展。

为此，2009年3月，我和先生前去澳大利亚、新西兰、美国等地考察，寻踪绿色旅游，求证"纯真"生态旅游。

体验生态旅游　帝王企鹅归巢

我们乘机到澳大利亚的墨尔本，然后乘车到达菲利普岛南岸的自然保护区，菲利普岛又名企鹅岛。该岛上有成群的帝王企鹅，形成了当地最独特的生物景观，也是维多利亚东部最吸引人的景点。每年有来自世界各国的50多万生态旅游者聚集于此，观看成千上万只帝王企鹅在菲利普岛隆默兰海滩归巢的宏观场景。

我和先生相继考察了菲利普岛的自然保护区，参观了该保护区的展览馆，并根据相关资料考察了帝王企鹅归巢的路线。

我们惊讶地发现，这里的生态旅游规划者，对企鹅出海捕鱼归巢的路线进行了严加保护，使之成为纯粹的原生态区，不准旅游者进入，而是按企鹅归巢的路线修了一条平行的木栈道，而生态旅游者也只能在木栈道上观察企鹅归巢，他们必须

绛帐春秋·岁月留痕

静静地尾随企鹅归巢前进，前进速度不准超越企鹅归巢的速度，不准照相与摄像，让旅游者明白保护资源、保护环境是生态旅游者应承担的义务。

在观察企鹅归巢前，旅游者还必须到保护区展览馆学习相关生态旅游的基础知识，学习帝王企鹅的科普知识，了解生态旅游者在旅游过程中应尽的保护旅游资源和生态环境的义务，以及严格的规章制度与奖罚规定等。

展览馆用现代科技手段展示了帝王企鹅的生活规律，每天天刚蒙蒙亮，作为潜水能手的它们就下水了，开始在海中捕食鲜鱼，饱食后，还不忘将小鱼放入喉内，带回家给"妻子"及"子女"享用。

那天，在菲利普岛的隆默兰海滩，有几百名生态旅游者在静静地等候观察企鹅归巢。

日暮7点50分时，上千只帝王企鹅陆续登上岸了，它们一上岸就忙着整理羽毛，各自梳妆打扮一番后，边欢唱着，边呼叫着，鱼贯穿过沙滩、灌木丛，沿着弯弯曲曲的小道前行。经过一个多小时的蹒跚而行，快到禾本科的"齿稃草"丛巢穴时，归巢的帝王企鹅的歌声变得更加响亮，更加欢快，而巢穴家里的企鹅也呼应着歌唱表示欢迎，真可谓是"夫唱妻和"。帝王企鹅归巢后，巢穴里先是传出一阵狂欢的"交响乐"，随后是柔和舒缓美妙的"浅吟低唱"。

小小的雌性帝王企鹅，每年下3个蛋，承担着哺育幼崽的任务，它们的寿命为15—23年。它们是世界上最小的精灵，也是最忠诚的动物之一，若失去伴侣，将终身不再结伴。

在回程中，我和先生讨论道，这帝王企鹅归巢式的"纯真"

生态旅游,为我们树立了新颖的保护资源和环境的样板。生态旅游将修正大众旅游中的诸多问题,也让我们看到了努力的方向。

新西兰畜场　纯生态旅游

我和先生再次乘机到了新西兰的罗托鲁瓦,考察了占地约160公顷的爱歌顿农庄的天然生态牧场。

在爱歌顿牧场,我们坐上"专机",即"拖拉机大篷车"游览,一抬头就可观赏到牧场美景,并能和各种家畜零距离接触,充分体验牧场生态文化。

"专机"上的导游是位中年男士,戴着一顶牛仔帽,身着牛仔服,满面笑容,十分精神。他用清晰的中国普通话给我们讲述牧场发展的历史,讲解中还时而穿插收集来的有关牧场的有趣故事,说话还很幽默,带给了大家欢笑和愉快。

导游给我们讲道:"因为英国女王伊丽莎白到牧场参观,对牧场主蒙着眼睛剪羊毛的绝活大加赞赏,于是,允许牧场前面冠以'皇家'二字,所以此牧场又称爱歌顿皇家农场。"

导游指着远处一队队牛群说:"左边那一群牛是爱尔兰夏牛,右边一群牛是黑白花牛,它们正自己去奶房排队,接受机械挤奶。"听到此话,大家都很惊讶,动物也太守纪律了。我替导游补充道:"这是奶牛经过训练后,动物生物钟的条件反射。"

正值春天,天空蓝蓝,春风缕缕。牧场内坡地逶迤、林木葱茏、绿草萋萋,似柔软的绿色地毯,芬芳的草香扑鼻而来,洁白的羊群在一望无际的草原上起伏涌动。

我们看到,在牧场坡上,有的牛羊悠闲地在草地里撒欢儿,有的牛羊在草场上津津有味地吃着肥美鲜嫩的绿草。牛羊们还时不时抬起头,开心地叫着,真可谓是一曲又一曲美妙的动物"交响曲"在牧场上空回响。

"啼"——一道不一样的声音传来,我抬头一看是一群山羊。有的披着雪白的毛"大衣",有的穿着乌黑发亮的毛"大衣",还有的穿着好看的黑白相间的"花大衣",山羊们神气十足地在草地上走来走去。

马也是牧场成员之一,它们在绿草地上奔跑,你追我赶,跟比赛似的,累了,停下休息;饿了,便痛快地吃草。这时,我先生惊讶地大声叫道:"啊!快看,远处一群马飞奔如一道闪电那么快!"原来远处有赛马比赛。在阳光照耀下,这些动物被绿草衬托得十分醒目,仿佛是一幅幅艳丽的彩色油画。

拖拉机大篷车,在牧场弯弯曲曲的路上不停地走着,到一大片绿草中间才停下,这是生态旅游者参与活动的场地!

我们车刚停下,顷刻间一群绵羊从小路两边就围上来,就像在夹道迎接我们这些来自远方的朋友。

我们纷纷跳下车去,管理人员已准备好薯条形或颗粒形的压缩青草牛羊饲料。我拿着青草饲料喂羊时,一只软黄金的,被称为最可爱的新西兰美利奴羊也凑过来,伸着长长的脖子,鼓着圆圆的眼睛,争抢着来吃我手中的饲料。美利奴羊吃饲料时,嘴巴一歪一歪的,还不忘甩甩它那眼前飘逸的刘海,它这个可爱的举动,逗得大家忍不住哈哈大笑起来。

我先生既忙着录像,又想体验喂食的乐趣,忙叫:"喂!我俩换着喂食与录像吧!"

第十二章 锲而不舍,生态旅游

不一会儿,五官和体型不一样的各种羊都拥来了,大家一边忙着喂食,还不忘一边叮咛道:"羊儿们,慢慢吃,不要噎着了!"羊群多的我们真忙不过来了。

我先生边喂食,边亲切地叮嘱羊羔道:"一个个来,都有份,共同分享吧!"它们对我们一点也不陌生,好像它们知道我们会带来美食,又好像我们是它们又相聚的久别的朋友。

突然,我先生向导游提了个问题:"导游,我们国家的羊都有尾巴,怎么这些羊都没有尾巴呢?"

听到这个问题,导游叫大家集中,并提高音调讲道:"这个问题提得好,穿运动服的张先生观察得很仔细,发现我们牧场这些羊都是没有尾巴的,只有一个小肉团团。其实这些羊原本是有小尾巴的,可是因羊排出的粪便很容易粘在尾巴上,滋生细菌,导致传染病,所以在新西兰牧场,每当小羊出生不久,牧场员工就会用一根细绳勒紧它的尾巴,让它在生长过程中自然萎缩退化至脱落,从而成为健康的羊。"

随后,导游带领我们前去观看剪羊毛表演。在表演场,我们观察了19种品种的绵羊,它们形态各异、毛色不同、毛质各异。解说员着重介绍了美利奴羊,它身体结实、体型呈长方形,毛色洁白、毛细如丝、手感柔软。

当一切准备就绪,剪羊毛表演开始了。表演者是位高大壮实的牧场员工,他双手摁住那头白色的美利奴公羊,像剃头发一样,羊毛纷纷落下。两分钟后,一只毛茸茸的美利奴大羊变成了一只全裸的羔羊,这精彩的表演获得了全场热烈的掌声。

绛帐春秋·岁月留痕

这时，解说员说道："每天剪羊毛700只以上的高手，才可称剪羊毛'秀手'。"

爱歌顿牧场的压轴节目是牧羊犬表演。牧羊犬在牧场担任警卫员一职，牧羊犬用声音管理牛、羊、马等，避免它们逃走或遗失，同时也保护家畜免于被熊或狼的侵袭与伤害。

在表演场里，神奇的、聪明的新西兰多特威牧羊犬，正用声音命令羊群集合、站列队等。另外，还有一头牧羊犬站在远处，目光犀利地注视着它负责管理的羊群，羊群在牧羊犬的管理控制下，变得特别"循规守法"。

表演场的大视屏上，正在放演着《新西兰先驱报》航拍到的录像实景。牧场里，在牧羊犬的管控下，羊群、牛群迁移时，组成了各种千奇百怪的有趣图案。这很像鸟群迁移的样子，但因观察角度不同，能让人们亲身感受到完全不同的观察体验乐趣。

在参与、体验生态旅游中，我们深深感到一种天然的和谐，阳光与牧场、自然与环境、青山与绿水、美景与奇观、历史与民族、动物与人类、休闲与竞技……这真是一场寓教于游的生态旅游。这一切都对生态旅游者有着无穷的魅力与诱惑！千遍万次参与、体验也难够也！

3.中国旅游，"何去何从"

中国的旅游业伴随着改革开放而迅猛发展，我国许多省、市和县的旅游业已经成为经济的支柱产业。但是，大众旅游造成的自然资源耗竭、旅游环境恶化、民族风情旅游资源同化等问题，都已经影响了旅游业的可持续发展，也引起了政府和学术界的广泛重视。

第十二章 锲而不舍，生态旅游

九寨沟旅游业 "择喜而从"概略

世界自然基金会（WWF）通过广泛深入的生物多样性评估选出"全球200个最佳生态区"，岷山景观名列其中，它涵盖四川北部和甘肃南部的岷山山系，在此区域已经建立了17个自然保护区。

2004年10月，我们十分荣幸地参与了世界自然基金会（WWF）项目，编写了岷山景观自然保护区《生态旅游规划指南》。我们的研究生团队根据现有的资料，在进行深入整理分析后，前往岷山景观自然保护区开展实地调研考察。

我们对该区域自然保护区进行了全面普查，选出具有代表性案例——九寨沟自然保护区进行剖析研究。

当我们考察团队到达世界自然遗产九寨沟自然保护区时，我先生惊讶地感叹道："九寨沟景区变了，与19年前考察时的它相比，变得令人难以置信了！"

张老师回忆道："在1985年，我参与考察九寨沟时，这神奇的'人间仙境'，有原始的茂林，有参天的大树，树下长着密密麻麻的箭竹。当我们沿箭竹丛林考察时，我们听到远处传来悠长的'咩咩'声音，我问松潘县林业局的老杨工程师：'这是什么声音？'老杨讲："我因为长期从事大熊猫保护科研工作，对大熊猫的声音曾进行过声谱分析研究。通过声谱分析来判断大熊猫的本能行为，这悠长的'咩咩'声音一是大熊猫联系的信号，二是彼此表达求偶的信息。在大熊猫发情期间，当两只大熊猫刚刚照面时，它们会发出悠长的'咩咩'声，这是一种相互鼓励亲密接触的非攻击性呼叫。然而，如果交配成功，那声音就会改变。声音会变成更加柔和的呢喃细语,我们称之为'情话'或'情歌'。大熊猫是孤独的动物,但这并不意味着它们不'精通'爱情的语言。"大家听了张老师讲述的这段精彩回忆,都觉得动物世界有趣极了!

九寨沟风景点众多,尤以水景为奇,这里既有一泻千里的瀑布,也有平静如镜的海子,更有色彩斑斓的水下世界。

九寨沟的水为天下奇观,给旅游者印象,最深刻的也是这里的水。从沟口向上,美景目不暇接。最大的湖是长海,长年碧澄如镜,倒影清晰。俯视湖中,蓝天白云,雪山翠岭,水中游鱼,虚影实像,交织一体,令人遐思无限。

九寨沟的水美,还美在宁静从容,它在这里静若处子,水波不兴,静静流淌,不仅展示了它的自然美,更释放了它内在的精神之美。

九寨沟的水,澄澈缤纷、千姿百态,素有"九寨归来不看水"的赞誉,水是九寨沟的灵魂,水又是九寨沟的生命。从雪山、森林里流出来的水,蹦蹦跳跳,穿林过滩,几经起落形成湖泊、瀑布、滩与泉等。

张老师讲道:"九寨沟的水,与19年前考察时相比真是有了较大的变化。瀑布水势略变小,变化最大的是沟内的五彩池。该池中,虽然还是能看见阳光、水藻、湖底沉积物的自然界'天作之合'的奇观,但现在水位却大幅度降低了。"

为了获得科学结论,当时,我们准确测量了多点水位,作了详细的数据记录,选点采集了水样等。待实验室经过分析研究后,再对照19年前报告数据,我们才得出结论。

这次考察中，发现由于九寨沟地区泥石流、崩塌等地质灾害频繁发生，造成海子淤塞萎缩；区域地下水位下降，造成海子渗透加剧，甚至干涸。

最后，我们与九寨沟管理局科研人员共同探研相关问题，他们谈道："1978年前后，过度砍伐使九寨沟生态环境遭到了严重破坏，沟内景观和环境也面临着危机。其后，九寨沟被划为第一批国家重点风景区，并列入世界自然遗产名录后，政府强化了对资源和生态环境保护，景区情况才有所好转。"

然而，随着旅游业的发展，每年到此旅游的中外旅游者人数快速增加，这里的旅游资源、生态环境保护面临着严峻考验。除自然灾害的威胁外，大众旅游者产生的人为破坏因素也在不断增加。我们在考察中，目睹到亦有人偷伐树木、游人攀摘植物等留下的痕迹；游人废弃物大量堆积，废水直排，水体受到污染；大量游人涌入，践踏地被层，影响土质结构，造成土质退化等。这些问题对生物资源和生态环境产生了负面影响，正严重威胁着九寨沟旅游业的可持续发展。

回头审视九寨沟景区，这19年产生的变化。九寨沟旅游业要健康，可持续发展，最佳的选择就是应从大众旅游"华丽"转型，发展生态旅游。

虹口旅游　沉痛殷鉴

四川龙溪—虹口国家自然保护区位于四川省都江堰市北郊，为四川盆地向青藏高原过渡地带龙门山脉南段，是国家级的自然保护区。

自然保护区森林覆盖率达82%。该区域反映了中国西部亚热带山地植被垂直分布的特点,建立了华西亚高山植物园。同时,该自然保护区也是大熊猫的主食高山箭竹属的竹类集中分布地,是大熊猫赖以生存的重要食物基地。

同时,此区域为著名的"华南雨屏",夏季气温较低,舒适度极高,是夏季避暑与休闲度假旅游的最佳去处。

龙溪—虹口国家自然保护区的实验区旅游启动较早。在1997年前后,旅游业发展很迅速,这里也曾红红火火过。到了夏季,重庆、成都,甚至临近的各省、市、县的游客们都涌入该景区避暑。

据说,在该景区,一般客栈床位至少要提早三个月时间预订,高端客栈床位则需要提早半年时间预订。夏季客栈床位比五星级宾馆还贵,有一房难求的现象。

考察时间正是盛夏酷暑之时,我们乘车前去龙溪—虹口景区。透蓝的天空中,悬着火球似的太阳,云彩也好似被太阳烧化了,消失得无影无踪。大地像蒸笼一样,闷热得喘不过气来,空中没有一丝儿风。

在车行进的途中,目睹所有的树木都热得弯下了腰,它们低着头,呈暂时萎蔫的状态。路边的鲜艳花朵,都聚集在叶片下躲着太阳,花瓣微微收缩,好像凝然不动的倒挂的蝴蝶。天热得连蜻蜓都只敢在树荫下飞,好像怕被太阳灼伤了翅膀,小鸟也不知躲匿到什么地方去了。这时,有学生说:"真是热,快看!水牛躲到池塘里,把整个身体都埋在了水中,只露出鼻孔在外面透气呢!"

但是,当车开进龙门山脉过渡地带区域时,随海拔升高,地质地貌改变了,出现了古冰斗、奇峰、湖泊、瀑布,以及富于垂直变化的自然景观,渐渐地我们感受到了森林、流水、湖泊、瀑布等带来的丝丝儿清凉之意。随着车越往前行,越感受到微风拂面的舒适感。

当我们到了虹口乡镇时,看到到处都停着私家小汽车,游客们纷纷前来避暑,各个客栈全都住满,大小餐厅人头攒动,十分热闹。

世界如此之大,但在这小小的虹口乡镇,我先生竟然意外地碰到了他曾教过的学生王学军,小王热情地招呼道:"张老师,我毕业后被分配到了重庆师范大学任教。"他还来不及叙旧,就讲:"重庆市区,真是个大火炉,夏季太难受了。现在室外温度高达42度了!而龙溪—虹口才24度。年年夏天我们都来在这里避暑,这里已成为我们夏天的家了。"

我们在考察中,还真感受到,龙溪—虹口的夏季,燥热随风飘走了。在此地,人们的夏天过得的确不一样,外边人家汗流浃背,在这里你还要穿长袖衬衫呢!人们所奢望的夏季凉爽在这里通通可以享受到,别提有多舒服了!

但是,因为龙溪—虹口自然保护区旅游开发得较早,景区开发和营运中存在着诸多问题。首先,景区尚无旅游发展规划,以致开发建设无章可循,投资者各自为政,盲目、粗放。其次,旅游投资者在开发建设中,未规划管网系统,废水直排,也无处理固体垃圾的设施,使生态环境受到了严重污染。

当我们的车距景区还有约一里路时,就有个小伙子拦住车,软磨硬泡,想拉我们到馆子吃饭,向我们出售真假难辨的昂贵的"旅游商品",以及自己设置的景点门票等,为追求商业利益,急功近利,真是花样百出。

因为景区旅游定位是大众旅游,游客主要是夏天前来避暑。夏季,大量游人涌入,大大超出了环境容量,使龙溪—虹口国家自然保护区的生物资源和生态环境受到极大的影响,甚至遭到破坏,直接影响了自然保护区的可持续发展。

我们与当地政府相关领导,就龙溪—虹口国家自然保护区不可回避的事实现状进行座谈,严厉指出以牺牲生物资源和生态环境为代价获取短期效益的严重后果。同时,大家一致认为自然保护区应保护青山绿水,使绿水青山成为金山银山。该自然保护区必须尽快扭转现状,加强保护大自然进化了数亿年形成的物种,应把生态环境保护作为重中之重。最后,会议参与者一致认为旅游业发展战略的最佳选择是从传统旅游转向生态旅游。

4. 坚持不懈,生态旅游

我和先生考察了澳大利亚、新西兰等国家生态旅游发展现状,这些经济发达国家生态旅游开展得有声有色,取得了可喜成绩。

生态旅游在国际上越来越受到青睐,并以其强劲的发展势头引起了各国政府和学术界的广泛重视。

我国生态旅游起步较晚,但毕竟也迎来了这个新兴的旅游产品,自从我国把1999年定为"中国生态旅游年"之后,生态旅游对公众来说就不再是一个陌生的名词。

但是,我国对生态旅游的理论研究相对滞后,对生态旅游的开发规划和案例分析等具体问题也研究得很少,这与我国丰富的生态旅游资源和发展生态旅游的潜力极不相适应。因此,我和先生在历史责任感的驱使之下,锲而不舍地致力于生态旅游的探索、研究,以及推广。

在这10多年里,我们率先在中国西部地区培养了一批又一批以生态旅游为研究方向的研究生,我们为发展生态旅游而执着地努力工作着。

我有幸和中国科学院成都生物所印开蒲研究员共同参与到国家科技攻关项目"四川生态旅游资源的开发利用和保护"、世界自然基金会"岷山景观自然保护区"研究等诸多与生态旅游有关的科研课题。

在诸多与生态旅游有关的课题中,最让我感到欣慰的是,在借鉴国外生态旅游成功案例的基础上,我们成功创新打造了四川王朗自然保护区,并有效实施了生态旅游。

2003年,我的研究生团队,在四川王朗自然保护区进行了全面的实地考察,让我们惊叹的是,迄今为止,四川王朗自然保护区,有着四川西北保存最完整的一片原始森林,此处,人迹罕至,有着天然本底,属于尚未开发的处女地。

世界自然基金会与国家林业局把该区作为以生物多样性保护为首要目标的特殊区域,宗旨在于有效保护大熊猫及其栖息地。

区域内地形多样,地质地貌复杂多变,到处奇峰耸立,竞秀争奇,沟谷渊深,溪流纵横,瀑布多姿,水泻如帘,景色宜人。

绛帐春秋·岁月留痕

区域内气候特征：夏无酷暑，为避暑胜地。大自然给这个富于垂直变化气候地带造就了一山有四季，十里不同天的特殊景观。

在考察时，我的研究生团队顺着溪流走进了一片茂密的原始森林中，千姿百态的古木奇树映入眼帘。树干上，苔藓地衣密布，丝萝悬挂，随风飘逸。林下，千年苔藓和大量的枯枝落叶长期堆积，形成极富弹性的地被层。踏上软绵绵地被层，我们前仰后合，好似耍醉拳。路上虽无泥，但很滑，我不停地滑倒，我先生幽默地笑着说道："你是要与大地比长短啊……"我们无比艰辛地穿行于丛林中，只见树木变得越来越高大、粗壮，路愈来愈模糊、混沌。自然保护区的技术员小王叮嘱大家道："决不能停留下来，因为丛林中有很多蚂蟥和蛇！"我们在林里穿行了很久。周围的树木越来越茂密葱郁，那条溪流也没断开，一直缓缓地向前流动着。突然，树林一下就消失在眼前了，前方静静地出现一片湖水，像梦幻一般。

我们望着平静的湖面，真是"波平如镜"，湖水清澈见底，装着满满一湖鲜活的绿。高空的白云，湖边的茂林，倒映湖中，婆娑有致，真美！大家松了一口气，在湖边随意地坐在了石头上开始进行交流与探讨。突然，我先生张老师惊叫道："我腿好痒，呀！怎么裤脚上全是血呀？"我们大家围上去一看，煞是恐怖，小王立刻上前，为张老师找了块大石头，让他坐上去，卷起裤子，呀！一条黑褐色的、呈扁平纺锤形的长近20厘米的动物正爬在他的腿上。张老师正慌张伸手去抓那小动物，小王见此立刻大叫道："这是旱蚂蟥，不能拔！我来处理！"

第十二章　锲而不舍，生态旅游

小王用手轻轻拍打张老师大腿上被蚂蟥叮咬的地方，这时蚂蟥脱落下来了，同时，他立即挤压伤口，让其流出血水，再敷上随身携带的外用药。他一边熟练地处理伤口，一边讲道："当被旱蚂蟥叮上时，你千万别用手去抓去拖，因为蚂蟥有两个吸盘，你拔蚂蟥时吸盘会收缩得更紧。如果你非要硬拔，会使吸盘断落于皮下，引起感染，麻烦更大。"真是虚惊一场。无疑，小王为我们上了一堂野外工作时遇到意外情况该怎样处理的现场课。

这时，突然从远处飞来一群鸟儿，它们站在湖边的树枝丫上，放开清脆的嗓音歌唱，它们是如此亲切，不请自来，如晤旧友。它们似乎用歌唱表达着对我们的欢迎！随后，有的鸟儿又跳到树顶，唱着歌跳着舞，呼唤着在空中飞翔的伙伴，仿佛在邀请它们共同来表达对这片处女地的深情，仿佛又在呼吁我们，要为这片大自然天然"本底"的可持续发展努力啊！

我们在对该自然保护区进行全方位考察后，经反复研讨，决定引进国际生态旅游理念，严格按照生态旅游的思路和原则进行规划，采用Butler模型控制游客容量等有效措施，创新开发生态旅游。

我们计划主要推出纯正的生态旅游活动项目，如科普知识生态小道、保护大熊猫及其栖息地、巡护监测体验、新兴的保护环境、青少年夏令营等生态旅游项目，来实现生态旅游资源和生态环境的可持续发展。

其中创新打造的"科普知识生态小道"项目，是保护区推出的纯正的生态旅游活动，被列为国际生态旅游的典型范例。

绛帐春秋·岁月留痕

"科普知识生态小道"入口处有中英宣传栏(讲解生态旅游者应承担的义务、保护大熊猫的目的意义等)——气候监测站(提供该地域气象资料)——请动脑筋(大熊猫是熊吗?)——土壤剖面观察点(提供该地域土壤资料)——乱伐森林的结果(形成次生林,森林植物群落演替,一百年后复生,但能不能复原森林植物群场景!)——观察死树(为什死树非常重要?)——"聆听鸟啼鸣"(嘘! 听小鸟歌唱、蝉鸣和风的声音!)——警示牌提示,大熊猫栖息区域(嘘,禁止干扰大熊猫的生活!)……

更为重要的是,国家林业局邀请世界自然基金相关专业人士来四川王朗自然保护区考察后,决定在此自然保护区实施ICDP项目,即综合保护与发展项目,以有效保护大熊猫及其栖息地。

经过多年努力,在联合国自然基金会的指导和帮助下,四川王朗自然保护区正在打造成为中国一流的生态旅游示范区。

此后,我和印开蒲研究员出版了《生态旅游与可持续发展》《四川生态旅游》专著。博士研究生以此科研项目为素材,撰写了大量文章并刊于科技核心期刊,并选取该项目作为学位论文,在毕业答辩时受到来自学术界同行的好评。

近年来,我和先生致力于我国特色生态旅游理论的探索,努力在理论与实践之间架起桥梁,建立从理论、方法到案例的完整生态旅游体系。我们期盼它能够为促进我国的生态旅游研究,为推动我国旅游业健康,可持续发展尽一分力量。

第十三章　退休献余热,投身旅游业

光阴好似箭,岁月不漫长。

2005年,是平凡而又特殊的一年,62岁的我,告别了讲台,退休了。

1. 为旅游业,奉献余热

人生面临许多重要转折,退休也是多个转折中重要的一次,这意味着我将进入人生的又一旅程了。彼时,在我心灵深处,总还有些躁动,促使我去追寻那许多未完成的梦,我又有什么理由停下脚步?我深知,尽管前面的路更为曲折,但我应选择往前走,这样活着才有意义。

退休后,工作上的一切压力都没有了,利益冲突也都不复存在了。我曾思前想后,应该如何有意义地安排以后的10年或20年或许更长的时间。这一问题给我带来了困扰,使我辗转反侧。

正在彼时,我读到尼采写道:"凡是有生命者,都不断地在超越自己。而人类,你们又做了什么?"在那一刻,我反问自己,活在当下,我应不应再让生命起舞?当然应该!因为每一个未起舞的日子,都是对生命的一种辜负。我既然来到这个世界走这一遭,就应把这一生过成值得庆祝的人生。

这20多年，我和先生参与、亲历、见证了中国西部旅游业的发展。此时，我们应走出去，用科学的理念进一步地考察世界旅游业发展成功的国家，借鉴其成功的经验，为中国西部地域旅游业发展再献余热，我先生很赞同我的理念。

随后，我们就计划了前往具有代表性的、拥有世界级旅游资源的国家去进行实地考察。

2. 精彩世界，深受启迪

退休后，我和先生有充足的时间走向世界！我们的出国考察，进入了出国数千万里快意、壮游的一个爆发期，持续了12年之久。我们先后考察了20多个国家，在泰国，目睹了"礼仪之邦"；在欧洲，喜见了街头艺术；在澳大利亚，畅游了大堡礁；在新西兰，体验了纯生态旅游；在埃及，了解了古文明……

现在，早有许多有关的旅游游记、旅游指南出版的书了。在这里，我们力图站在长期从事旅游工作的独特视角来旅游，除观赏异国风光，了解各国的社会历史、文化艺术、民俗风情、宗教信仰等以外，更重要的是，肩负历史使命，去考察各国旅游发展的情况，汲取世界各国旅游业发展的"营养"来充实我国的旅游业，其终极目标是，为中国西部旅游发展提出创新的理念、思路，以及具体举措。

非常泰国　"礼仪之邦"

2007年2月，我们考察了泰国，该国旅游业发展很早，旅游产业十分成熟，旅游业在泰国已经成为名副其实的社会经济支柱产业。同时，泰国有在世界上十分著名、独具特色的四大文化，即佛教文化、国家文化、传统文化、人妖文化，显然这些必将给我们带来许多启迪与借鉴。

在泰国的旅程中,我们感受最真切、最深的是,该国不仅是"微笑国度",还是"礼仪之邦"。

当飞机抵达曼谷国际机场,我们踏上泰国之时,身着艳丽的传统服饰,即"绊尾幔"的泰国姑娘,她们快步迎向前,给我们拜礼。姑娘将手合十于胸前,又叫合掌礼,头稍稍低下,亲切地向大家问候:"撒瓦迪卡!"(泰语:您好的意思。)

同时,泰国姑娘双手捧起用鲜花编织的美丽花环,又称"迎宾花环",恭恭敬敬地挂在每位旅游贵宾的脖子上,表示真诚的欢迎和祝福。在此刻,一股激动的、温馨的暖流注入心田,乘机的疲惫瞬时消失得无影无踪了。

这时,旅游者们忙着整理衣装,戴着美丽的花环照相,并纷纷与泰国姑娘合影留念。我与先生也兴趣盎然,戴着花环与泰国姑娘合影留下了永恒的纪念。

我们乘大巴车去宾馆的路上,大家你一言我一语地聊开了。有一位50多岁的旅游者,身着银灰色的休闲装,他用标准的京腔激动地讲道:"我从事外事工作多年,曾去过50多个大大小小的国家。今天,我独自到泰国来旅游,真没想到能接受如此浪漫的贵宾礼仪,泰国真不愧是'礼仪之邦'。"

我们旅游团的导游吴小姐,是泰籍华人,也是一位十分阳光的姑娘,透着一种文静与时尚的气质。她从小随家人在泰国生活,精通中文和泰语,在曼谷当地旅行社做导游工作。

清晨,我和先生提早到了宾馆大厅,小吴早已在做出游前的准备工作。当她见到我们时,立刻笑眯眯地迎上前来,双手合十于胸前,向我们问候。

在车上时,当两位游客因座位前后矛盾争吵不休时,小吴向他们微笑施礼,让出导游位子,我先生也让出前排位子,矛盾立刻就化解了,车内气氛也随即变得温馨起来。其后,小吴向前给我先生拜礼,并竖起大拇指,表示称赞。

我们的车在前住大王宫、玉佛寺等景点途中,导游向大家介绍了有关景点和诸多泰国礼仪文化。她用柔美的普通话讲道:"泰国是笃信佛教的国家,泰国的礼仪文化是在佛教礼仪的基础上,融合了伊斯兰教和中国儒家的礼仪形式形成的。我国被世界称为'礼仪之邦',在我们有缘相处的日子里,若我有不妥或失礼之处,敬请尊敬的客人们指教。"

我们到玉佛寺那天,正巧是佛诞生节,许多泰国人也来朝拜,等候参观的时间较长,我们置身于衣帽整洁的泰国人群之中。

我仔细观察,朝气蓬勃的青年、慈祥和蔼的老人、端庄恭谨的妇女,人人见面,总是亲切地相互问候:"撒瓦迪卡!"他们在合掌问候时,依据见到的对象的辈分不同,而有所区别。晚辈见到长辈,则双手合十举至额前;平辈相见,则双手举至鼻子即可;长辈对小辈,双手抬至胸前还礼就行了。整个国家的礼仪氛围,使我受到了一次礼仪文化的熏陶,给我留下了深刻难忘的印象。

寺庙,是净化心灵之地。在这里人们把美好的愿望向神灵倾诉,凡人上香一炷,只为洗涤纷乱的思绪,达到内心的清静。事前,小吴导游再三叮嘱我们:"泰国自古以来,进寺庙就有许多清规戒律需要遵守,例如,应按规定着装,光脚进入寺庙等。"

我们进入玉佛寺也要遵守寺庙的礼仪,但有一位女游客由于穿的裙子较短,不能进庙。就在大家束手无策之时,小吴导游微笑着送上一条长裙,问题迎刃而解了。

事后,我与先生讨论到,作为"礼仪之邦"的泰国对我们旅游业发展的启示。我俩不由自主地联想到我们在国内景区暗访时,常看到的拦车拉客、餐馆斩客等现象,以及游客和旅游从业人员等诸多有失礼仪的问题。为使中国发展成旅游强国、旅游大国,我们深感应将如何传承、发扬、创新中国礼仪文化提上议事日程。泰国之行经历的点点滴滴,如"微笑国度""礼仪之邦"的魅力都藏在我记忆深处,我不禁感慨万分,"一屋不扫何以扫天下"。

考察欧洲　街头艺术

欧洲的艺术宝库有法国的浪漫香颂、德国的如歌行板、瑞士的雪岭风光、奥地利的音乐圣地、比利时的欧洲缩影、荷兰的艳丽花香,还有,袖珍小国梵蒂冈、"发亮石头"列支敦士登、绿色心脏卢森堡等。它们,收藏着过往精彩的历史片段;它们,以歌唱、歌剧、绘画、雕塑、建筑等方式留下了独特的神韵。

2008年4月,春风掠过大海、花田、黑森林、雪山……我和先生来到了欧洲,感受到了自然和人类演绎的风华岁月。

欧洲各国有数不胜数的博物馆、古建筑,也有栩栩如生的雕塑、绘画等。当然,现在的艺术创作比以前更为丰富多彩,人类不得不承认这里是艺术天才的摇篮。

在欧洲之旅中,我们感受最深的是街上独特的"风景",即街头艺术,有时让你眼前一亮,有时让你异常惊喜,有时让你陶醉，有时甚至是惊吓，更多的是敬佩，但也有让我匪夷所思的。崇拜艺术的我，在随旅游团的有限时间内，我专注于观赏、了解和学习欧洲的街头艺术。

意大利的佛罗伦萨，是欧洲文化的发祥地，曾孕育出罗马文化。正如余秋雨讲："这座城市的市民并不是天生具有高超的审美水平，但他们在追随美第奇家族，而美第奇家族却在追随艺术大师，这两度追随，时间一长，就成了一种集体提升。"

佛罗伦萨繁华的广场、古旧的老店、狭长的街巷、铺着青石板的小道，似乎在引导人们回到久远的历史文化之中，去追寻巨人留下的足迹。一路上，我仿佛闻到了文化艺术的芬芳。

人们到了佛罗伦萨，就真的进入了深度的艺术体验之旅，随处可见形形色色的街头表演、乐器演奏、拉线木偶秀、模仿秀、杂技表演、绘画等品类繁多的行为艺术，还有环境艺术，如墙饰艺术、雕塑艺术群，以及现代三维立体画等。

明丽的阳光照在百花大教堂的绿纹理石墙上，其反光烁烁，将城市点缀得如翡翠一般。当年，诗人徐志摩把它译为"翡冷翠"。

在广场入口处，游人如织，我们犹如泥鳅钻沙一般挤过拥挤的人群，便看见三五成群，装扮奇特、满身涂有彩色油漆的雕塑，有的是历史人物、有的是神话人物、有的是伟人和名人、有的是著名的雕塑家的作品。它们静静地站在那里，摆出各种姿势，似乎在举行造型欢迎仪式，它们被投影到广场的地面上，便形成无数多面立体的画卷。

当时，我真的以为是雕塑，我跟身旁的先生说："嗨！张先生，这些雕塑确实逼真，你看那眼睫毛、那眼神、那鼻子、那嘴

第十三章 退休献余热,投身旅游业

唇,犹如真人!"我边说边傻乎乎地上前去摸雕塑的手,真是硬邦邦、冷冰冰的,纹丝不动!

正在此刻,不知是谁向雕塑旁的帽中投入了一枚欧元硬币。"嘿!"雕塑突然出声,吓了我一大跳。随即,所有雕塑都活了!有的开始跳霹雳舞,有的对你礼貌微笑,有的向你问好,有的过来与你合影,尤其是他们模仿名人,惟妙惟肖……他们给来自各国的旅游者带来了另一种行为艺术享受,大家啧啧称奇,现场响起一片掌声,经久不息!

当时这一吓,我真的蒙了。回过神来,我责怪先生:"为什么不早告诉我,这是欧洲的行为艺术呢!"同时,我担心地轻声问道:"他们涂成这样,皮肤会不会受到影响?吃饭、喝水、上厕所怎么办?"我先生回答道:"为艺术必然要作牺牲,这些仅是小事一桩!"

随后,在我们前行时,远处传来优美的小提琴声,我们便循声而去,呀!一堆年轻人,看到我们前去,他们更卖力地、更加充满激情地演奏起了风靡全球的神曲《Despacito》(西班牙语:慢慢来)。他们的演奏自由随性,动听得要飞起来!接着,当他们知道我们来自中国,立即奏起了中国名曲《好一朵美丽的茉莉花》,一曲奏罢,掌声如潮。

在他乡听到本国曲,那悠扬的乐曲伴着我们欢快的心情,真是不一样的感受。我和先生几乎同时说出:"人们对音乐的感受相通,音乐真的是没国界的!"

当我们转入街巷时,看见一位鬓发斑白、满面红光、面带喜色的老爷爷,他上身正直,两脚分开,舒展地坐在凳子上,双眼微闭,浑然忘情地拉着手风琴。他演奏的乐曲《贝加尔湖畔》,纯净动听,毫不逊色于专业演奏!老爷爷的小狗在一旁的篮子里乖乖地陪着他,聆听着美妙的乐曲。曲毕,大家都情不自禁地鼓起掌。此刻,我心想,人生何处不是舞台?我随意摄下这和谐的画面,命名《优雅地老去》。

随后,我们参观了佛罗伦萨美术学院,它收藏了15世纪佛罗伦萨重要的绘画作品。走在街上,处处可见文艺复兴时的雕塑、绘画,犹如露天艺术博物馆。

广场及街道两边,随处可见"流动"画家,许多街头艺术家,为游人即兴作画。其中,仅肖像画的画法就类型繁多,这又成为一道亮丽的风景。

此刻场景,联想到我曾学素描静物写生时,最怕画人物素描。这千载难逢的机会岂能错过,看欧洲"流动"画家现场作画,真是太美了!我忍不住停下脚步,欣赏了起来。

我驻足细看,一位中年街头艺术家,正在绘画一位姑娘的素描肖像。这位艺术家,首先用艺术家的慧眼细细审察,捕捉被画者面部最显著代表性的特征。其后,艺术家用2B铅笔,把记住的代表性特征,运用联想"简笔画",快速地轻轻画出轮廓。然后,艺术家从局部入手,先画左眼,后画右眼,再画眼轮匝肌,丹凤眼、蒜头鼻,嘴角有点上翘,面带微笑,乌黑长发披肩……最后,艺术家画出烟熏妆的轮廓以及双眼皮、眼球、瞳孔,留出光斑,把整体透视关系,虚实关系都考虑到了。啊!仅10多分钟,姑娘的头像就已被画家定格在素描纸上了。那个画像,犹如照片一样逼真,我真是佩服!

第十三章 退休献余热，投身旅游业

这时，我先生拉我去看一位老漫画家为一对中年夫妻画漫画像。呀！老漫画家抓住男性大鼻子、两腮稍鼓，女性大眼睛、厚嘴唇等主要特征，采用夸张、象征的手法描绘生活的"具象"，漫画家在其中尽情地抒发自己的感情，展示自己的天赋才能，画出一幅极具幽默感的漫画。画毕，夫妻拿到漫画像，都笑了！他们高兴地拥抱了老漫画家，这情景立刻被我先生用摄像机记录了下来，我们共同分享了这美妙的时刻。

彼时，我俩看到前面的许多大画板上展示着尺寸各异的风景画和人物速写画，还有水粉画、水彩画、油画等，我们边欣赏，边挑选出我最喜欢的那张，想买下作纪念。但一看，价钱都在数十欧元以上，虽然我先生鼓动我购画，但由于太贵了，我真的下不了手！这时，我先生风趣地说："我全买了！"随即用相机拍下这些画，我高兴地说："张老师，您真聪明！但照片非真品，不过以后可以观赏、临摹，真妙！"

随后，我们走到街尽头，展示在眼前的是街头三维立体画，这些仅由粉笔和颜料绘成的图看起来栩栩如生、惟妙惟肖，似乎有着神奇的魔力，画面里的物体好像将要从平面的束缚中挣脱出来，太神奇了！

太阳已经偏西，但我们谁也不肯走。是啊，我们怎么忍心离开佛罗伦萨这令人心醉的艺术圣地呢！

在前去威尼斯水城的大巴车上，导游介绍道："美第奇家族是文艺复兴时期的教父，可以说，如果没有美第奇家族，佛罗伦萨的光辉将会黯淡一半。"他也谈道："街头艺人，年龄从10岁左右的孩子到70多岁的老人都有，他们绝大多数都是从小酷爱艺术,且他们大多数都曾在艺术院校学习过,他们展示街头艺术的宗旨是自娱自乐,与大家分享自己表演、绘画时的快乐。"

回到宾馆后,我与先生讨论道:"人类有很多共通性,人与人的交流除语言、文字外,还有艺术。然而,艺术能不受各国语言文字不同的约束。艺术演绎的喜、怒、忧、伤等情感,往往人们都有共感。"

不由回忆到,在我们这一代人生活的年代,匮乏环境艺术氛围,现在的这一代人有丰厚的生活艺术氛围,真是令人羡慕!

这些有创意的街头表演,赋予了城市新的生命、新的活力。这些年,为什么在中国西部旅游开发建设中,许多旅游景区都欠缺创新,没有打造街头艺术,没有推出参与型、体验型、学艺型等与艺术创意相关的项目呢?我想,这也许与我们人生的阅历、素质,以及创新理念等有关系。这时,我先生发表了"社论":"因此,我们现在有时间、精力、追求,就应多去世界各国考察。"我表示赞同先生的这个观点。

澳大利亚　　游大堡礁

澳大利亚位于南半球,与北半球一切都颠倒了过来,如那里是秋天,我们这里就是春天。

它,是世界上最古老的大陆之一。4千万年前,它渐渐远离了与它相连的南极大陆,从此,进入了长时间的地理分离阶段。这里的动植物经历了独特的进化和繁衍过程,形成了令人称奇的特征。

在6万多年以前就有澳大利亚土著居民在此生活。然而,在200多年前,来自英国的库克船长发现了它,它才成为英联邦的一员。在短短的时间里,年轻的国家已成为一个现代化的国际社会。

第十三章　退休献余热,投身旅游业

澳大利亚拥有16个著名的世界遗产,如悉尼歌剧院、世界上最大的珊瑚礁群大堡礁等。

2009年3月,这是澳大利亚最美的季节,我们从香港乘飞机经过了8小时10分钟才到达悉尼。之后,我们参观了海湾里的"白帆船",即悉尼歌剧院。随后,我们驱车前往澳洲首府堪培拉的花园城市,再乘飞机到墨尔本,即全世界最宜居的城市,又再乘飞机和专车到达罗托鲁瓦,观看南半球最有名的火山和温泉。第二天,我们就乘飞机到了奥克兰,考察著名的袋鼠角、布理斯班的黄金海岸,最后,乘小飞机到达了大堡礁。

一年前,澳大利亚昆士兰州旅游局曾发布了招聘广告:寻找大堡礁的护礁人——世界上最好的工作。招聘广告立即吸引了全球的目光,产生了轰动效应,我为之震撼,萌生了去考察大堡礁的念头。

当飞机在大堡礁上空飞行时,我们俯瞰那湛蓝透明的大海、纯白的沙滩、郁郁葱葱的森林……宛如一个巨型的热带大鱼缸,实在是太美了!

大堡礁是世界上最大、最长的珊瑚礁区,并且是世界七大最美的自然景观之一,又被称为"透明清澈的海中野生王国",其中生存有1500种鱼类、4000余种软体动物、天文数字的珊瑚群……

这里有许多创新的旅游性项目:海底漫步、海底玻璃船观海、各种潜水等。我和先生过去从未听过、见过其中的大多数项目,它们是那样新鲜,有极强的吸引力,吸引着人们去参与、去体验、去感受。

我和先生不谋而合地选择了最富创意、具有挑战、扩展视野的海底漫步项目。

海底漫步，探索大堡礁，8人一组。首先，教练对我们进行了相关训练，包括：海中常用手语、安全须知等。其后，在教练的指导和协助下，我们套上特制的氧气帽、水下呼吸装置，穿上铅块衣套等。最后，教练对参加的全体人员进行逐个检查合格后，再次强调注意事项，随即，游船载我们到达指定海域。

在教练的指导下，大家让身体在水中慢慢地往下沉，几分钟后就适应了。此时，教练用手语告诉我们漫步的方向、速度等。我们零距离地欣赏到了海洋世界，清澈剔透的海水在脚下荡漾，不一会儿你就会发现数以百计的各种鱼类在你身边遨游，不时滑过眼前，美丽红艳的钻嘴鱼，成双成对地在珊瑚礁上游动，深红色的石斑鱼容易被分辨出来；棘皮动物和软体动物、海葵、水母等都随处可见，种类繁多、色彩纷呈；石珊瑚层层叠叠，五光十色，软珊瑚像树叶一样在水中摇曳，如此美妙的景观，尽收眼底。石珊瑚和软珊瑚高低交错，共同形成了壮观的"海底森林"。

在教练手语的指挥下，我们漫步前行，此时，我先生加快步伐靠近我，用手语告诉我看右边，啊！一条体积庞大，约2米长的鳗鱼"温顺"地了游过来，呀！教练还用手喂给它食物。几条身上有灰色块斑纹的土豆鳕鱼，举止非常友好地游到我俩身边，与我们一同漫游，神奇美丽的海洋世界，让我们叹为观止！

海底漫步太刺激、太具有挑战性了！知识内涵丰富，使人惊心动魄，同时，对人的意志品质、身体素质，以及人对大自然的适应都是一种考验。

回到住地,先生问我道:"你记不记得儿子曾跟我们说过,在自然界中,陆地、天体和水体景观各约占地球景观的三分之一,过去我们除对陆地有些了解外,其他两体几乎是空白。海洋是地球上一切生物始祖的摇篮,海底漫步仿佛撩起了海洋帷幕的一角,它是如此辽阔和深邃。"我回答道:"是呀!我正想跟你讲的话,你抢先说了!现在我知道了,儿子为什么在美国俄勒冈州要学开直升飞机和潜海的原因了。"聊到最后,我俩相视一笑。

大堡礁,让我们品尝到了海洋创新项目盛会的魅力,拓宽了我们的视野,也必将为我们创新打造中国西部旅游产业带来启迪。

埃及星球　潜游红海

古埃及人似乎承载了来自另一个世界更高层次的文明。当地球上的人们还在艰难地走出石器时代时,埃及人则早已跨越了六千年,生活于文明世界里。

这里,每一寸土地上都铭刻着传奇,展示着宝藏,也留下无数未解之谜。

这里,拥有世界上任何国家都无法相比的古老历史遗迹,其数量占全世界遗迹总量的三分之一。

这里,博物馆、金字塔、狮身人面像、神殿、木乃伊……均激起人们的好奇心,开拓人们的视野,带来心灵的震撼。

埃及,是我一生梦寐以求的必游之地!

2010年12月,我、先生和儿子,我们乘机抵达首都开罗,随后驱车前往亚历山大,参观罗马皇帝建起的庞贝石柱,世界七大奇迹之一的灯塔遗址等;再驱车到吉萨区,参观金字塔群、狮身人面像、博物馆等;再乘火车抵达帝王谷,参观哭泣的孟农神像、卢克索神庙等;最后,驱车到红海去潜海。

埃及博物馆始建于19世纪末,历经百年后,璀璨于全世界。放眼全球,以考古为主题的博物馆,没有哪个能与它相匹敌的。此处,聚集了来自世界各地的大量游客。

埃及博物馆是一座红白相间的建筑物,馆外拱门修建得精美极了,大门一侧有一个持纸莎草的法老浮雕,另一侧有一个持莲花的法老浮雕,它们各自代表着古埃及南北方的象征图案。

博物馆设有50多个陈列室,环绕着挑高中厅分布,其内收藏着世界上数量最多的古埃及文物和艺术品,数量多达15万件。一楼,主展一般文物,按年代分门别类展出。二楼,为珍贵文物,依照主题而划分展区展示。该馆展品的数量之庞大、种类之繁多,令人啧然,其中以图坦卡门法老展厅最引人驻足。

特别引人注目的是,图坦卡门法老展厅的墓葬品,它距今已3300年,是古埃及62个法老墓中唯一一个尚未被盗贼觊觎过的陵墓。在1922年该墓被发现,墓中葬品保存完好,历时19年的发掘,才把所有墓葬品完好地移至博物馆中展出。这是20世纪最伟大的考古发现之一。

图坦卡门法老的展厅中,法老的御座金光灿灿,该座左右两边各有一个金色猴子头,椅靠背上赫然刻着皇室家庭的画面。图坦卡门的金棺重量达450磅,其上的雕刻极具审美性。

在展厅正中的玻璃罩里,展出了古埃及国王和王后的十几具木乃伊,当年法老君临天下,王后倾国佳人,现在都成了一具

第十三章 退休献余热，投身旅游业

具裹着亚麻布的干尸，他们变得如此干瘪，蜷曲地躺在玻璃罩里，安静而神秘，真是令人感触万千，不禁毛骨悚然。

展厅还展出了墓内发掘的1700件陪葬品，其中，最让人惊叹的是法老的黄金面具，它重达11公斤！还有那面包，呀，真像现在的吐司面包！还有，石碑、陶瓷、雕塑……

参观埃及博物馆，勾起了我记忆中诸多相关的传说和故事，这些故事的主人有法老、有隐士、有诗人等。岁月正是这样，被文化的河流运载着，同时也激荡飞溅起文化的浪花，这些浪花会引发我的思索，并牢记曾目睹的一切。

事后，我们与天涯相遇，一见如故的成都市博物馆领导议论道："英国考古学家在卢克索的帝王谷中发现古埃及第十八王朝之墓，并能把墓中一切移存于博物馆中，这真是奇迹。"这奇迹让现在的人能跨越时空，通过考古实物及各类出土的文献，还原古埃及法老的生活和王朝发展的情景，再现了古埃及辉煌时期的文明。

红海，是全世界排名第三的最适合潜游的胜地，也是水上运动者的天堂。

我们一家三口带上潜游装备，前往红海游人码头。因儿子执有美国潜水员证照，算"潜水老手"，他轻车熟路地办完相关手续后，与我们上了游轮。

游轮快速行驶，此时，风大、浪大，游轮在海浪中晃动，晃得我眩晕，不知眼前是海水还是空中的云，我开始晕船了。随后，我胃里翻江倒海，从呕吐清水到喷射性呕吐，只有卧在船内仓的铺上。服晕船药后，症状才得以缓解。大约出海30多分钟后,游轮停泊在海中,游客们准备潜游。

儿子正准备着氧气瓶,认真地检查着氧气瓶装备。他把甲板上用于深潜的铅块放到腰带中,仔细束上腰带,再换上紧身的防寒潜水服,背上氧气瓶,带上水下相机……一切都准备就绪,经教练检查,做了潜游安全须知交待后,他才能下海。

儿子下海试游后,立刻乘汽艇飞速驶向更远的深海。这时,我心里异常紧张地问我先生:"儿子去深潜,太危险了,若在茫茫大海中消失,就将无影无踪!"我先生安慰我道:"没问题的,有教练陪同!"

仅一个多小时,汽艇就返回了。儿子满面神气地向我们挥手,跳上游轮就讲:"我曾到过世界上那么多的海洋深潜,红海是一流的。海水温暖,能见度惊人。我还拍摄到了大鲨鱼、蝴蝶鱼等,真是太美妙啦!"

我先生是一个喜欢挑战和冒险的人,已迫不及待准备想下海进行潜海。我说:"您怕吗?"他说:"我在泰国海上,乘拖曳伞飞上了200米高的蓝天都不怕!今天,真想感受一下红海的魅力!"

儿子为父亲穿上了浮潜的救生衣,戴上呼吸管、潜水眼镜,套上脚蹼等,陪着父亲下海了。我先生在海中采用自由式慢慢地游了几分钟,那姿势很美。随后,儿子指导父亲浅潜,才潜两次,就传来了呼救声。

回到游轮上,儿子说:"爸还行,这年龄,又是第一次浮潜,已经是很不错啦!"

这时,远处传来马达声,抬头望去只见一群彩色的热气球缓缓飘过上空。儿子说："低空行、水体竞技运动是中国未来旅游发展的方向。"我和先生异口同声地说："孩子你说出了我们的心里话。"

3. 世界启迪，创意理念

退休后12年，我们在世界各国考察，同时，也受聘为四川省旅游局的专家，我们先后到了中国西部的100余个景区参与旅游工作。其主要工作是指导景区创建（国家级或省级）A级旅游景区、旅游度假区、生态旅游示范区评定等工作。

在此工作中，我们把在世界各国考察期间受到的启迪、感悟，用于指导工作，推动了中国西部旅游业的健康、可持续发展。

"花舞人间" 四季花香

2015年6月，我参与了"花舞人间"景区创4A评审。该景区仅选择了中国传统名花——杜鹃花作为该景区的主题花，前3年曾火红过，而后来效益却逐年下滑。

创意理念：借鉴欧洲荷兰阿姆斯丹郁金香花卉发展旅游业成功的经验，以旅游市场发展趋势为导向，经深入思考、分析，以及对游客进行调查后，解决"花舞人间"在激烈客源市场竞争中，如何拥有持久魅力的问题。

在此期间，我先生提出旅游产品随时间衰减的理论，并绘制出了Butler曲线，它阐明了该景区旅游产品应尽快进入升级换代的快车道，而旅游业升级换代最有效的途径是不断地开拓创新出新的产品项目，并注入产品文化的内涵和外延。

创新项目：创新是旅游景区永恒的主题，根据地域季节特征,建议景区推出"四季花舞人间",即春之杜鹃花、夏之荷花、秋之菊花、冬之郁金香,各个季相都有该景区的主题花"唯我独有"的特色。同期,推出非季节赏花,即采用科学方法延长或提早开花的时间。推出文艺赏花,即发掘花的文化内涵与外延,为景区编制了四季景区主题花的丛书,以及文艺表演,让游客在旅游放松的同时也能获取科普知识和感受艺术熏陶。同时,在景区各亭、廊、舫、阁、斋介绍各季主题花的科普知识,如植物分类、原产地域、主要用途、悠久人文历史等,让旅游者能在"游中学"。

近年来,"花舞人间"的创意一直没有停止。通过智慧营销,赢得了市场,景区的效益也年年翻倍递增。

西岭雪山　户外运动

2014年10月,省旅游局多次派我去指导西岭雪山景区创4A。

西岭雪山因唐代诗人杜甫的"窗含西岭千秋雪,门泊东吴万里船"诗句而得名。其地理位置十分独特,是距离成都市区最近的雪山,登顶可远眺贡嘎山,俯瞰成都平原,遂成了历代名人游赏之名山。

这里,地形地貌属龙门山北东向构造带东缘的一部分,其景观与瑞士的阿尔卑斯山十分相似。这里,高山区海拔在3500米以上,高山雪岭,奇异天象景观有佛光、云海、日出等。这里主要是亚高山森林草甸植被,其垂直带谱明显,林深花茂,色彩缤纷,季节多变。

几年前,我、先生和儿子曾自驾去过该景区参加夏季草场滑草项目。当时留下的记忆是,西岭雪山森林繁茂,绿荫如盖,绿色氧吧，清新洗肺。可惜滑草场小，并且滑草鞋特重，滑得不爽，扫兴而归。

创意理念：借鉴欧洲瑞士阿尔卑斯山、尼泊尔等成功发展生态旅游的经验，根据旅游市场发展趋势为求新、求奇、求异的新潮理念推出极限运动，去占领市场。

创新项目：建议该景区推出国内外旅游热点户外竞技项目。除高山滑雪外，还创新推出了低空飞行项目，如热气球、动力伞、小型气机、直升机等项目，让人们走进大自然低空，感受低空的魅力。近年来，西岭雪山景区正在努力成为省内外户外竞技运动的重要标杆。

悲壮美丽　欧洲小镇

2014年初，省旅游局多次派我去指导成都市彭州白鹿风情小镇景区创4A辅导工作。

从汶川地震中涅槃重生的彭州白鹿小镇。它曾建于清朝乾隆十九年（1754年），至今仍保留着传统川西民居建筑风貌。但因"5·12"地震，造成了毁灭性的损失，却也成就了罕见的悲壮美丽。经灾后重建的白鹿小镇体现了传统的川西建筑风貌，并且融入了法式建筑。

这里，法式浪漫风情街上，随处可见罗马式、歌德式的建筑物，以及城堡、古教堂、天主堂。这里，广场四周有雕塑、欧洲手工艺品、红房子、玫瑰园等。这里，仍保留着古老的川西四合院、老街，以及川西历史文化风情的演艺场、手工作坊等。镇域中，清澈的白鹿河蜿蜒穿过小镇，河滨立体绿化，生态环境美丽优雅，夏季气候十分舒适，适宜避暑。

创意理念：借鉴法国的普罗旺斯建筑原型设计建成一座中西有机融合的风情小镇。创新推出意大利佛罗伦萨的一种独特的"风景"即街头艺术，吸引旅游者的眼球，让他们感受到文艺复兴和现代艺术的魅力。静态保留住历史的片段，更重要的是在历史的流动中开拓创新，开发独具魅力的创新旅游产业。

创新项目：建议在传承地域文化的基础上，嵌入欧洲街头艺术。打造能让人去感受、体验和参与的传统川西历史文化风情，如川戏、评书、国画艺术等繁多的行为艺术。打造能让人去享受的欧洲浪漫风情，如体验、参与、分享形形色色的街头表演、乐器演奏、涂鸦艺术、雕塑艺术、立体3D画等。同时，去感悟化灾难为动力、重建家园的精神，并创新推出寻亲之旅、爱心之旅、科考之旅、见证之旅、和祥之旅等创新项目。

让旅游者能节省"打飞的"去法国的普罗旺斯，去意大利的佛罗伦萨旅游的时间与费用，在自己国家就能享受普罗旺斯与佛罗伦萨的风情。

凉山喜德　彝族老家

2013年8月，四川凉山彝族自治州喜德县，邀请我们去作顾问编制《喜德县旅游发展规划》。随后，我们团队对该县域进行了全方位的考察。

凉山喜德仍保留着原生态的凉山彝族风情，却一度沉睡在凉山彝族自治州一隅，苦苦等待着游客的青睐，真是"养在深闺人未识"。

喜德县是凉山彝族自治洲的一个缩影。这里，流动着凉山彝族的前世，书写着凉山彝族的今生。这里，是全国彝语标准音所在之地，也是国家级非物质文化遗产彝族漆器的传承地。这里，是彝族最古老的民族风情的发源地，人们能歌善舞，都会漆绘彩画、杂耍文艺等彝族技艺。他们自己在坚持传承、努力创新中，逐渐形成彝族特有的符号。这里，还被誉为"四季是春天的城市"。

创意理念：借鉴泰国、尼泊尔成功发展旅游的经验，根据喜德县的原生态，以其独特的彝族民族风情、艺术文化、彝族礼仪等为灵魂，以森林、阳光、温泉等良好生态环境为基础，将喜德推上旅游平台，让国内外更多的人知晓，并前来体验这原生态的"凉山喜德，彝族老家"。

创新项目：建议打造"凉山喜德，彝族老家"名片，用彝族传统的历史文化风情的老坛子装入国内外现代体验的新酒。推出到喜德晒太阳、瓦尔山头看月亮、温泉池里数星星，以及创新的旅游项目。体验、参与多彩的彝族艺术文化、彝族传统礼仪等，着力推动县域旅游产业发展。通过创意理念打造的旅游产业，为"凉山喜德，彝族老家"谋到了一个美丽的未来。

4. 挥洒余热，感悟点滴

退休后，在为旅游业挥洒余热的路上，我和先生走向世界，曾考察了20多个国家。

在此历程中，在考察前，我们对考察国家做了大量的"功课"，查阅了大量的相关资料，包括其地理环境、历史文化、风俗习惯、旅游特色、创意理念、创新项目等。

在考察中，我们站在从事旅游工作的视角，除窥其全貌外，尽量收集宣传材料，记下目睹的一切，与导游、讲解员、原居住地居民交流。每晚，在日记中，写下所受启迪，受益匪浅的点点滴滴，分析值得借鉴的要点。

绛帐春秋·岁月留痕

最让我感动的是,在考察期间,我先生总随身携带着一个鼓鼓囊囊的沉重的背包,其内装的全是单反相机、"长枪""短枪"镜头、三脚架等摄像器材。每到一个景区考察,他就不顾劳累、艰辛和危险,用他精湛的技巧拍摄动人心怀的一幕幕场景。

在记忆中,清晰地记得,为了拍摄帝王企鹅归巢时的场景,我先生灵感一来,硬要攀上一个小山头,他认为山顶才是最佳视角。他站在一块岩石上,刚摄完像,就从山头滚下来,好在山不高,仅擦伤了手和膝部。当回放摄像时,确实视觉效果独特,很动人,在场的摄影者也称赞有加,争相翻录。

考察结束后,我先生根据拍摄的素材,用高超的后期技艺编制了一系列效果极佳的、生动形象的多媒体影片,我则负责为影片撰写文字。

然后,我们带着这些多媒体影片去各景区、高校、旅游规划设计院做专题讲座。通过讲座、座谈、讨论等方式,把国外成功的经验和创新的理念与旅游界人士进行交流、分享,为促进旅游业发展而共同努力。

这12年走过的历程,我回想起来感到时间过得太快了,似乎地球越转越快!我常跟我先生笑谈道:"我真想变成力大无穷的大力士,拖住地球,牢牢地打个死结,让它转慢点!"

回忆过去的历程,我和先生感到余味无穷,十分值得。因为,我们挥洒的余热,为中国西部旅游业发展贡献了自己微薄的力量。

第十四章　一生中最痛，老年失伴侣

退休后，我和先生仍在旅游业发挥余热，一晃12年过去了，一切好像还是顺风、顺水、顺达人意的。我俩计划着国外考察最后一站是去南非，考察霸气的野生动物大迁徙的壮观场景。

我先生一生业余爱好，唯最爱打乒乓球、研讨战术。他几十年如一日，不管刮风下雨、再忙再累，只要有空每天必打乒乓球，打得汗流浃背，感到特别爽！

在电视机现场直播的世界级、全国级的乒乓球比赛，他几乎不放过每一场比赛。观后他会去研究打法、评价冠军、评价乒乓球明星，看谁最具有搏杀性，谁最有观赏性，哪个战术最灵。

我先生从学校乒乓球队打到退休乒乓球队，参加了无数场乒乓球比赛，从本校到四川省各高校、市级、省级的乒乓球比赛。2016年，他还获得了四川省高校退休教师单打第三名。

他曾多次讲道："我小时候那年代，没有少年业余体校，我也就没进行过专业基础训练。但是，我打乒乓擅长用长齿球拍，采用的战术是搓球要低，搓球加旋球，要短、低、旋到对手难以忍受的程度。"又说："打乒乓球能让人激情飞扬，智慧无限！"

正当我和先生感到似乎岁月静好时,我先生偶然感觉肋下疼痛,误认为是肋下神经疼。万万没想到人世间最大的悲剧将要发生在我先生身上。

1. 惨绝人寰,癌魔降临

2017年5月10日,我先生在进行增强CT检查后,护士叫我去医生办公室,医生告诉我说:"你爱人确诊患了胰腺癌。"我对此完全没有任何思想准备,这突如其来的病使我惊诧无助,难以置信。我问医生:"我先生还能活多久?"医生毫不讳言地说:"三个月。"

现在我也无法回忆起,当时我是怎样走出医生办公室的,怎样把这可怕的结果瞒着我先生的。我想把编造得有模有样的结果告诉我先生,但是最终还是如实告诉了我先生。

研究治疗方案　万般纠结情愁

当儿子听到父亲罹患重病后,立刻从美国赶了回来。我们三个人面对癌中之王——胰腺癌,讨论是采用手术加化疗的治疗方式,还是采用保守的中医治疗。儿子意见明确地说:"通过查阅国内外相关资料,咨询了我的同学,他是乔布斯胰腺癌治疗医院的医生。他建议,父亲已77岁高龄了,最好采用保守的中医治疗,但我不反对手术治疗。"

在我先生生命受到威胁,触击灵魂的时刻,我泪流满面地赞同先生的意见,如果手术成功,化疗杀死癌细胞还有一丝希望;若不手术,失去手术机会,那将后悔终生,留下遗憾。

是采用手术治疗还是保守中医治疗关系到我先生还能活多久。这选择需要有旦夕祸福的勇气,我万分纠结,真两面为难!

第十四章　一生中最痛，老年失伴侣

自从医生告诉我了先生的病情开始，日日夜夜，每时每刻，我的心灵都被撕扯着、煎熬着，眼泪常常滚落而出，说不清流过多少泪。我有生以来第一次感到我是那么脆弱，那么无能，我是那么怕失去挚爱。时间对我先生又是如此珍贵，我们在与时间赛跑，哪能容得下这迟疑不决，只有马上手术，听天由命了！

手术虽成功　却意外胰漏

5月19日，我先生住进华西上锦医院。

5月22日清晨，我先生张世熹被推进医院手术室。我和儿子，守候在手术室外大厅内，相邻而坐。我俩无言，心中都在祈祷上帝，祈求世界上所有的神灵，保佑手术成功！期望病理报告的结果是良性肿瘤。

正值此时，我看到，我校陈老师陪同着3个中年人向我们走来。我请他们坐下，陈老师向我们介绍道："他们都是77721物理师资班毕业的学生，他们回母校，听说张老师生病了，来看他！"我讲了张老师的病情，他现正在手术中……他们聊道："我们是被耽误的老三届，大家年龄参差不齐，但求学欲极强。张老师从普通物理教到我们的专业物理课。张老师讲课的最大特点是，把深奥的物理现象联系现实的生产、生活场景，通过案例的讲解、分析和讨论，调动大家学习的积极性。"小柳说："张老师讲动量守恒定律时，引用了火箭升空案例，太精彩了！"小吴插话："我学量子力学时，我头都大了，这部分内容真难懂，但张老师给我开了许多次小灶。有次他辅导我一直到深夜，还不断鼓励我。"随后，他们又聊道："在课后，张老师很有亲和力，常常犹如朋友般地跟我们聊天，从物理知识衍生出做人的道理、看问题的角度,循循善诱,言传身教……现在我们都学有所成,那些温暖的记忆永驻心中。"在离别时,他们再三叮嘱:"请转告张老师好好养病,祝张老师早日康复!"

手术还算顺利,但病理分析结果显示是胰腺中分化腺癌。面对残酷的、刺目的"癌"字,我犹如五雷轰顶。医生讲:"胰腺肿瘤绝大多数都是恶性的,良性的十分稀少,这比中百万彩票还难!"有何法?转念一想,中分化癌总比低分化癌要好点,认命吧!

手术后,医生预计13天后可出院,但之后需进行化疗。

快出院的一天下午,意想不到的事发生了!我先生的妹妹阿虎在他哥哥的要求下,给哥哥进行按摩。但他妹妹是一个电工师傅,她毫无医学知识,又不懂按摩,当她按摩到了哥哥手术后的腹背部……

突然,我听到头上传来我先生一声惊天动地的凄惨而绝望的叫声。我的心好像被锤子敲了一把,咚地一声响,惊得目瞪口呆,刹那间感到大祸临头,立刻冲出病房去找医生。

医生立即赶到现场,了解情况后说:"手术后决不能按摩胸腹,及其胸腹背部,这是绝对的禁忌区!因为手术切除了胰头、胆囊、十二指肠后,胰、胆、肠伤口接合处很脆弱,受撞击易产生裂缝或裂开,如果发生胰漏,会危及生命。"

为此,医生立刻采取了一系列补救治疗措施,引流液体、细菌培养、抗感染治疗等,耗去了半个多月,才控制住了病情。因此,本来按原计划我先生13天后便可出院,现在却要延长达40多天后才能出医院。

华西上锦医院"彭兵教授医疗组"医生们的医德和医术深

第十四章 一生中最痛，老年失伴侣

深感动了我们。儿子写了一篇文章《我的父亲不幸中万幸》刊于网上，以表示对彭兵教授及其医生团队的感谢！

广州求医 "云上"中医

我先生体内出现"胰漏"后，身体十分虚弱，只好延缓化疗时间。

彼时，我们得知我的亲戚，广州党校校长肖如川大哥，他在10年前也曾患胰腺癌，病理报告也是胰腺中分化腺癌。他采取了手术、化疗，及中药调理，现还健在！我们似乎看到了治疗的一丝曙光。

我们带着无限的期望乘飞机前往广州中山大学附属肿瘤医院，请10年前给大哥治病的中医张蓓教授给我先生看病。

在张蓓教授候诊室，我们见到了来自广州、深圳，以及香港等地的癌症患者。尽管看病患者众多，但大家都异常沉默，静静地等候依序就诊。

我先生诊病时，就诊室里有4位医生，中间坐着的是张蓓教授，她是50多岁的女医生，看上去挺有精神的，从她的眼睛里透着一股智慧和稳重。当张蓓教授专注地看了我先生的病历，并对他切脉，看了他的舌苔后，陷入了沉思，她边看病历，边向我先生问了许多有关病情的问题。在广州20多天，张蓓教授诊治过程让我感受到了张医生具有的"医者仁心"，也让我看到一丝希望。

经张蓓教授的中药处方调理后，我先生身体状况略有好转。

在此期间，我们详尽地阅读、复印了大哥治疗癌症的病历资料,包括手术、病理结果、化疗六疗程、中药处方等。我们带着无限的希望决定走大哥治疗癌症曾走过的路。

在与张蓓教授的接触中,以及与同患者的交谈中,我们感到张蓓教授是一位擅长中西医结合治疗肿瘤的专家,也是一位优秀的热心的医生。

其后,我们请张蓓教授远程"云上"诊病,开处方,即每10天,我们通过微信,把我先生在自然光下照的舌苔照片、检查结果、自我感觉等情况传给张蓓教授,请她开处方。经历了两个多月的中药治疗,我先生身体情况确有好转。此时,我们心中更加坚定了要走大哥治疗癌症曾走过的路。

癌患痛苦　焦灼化疗

为了先生的化疗,我到各肿瘤医院咨询,此后的6个月,我们多次往返于华西医院肿瘤专科住院部进行化疗。在这过程中,我目睹到了癌症病人们求生的渴望,癌症患者及其亲人家属受其癌病翻滚而煎熬时的痛苦,我也感到心痛难忍。

癌症病人手术后,理应尽快进入化疗!其原因,正如华西医院博士导师沈文律教授所说的那样,癌细胞犹如散兵部队,在体内到处串,哪里薄弱,就在哪里迅速着床、繁殖,即"转移"。

彼时,我真真切切地感受到癌症病人化疗的困难和艰辛。医院床位十分有限,但却有无以计数的癌患病人等待化疗。患者排号后,到了应化疗的时候,但因无床位,要再等待一个月,甚至两个月以上才有可能轮上住院,进行化疗。

癌症患者的每个化疗疗程都不能按时进行化疗的话,无疑会让癌细胞有可乘之机,在体内到处串,串到适宜的组织器官,就着床、繁殖，发生转移。也就是说，癌患病人的生命时刻都在被癌细胞吞噬，在生与死之间疼痛中挣扎。许多癌症患者因延误了化疗时间，而失去了生命，他们离开了亲人，也离开了这美好的世界！

在我先生化疗的6个多月期间，我们认识了许多癌症患者和他们的家人，我们或在同一病房偶然相遇或多次同时相遇化疗，我们是世界上最弱的弱势群体，对看病难、化疗更难的体会真一言难尽。

基于上述现状，我作为癌症患者的家属，出于人的同情与悲悯之心，我要呼吁："我国优越的社会制度，应尽快给予癌症患者创造良好的医疗条件和环境氛围！给患者多一点善和美！"

2.化疗艰辛，痛苦折腾

我先生因"胰漏"，不仅需要治疗，而且在治疗结束后，还需恢复虚弱的身体，进行中药调理，强化补养，增强体质，使化疗推迟了两个多月。这给我埋下巨大的心理阴影，无法摆脱的恐惧、忧虑使我时刻心神不定，整夜难眠，只有靠安眠药入眠。

我先生又因年龄偏大，是否能化疗，肿瘤专科医生的意见纷纭。但是，我们决定走大哥治疗癌症曾走过的路，想尽一切方法，通过各种渠道争取化疗。

化疗始末　面对苦难

2017年10月1日，经过无穷的折腾，我先生终于住进了华西医院第三住院大楼，腹部肿瘤科，我们带着无限的期盼开始化疗。

当化疗开始时，我就开始用本子详细记录我先生每天的身体状况、化疗过程、自我感觉、饮食睡眠，以及各项检查结果等，供医生参考。主管我先生的副教授曹丹医生说:"张老师,你爱人学理科,把治疗看作一项科研工作来对待。"

我沉默无言,心里想,这化疗关系着我先生的生命,天意又是那么无情与无奈,抗命不可能,认命又不甘心。我先生在这遭受癌症灾祸时,我不应向天意投降!我要咬紧牙关,付出最大的努力,为的不是"胜天",而是要争取那依傍在灾祸上可能的转机。也就是说,我持主动、认真、事在人为的态度抓住我先生的治疗机会,哪怕只有一丝希望,也决不能放过!

在化疗前,我先生进行了相关项目的体检。在进行全身骨骼核磁共振扫描时,发现在他的三胸椎出现了可疑的"亮点"。我查看了大哥的病史资料,大哥术后两周后进行化疗时并无此情况。

这时,我意识到"胰漏"导致化疗延迟,其结果正如沈教授预见,可能是癌细胞转移了。我内心真害怕最终化疗失败,达不到预期效果,生命崩盘。我只有用"阿Q精神"自我安慰。在日记中,总写道:"祈祷上帝、世界上所有的神灵保佑我先生平安完成化疗!"

在化疗前,听闻化疗会产生诸多可怕的反应,把患者折磨得死去活来。但是,我们感受到,随着现代医学的发展,化疗方法也在不断改进,医院在患者化疗前采取了一系列未雨绸缪的措施,以预防恶心呕吐,保肝、保肾等,加之,化疗药物选用进口药,剂量较小,前四个疗程,化疗反应并不明显。化疗后,检测胰腺癌的标志物还略有下降。

但是,进入第五个化疗程后,我先生的病情却急转直下,随时都会感冒、发烧,只有一次又一次地求助120救护车送去医院。

无疑,化疗能杀死一部分癌细胞,与此同时也损伤了健康细胞,造成杀敌一千自损八百的巨大副作用,也造成了我先生的免疫功能下降。现在回想起来,才意识到此时应停止化疗!

然而,也许我们太执着于走"大哥治疗癌症曾走过的路"了,而继续进行化疗。在第六个化疗的前半个疗程中,经检测我先生胰腺癌的标志物又升高,我们这才停止了化疗。

显然,经多次化疗后,我先生对化疗药产生了耐药性,化疗已无法控制病情了。这时,我们唯一的出路就是乘飞机前往广州中山大学附属肿瘤医院,求助中医张蓓教授。

夫妻真爱　师生情深

从化疗开始,我每晚服安眠药也仅能入眠3小时,我在手机中写下了74篇关于化疗的日记。现在,我再回过头去读那些手机备忘录里的日记时,真是感到字字穿心!把其中的片段抄录在这里:

2017年10月2日,第一化疗疗程的第二天,直到夜深人静时我才离开医院,当我走进已经毕业工作的研究生杨建翠的家——王府井花园,看到了桌子上小杨留下的短信。

老师:您好!理工大学离医院太远了,我家离医院近,您以后就住在我家,到医院更方便些。我现在住在我校西南民族大学的宿舍了,上班也近,我先生也回单位住了。我的家就是您的家!

老师,冰箱里有为张老师准备的鲜松茸、精肉、蔬菜等;水果篮里有苹果、石榴等。如果您还需要什么就告诉我,千万不用客气。

老师,您照顾张老师够辛苦了,好好休息!有事打电话给我哈。

学生:杨建翠
2017年10月2日

我读到此信,一股暖流从我心中涌起,顿时热泪盈眶。

此时,万籁俱寂,但我难以入眠,总牵挂着在医院的先生情况如何了。其后,我才迷迷糊糊入梦。我、先生和儿子在森林走着走着,迷了路,突然感到头顶上有一个恐怖的声音传来,抬头一看,树上正吊着一条大蟒,它正吐出红色信子向我爬来。我惊叫了一声,从梦中惊醒了过来,吓出我一身冷汗。这时,4点10分,人间大地还在似醒未醒之态,我起床,为先生准备早餐和中餐。

2017年10月7日,第一个化疗结束后的第7天,是我的74岁生日。在我记忆中,学生们曾多次提出要为我做生日,我过去总是拒绝大家的盛情。然而,我今天第一次同意了大家在一起聚一聚,因我深知这样的机会不会太多了。

傍晚,我儿子把父亲从医院接到王府花园的"家"中,这时,研究生苏放、小何、小杨等都来了,并送来了生日蛋糕、鲜花、水果等。

已经工作的研究生游勇送来从阿坝州捎来的药材虫草,真是雪中送炭。

研究生小苏跟我讲:"我爸妈从沈阳带来了海参,以后每周我妈都会把海参发好后送您,您给张老师用小米、海参和松茸熬粥,它能养胃,抗癌……"

更意外的是,早年毕业的学生班长张海涛,他从事养老产业,"急人所急,想人所想",他把手下最好的护理人员小周送来照顾患病的张老师,我深表谢意!

我面对这些"礼物",瞬间泪眼蒙眬。我忽而明白,支撑着我柔弱的生命之力的是亲人、友人,是学生们全部的真挚厚爱。

我吹灭了蜡烛,顿时觉得心里翻滚着一股不可名状的苦味,但也感受到师生之情的暖意。我默默许下愿望:"祈祷上帝不要打碎大家的希望,保佑我先生早日康复!"

尽管我走得太艰辛、太累了,但是我一定会咬着牙一步一步走下去!

2017年11月19日,第二次化疗结束了。这次入院化疗经历了无数波折,动用了无数人脉才总算入院完成了化疗。研究生罗勇开车把我们送回学校的家中,久别的家是格外温馨,我先生也露出难得的微笑说:"我到花园去散散步,走动一下!"我说:"小心感冒!"我先生笑着回答说:"我的身体也不至于虚弱到如此地步吧!"

初冬傍晚,寒风四起,先生出去了快半小时也不见回家。突然,我感到不对,立刻出去找他,如此大的花园,好不容易找到他,只见他正在和钟老师聊天。

绛帐春秋·岁月留痕

晚上10点,我先生开始发烧了,物理退烧、退烧药都用上,仍不见效,都烧到38.8度了,我只好呼叫120用救护车送往医院……

2017年12月13日,第三次化疗结束了,我给我先生写了一封信:

世熹:

我想通过此信,让您了解我的心!

您我夫妻相守已经52年了,您患此病,从手术那天开始,至今已200多天了,相对我们在一起的日子来说,这是短暂的。这些日子里,您经受了太多病痛的折磨,太多人间的苦难,我也流尽了眼泪。

从良心上讲,我尽其全力为您治疗,我愿舍去一切,甚至愿意用我的寿命换取您的平安!我真愿把我余下的寿命转给您!

曹医生问我准备了多少治疗费。我说:"再多的钱我也会想法,没问题!我不舍我们这52年的感情!"

我们要一起努力去战胜化疗中的感冒发烧、腹泻、食欲下降诸多问题,力争增加体重、化疗达标。

实话实说,每当睡上床,我就绞尽脑汁地想您吃什么好、穿什么对,怎样才能让您舒服点、心情好点。您知道我是急性子的人,也有脾气不好的时候,我会尽量忍着,为您而改变我自己!请您相信我真诚的心!

我时时对着天,虔诚地祈祷,我什么都可以付出,甚至是我的生命,只求能保佑您早日康复!

第十四章 一生中最痛，老年失伴侣

2018年2月14日，第五次化疗结束，这一天正是春节前夕。我们回到学校的家中，只见到处都张灯结彩，一片节日的气氛。

我们回到家的后半夜，我先生又开始发烧、打寒战，最后烧到了39度。我们在惊恐中拨打了120，又乘救护车回到了华西医院住院部治疗。

春节前夕，医院之夜，我先生退烧了，但我们却再不敢回家了。

春节的医院，这层楼仅有两位病人，我先生和郑先生，周围万籁俱静，十分孤寂。但是，医生办公室内的灯火却显得格外明亮，护士们把办公室布置了一番，玻璃窗上贴上了喜庆的窗花，搬进了彩电，摆上了糖果和水果，呈现出节日的氛围。

除夕之夜，医生、护士们主动来看望病人和家属，致以节日的问候！护士们送来汤圆、饺子等，并请我们到临时布置的节日聚会室"团圆"过春节。

春节这7天里，工作人员除了像往常一样正常工作外，医生、护士们查病房更勤、问病情更详细了。见到我们，更多的是微笑地问候："春节好，祝春节愉快！"

每当回忆起患者与医生、护士在医院过节的这7天，还是有许多温暖的记忆的。

2018年3月25日，进入第六次化疗，在化疗了半疗程后，进行了检查，增强CT检查报告发现肺部阴影加多，检测胰腺癌的标志物上升到895，天呀！化疗彻底失去意义了，因此停止了化疗。

我心神不安,感到忧虑、恐惧……我感到世界上我最至爱之人生命的根基已被触动,我的灵魂陷入了巨大的痛苦之中。

我与孩子商量道,哪怕只有一丝希望,我们也要尽全力去争取,决不留遗憾。我们三人又乘飞机去广州中山大学附属肿瘤医院,请中医张蓓教授治疗。

在我先生化疗过程的重要节点上,我遇到的、感受到的点点滴滴都充满着我与先生的夫妻之间的恩爱深情与生死离别间痛彻心扉的感伤。我和先生也共同感受到了师生之情的伟大,这些感悟将永驻我心中。

3.先生病重,难舍亲情

我先生接受第六次化疗时,增强CT检测报告显示肺上疑有转移。此时,他开始感到腰椎疼痛、呼吸无力。

这时,我先生紧紧拽着我的手轻声深情地对我说:"我从确诊患了胰腺癌开始,我就知道,胰腺癌是癌中之王,是医学上还没能解决的难题。医生判定我仅能活3个月,而现在我的生命已延续了1年以上,这已经是奇迹了。生命的长短谁也没有办法决定。你看对门病床的郑律师,才48岁,是事业成功人士,还和我们在医院一起过完了春节,说没有就没有了。"

这时,一层水雾蒙上双眼,我只觉得一股湿润,泪珠在我眼眶里打转,我强忍着,告诉自己决不可以流眼泪,我宽慰着我先生说:"你的病情与郑律师的不同,他的胰腺癌是低分化腺癌!您、我和儿子三点构成一个平面,缺了您这一个点,平面就不存在了!"

2018年,端午节前10多天,我先生在北京的大妹打电话来

第十四章 一生中最痛，老年失伴侣

说,她要乘火车来成都两天,仅两天,来看患病的哥哥。

我先生一生极其看重浓浓的兄妹之情,并十分珍惜。他大学毕业后,对生活要求很低,对自己特别抠,大热天,总是骑着一辆很旧的自行车;大冬天,总是戴着一副劳保手套。但他对自己的亲人、朋友却一点儿都不抠。他主动承担起家庭的责任,用微薄的工资给弟妹交学费和负担他们的生活费。

他患重病后,格外思念亲人。一方面,是因为他与世间种种杂事疏远了;另一方面,出于病中的寂寞,他对亲人的思念更殷切了,对爱和亲人体味得也更细腻了,疾病让人更重人情味了。

为什么他如此盼等亲人呢?这也是因为我先生清醒地知道,这病像定时炸弹一样随时都在威胁着他的生命。他眼中的世界发生了很大的变化,他随时都可能会离开这个世界,离开至爱的亲人们。

患重病后,先生时时刻刻念叨:"阿虎妹妹为什么还没来看我?不要哥哥了吗?"他总盼着亲人来看看他,然而他的期盼、等待往往又落空了,常常感到失望。我只有劝解道:"您阿虎妹妹有家,有她的事,有空她会来看您的。"

我先生现在又不时叨叨:"大妹将要来看我了!"我先生翻出几十年前珍贵的老照片,他与父母、哥哥、弟妹、好友的泛黄的信件,我先生一页页看后,整理分装在大信封中。过了两天他又翻出来看,并再三叮嘱:"这些照片和信件应物归原主!"

儿子看到父亲呼吸时有气无力的样子,立刻购来呼吸制氧机、轮椅等。我先生还笑着说:"啊!我现在,还不需要靠呼吸机这玩意儿生活!"我看到先生如此乐观、坚强,感动得眼泪都在眼眶中转。

2018年6月14日,我先生的小弟弟讲:"明天(15日)上午10点,大姐姐会乘火车到成都,我去车站接她后直奔医院,看望患着重病的哥哥。"我想这样说定了,必然是君子一言驷马难追不会轻易改变了。

2018年6月15日清晨5点,我起床穿衣时,发现我左右上肢前臂内侧皮下出血,有4大块,各约3厘米宽的青紫,我吓了一跳,我自言自语道:"我没碰过它呀!管它的,又不痛。"我当时一点也没意识,到这是不祥的预兆。

再后来,又发生了一系列不幸的事。至今,我回忆起这偶然的现象,才似乎相信现在科学还不能解释的预感或第六感。"至亲至爱的人之间存在生物电"将预告有不幸的事情发生。

当时,我迅速做好一切准备后,打"滴滴"把先生的早餐、要服用的药等送到医院,请保姆照顾我先生吃早餐,按时服药。

我告诉世熹:"今天,正好半月前,114电话预约挂号的时间到了,今天上午我会去华西呼吸科(肺结节)门诊,带上您刚拍的片子,代你去看病。您大妹妹今上午大约11点到,你们好好聊!"

我打的士到了华西医院门诊大楼,候诊室人挤人,好在大家都按号就诊。在候诊期间,我心里想,我先生盼星星、盼月亮,终于盼到大妹妹来了,正好腾出时间让他和他大妹妹见面,好好地聊一聊。

我代我先生看完病后,我想再多找一个呼吸科专家看片子。我也曾为我先生在华西国际医院挂过号,看过病。于是,我立刻赶到华西国际医院。

我再去试试挂号,我心中默念道:"上帝保佑挂号成功!"到了挂号室,我含着泪,说尽好话,费尽口舌,万般恳求,终于感动了负责挂号的工作人员,挂到了下午呼吸科二级专家的号。

在等待下午专家门诊看病时,我心想,快12点了,估计兄妹已经见过面,但我仍放心不下,于是我打电话给我先生,我先生讲:"大妹妹没到!"13点时我又打过去,但先生说仍未见到大妹妹来。14点又再打电话,回话还是没见到大妹妹来。

我终于等到专家诊病,上午和下午医生听我讲述完先生的病情,医生细看片子后,他们都认为,从片子来看,患者主要是肺炎。

我立刻电话告诉我先生:"您的症状主要是由肺炎引起……"此刻,已经下午4点多了,但大妹仍未到,天呀,失踪了?难道发生什么意外了吗?

我正赶往我先生所在的医院途中,我的手机响了!我先生告诉我:"我支持不住了!"

现回想起来,天呀!没想到这是我至爱的人给我最后的遗言……他曾坚强地告诉过我:"你、我和儿子三点一个平面组成的家,我一定要坚持!"

随后,10分钟左右,我的手机又响了,保姆电话告急:"快,在抢救了!"我求司机:"快,快,快!"

更意想不到的是,非常莫名其妙的事情还真的就发生了。

4.ICU 的抉择，理智与情感

我赶到病房时，被里面的场景惊呆了，我惊骇地看着这一切，这重重的一击让我几乎昏倒。一群医务人员都围在我先生张世熹的病床边，一边抢救一边讲："呼吸受阻，要插管，要送重症监护室，要签字！"

怎么回事？今日清晨，我离开时他状态还行，这才过了几个小时，怎么会这样？我猝不及防，惊恐慌张，不知所措，感到心痛万分。我泪流满面地说："儿子开车快到了，让他做决定，让他签字！"

几分钟后，儿子赶到了，按医生要求，在一张又一张的纸上签了字。

ICU 病房三天　生命的脆弱

我看着病床上面色苍白的先生正十分艰难地呼吸着，我拉着病床上先生的手，送他进了重症监护室。

我问儿子为什么要让父亲去重症监护室呢？儿子说："爸爸是肺炎，用最好的抗生素，也许有转机！"儿子又说："哪怕仅有万分之一的希望，也要救爸！"

我先生被送到重症抢救室，一声沉重的"轰隆"声，铁框玻璃门在我眼前关闭。我仿佛感觉到有个巨大的天幕，从头顶重重地压下来，我愣在原地，落泪不止。尽管大家都站在同一层楼，我们却受阻于重症监护室门外，我看不到我先生了。

此时，从在场的亲友、保姆、医生等谈论中，我才知道，先生喝牛奶时呛到了，引起急性呼吸困难窒息事件！这纯属偶然发生的意外，却导致了可怕的致命后果，他不仅被送进重症监护室抢救，甚至还造成了不堪设想的致命恶果。

第十四章 一生中最痛,老年失伴侣

今晨,哥哥盼望至爱的大妹妹来看他,这是早已定妥了的。今日10点大妹妹下火车后,本该立刻去医院看哥哥,这才是她此行的目的。然而,他的大妹妹却去了他弟弟家吃饭,叙姐弟旧情。这餐饭、这叙情,一直从上午10点到下午4点多,持续了6个多小时。

而此时此刻,她的哥哥在病床上,艰难等待着,苦苦挣扎着,痛苦呻吟着,长达6个多小时没吃一口饭,没喝一口水。甚至这6个多小时,从爱因斯坦相对论的角度来讲,我先生等待的感受不能用小时计算,而应用年或世纪来算。

当先生的大妹妹姗姗来迟时,久等的哥哥两眼望着大妹妹,泪流满面,已说不出一句话。此时,主管罗医生看到后说:"这么长时间没进食,可喝点牛奶。"保姆说:"张老师,我喂您牛奶。"我先生说:"不,我能够自己喝牛奶!"先生端上牛奶就喝,万没想到这一喝,牛奶就呛入气管,引起了呼吸困难窒息,出现了上面惊心动魄的抢救一幕。

偶然是命运无常的最大主角,或喜或悲,或好或坏,常常有偶然这只无形的手在导演。譬如足球赛,若射门总射中门柱或横梁,这是运气太差;相反,若是乒乓球赛,竞争对手总是打擦边球或滚边球,这是运气太好。有时,运气决定着最终结果。

偶然的确对命运,乃至生命能产生重大的影响,这也就是常说的"宿命论""命中注定"。但是,我们不能不承认,偶然中往往存在必然,是那个"必然"在背后导演着"偶然"的发生……不必再赘述,读此文的智者是非常清楚的。

2018年6月16日午后,我们焦急不安地等待在重症监护室门外,4点整,侧门开了,我率先冲进门,经过长长的过道时,我感到周围是死般沉寂,静得可怕!四周的一切似乎都静止凝固了,我感到我的心跳加速,"咚!咚!咚!"的跳动,我迅速穿好隔离服,进入了监护室。

监护室很大,但其内病床空空,仅我先生一人躺在病床上,床边有3个医务人员。

我靠近床边,看到我先生的脸好像是瘦了点,目光是亮亮的,眼睛不安地转动着,眼神里充满了无助甚至乞求,显得十分可怜,我惊讶地见他口中插着一根呼吸管,手上插着急救的输液管,显然他不能说话。我急切地跟我先生说:"您是肺炎,要坚强挺住!"我先生用眼神向我示意,坚定地点了两下头,我轻轻地抚摸他的手,手暖暖的,我有许多言语,但一切尽在不言中。我多想留下来陪他啊,但医院不允许,我只有依依不舍地离去。

这夜,尽管我服了大量的安眠药,但根本无法入睡。这时,我意识到我和先生相依的时间已经进入倒计时了!望着窗外漆黑的夜空,没有月亮,也没有一颗星星,我思绪万千,想着我先生一人正住在如此大的重症监护室,多孤独、多难受、多残酷!又想,难道往后,我先生将只能靠管子呼吸吗?该怎么办?我的心扉被撞开了,脆弱的神经被碰触,伤感的心弦被拨动,酸楚的穴位被击中,不禁流泪不止。

清晨,我8点就开始打电话给华西医院沈教授,直到9点,终于打通了电话,我把我先生的情况和顾虑告诉了沈教授。他讲:"呼吸恢复之后可拔去插入的呼吸管,现在正值端午放假,端午上班后我想办法让他转入华西医院呼吸科。"我悬着的焦急、恐怖、害怕的心似乎得到了一点安慰。

第十四章 一生中最痛，老年失伴侣

我想尽快把此消息告诉我先生，我用一张纸写道："世熹，您主要是由于双肺感染，引起了呼吸困难。医生已给您用上了抗生素，要坚持下来！把病情稳定下来！我已与沈文律教授联系好，端午节后立刻将您转到华西医院呼吸科治疗！祈祷上帝保佑您早日康复，取掉呼吸机。我会在病房外等着您！"我想下午4点探视时，正好给我先生看。

2018年6月17日下午4点，我充满希望地再次走进重症监护室，病床上的先生与我预想的判若两人，他面庞显得更瘦了，脸色非常难看，呆呆地睡着，双目微闭，口中仍插着人工呼吸管……我呼叫我先生，他像根本没听到一样，那一刹那穿透骨髓之痛，我的心碎了！

我把那张早已准备好的纸展示在他面前，我强忍住即将夺眶而出的泪水，轻声地慢慢读给他听，他却没什么反应。我去抚摸他手，发现他的手上有手套。这时，看到他那瘦弱的面庞呈现出难以忍受的痛苦表情，我的泪水随及夺眶而出。

床旁的医生讲："病人用了镇静药，病人的情况，隔会儿会跟病人的孩子谈。"我在惊愕中，依恋离去。

在重症监护室外窗，我焦急地等着儿子的信息。我透过玻璃窗看到，儿子在与医生交谈，然后低下头看着父亲，又转身问医生，再转身长时间凝视父亲，又再次靠近父亲病床，不愿离去。此后，我泪水浸透双眼，阻挡了视线，好像透过相隔的毛玻璃窗，影影绰绰地看到儿子犹如一座雪雕似的低头站在父亲的病床旁，凝眸俯视着病床上的父亲。在探视父亲的近半小时中，儿子一直守在父亲身旁。最后，儿子拖着沉重的步子慢慢地离开病床上的父亲,又再次回头凝视着父亲,眼前这一幕深深地烙刻在了我灵魂的版图上。

此刻,我已有不祥的预感。当儿子走出重症监护室,我迎上前去问:"医生说什么?"儿子心情沉重地说:"爸爸的病情也许熬不过明天!我们等医生电话!"我不由惊呼道:"这是为什么?为什么?"儿子沉默无语,我被戳中泪点,眼泪狂飙不止。

先生撒手人寰　生命之火熄灭

这个深夜里,万籁俱寂,我意识到我先生病情依旧在恶化,再怎么坚持也已经逾越了医学治疗的能力,只是感情上割舍不下。这时我不能不联想到,我先生知道病情后曾讲:"我们应理性对待生命,我真不行了,善终是一项权利,让我通过安宁和缓的医疗通道,有尊严、少痛苦、更愉悦地潇潇洒洒地离去……"

此时,我仿佛听到我先生熟悉的声音反复在低语:"和琳,我真的太难受了,放手吧!让我早日解脱,我不要再受这些管子和器具的折磨了!"如今,纵是千言万语,想要与先生面对面说点什么,也为时已晚。如果真有时光机,让先生回到患病前,我只想对先生说:"我真后悔……"

在这个深夜里,我觉得自己像个神秘的信使,正往返于阴阳两界传递着什么。我竭尽了全身之力想拉住我先生,不让他走,但却怎么都拉不住他……

2018年6月18日端午节的清晨8点15分,我的手机急促地响了,我立刻接通电话,儿子讲:"不好了,爸爸快不行了!快到医院来!"

第十四章 一生中最痛,老年失伴侣

我们立刻赶到医院,儿子从重症监护室出来,满面泪水地说:"爸爸已痛到极致,不用再抢救了,太受罪了!我已经请护士放下了人工苏醒球及面罩。"我挚爱的先生张世熹依依不舍"端午人归",悄无声息地向通往另一个世界的路上走了。

我抱着儿子,泪流面满地自语道:"为什么这样残酷?这是为什么?"

那是天塌下来的悲伤,无法用言语描述,内心的痛苦沉重如山,塞满了心胸,堵塞了血管,还压制了呼吸。那种伤痛,是撕心裂肺的痛,只有经历的人才能体会。

事后,我和儿子亲手为我们一生最爱的人——我的先生张世熹整装。在全过程中,我流着泪细语道:"我们相识、相爱,抚育了儿子……52年,您付出了太多太多,我有对不住您的地方请谅解!您在生命和疾病之间翻滚煎熬的392天,疼痛到了极致,现在您总算摆脱了残酷病痛的折磨!总算走完了这趟艰辛的人生旅程。"

最后,我低下头亲吻了我先生的面颊,低声说道:"永别了!我的爱!"从此天地永隔。

此时,儿子说:"我看到爸爸的嘴角微动了一下!妈,我看到爸向我微笑了一下!我爸是笑着离开我们的,他走得没有遗憾了!"这一刻的记忆必将伴我一生。

先生的生命定格在2018年端午节的清晨9点,他犹如一片白云飘走了。他结束了这趟人生的艰辛旅程,与我们永恒离别了!

第十五章　岁月向晚,优雅老去

1. 千年遗憾,爱的永恒

我先生化成一片白云飘走已经一年多了。中国人有句老话:"天上一日,人间一年。"也就是说,天上的日子快乐,一眨眼就过去了;人间的日子悲凉,思念先生太难熬,这一年多,十里花香都不如他。这一年多的日子,如同一个世纪那样漫长。

我的床头上仍放着我先生的手机,我每天都给它充电,从未停过,它总处于开机状态,手机里仍保留着我先生的头像、聊天记录、他的话语和笑声。

每晚睡觉前,我已习惯要打开先生手机看看,仿佛他的身影总在微信、网络中闪跃……

他的房间、书房里的所有摆设依旧,往日的旧物也都在。我先生患病的392天,我详细记录了他每天昼夜病情的三个大本子也都在,仿佛他的体温犹存。睹物思人,与物共哀。

我常常觉得先生似乎仍坐在书房电脑前工作,或外出还没回家,或正在回家的路上,好像我先生从未离开,他的身影一直在我身旁。在梦中,我也常常看到他和蔼可亲的笑脸,听到他的话语。每每从梦中醒来之后,我都一阵怅然若失!

偶然的相遇　相遇的奇缘

浩瀚宇宙间,任何一个生命的降生都是偶然的,离去也是必然的。世界上什么都可以重复,恋爱分手可以再谈,工作失败可以重来,金钱没有可以再挣……唯独生命不能重来。但是,我仍然相信物质不灭的道理,生命也是如此,只是换了一个空间生活着。

事后我细想,从生物进化论来看,人与世界上的一切生物一样,都是由生物进化而来,有了生命的开始,也就会有生命的结束,最终都要回归到虚空中去。

现今,随着科技发展,生物体可以通过现代生物工程的技术"克隆"来复制个体,这新的幼体还是得经历生长、发育等阶段,经过漫长的过程才能成长为相似的新个体。但新个体与原个体的思想可能是截然不同的,即只是生物学上称的"复生而不能复原"。

这些日子里,我曾经无数次地想,在无限的时空里,在茫茫的人海中,我、先生和儿子三个个体偶然相遇仅是千万分之一的概率!但是,我们三个人,没有早一步,也没有晚一步,正好都赶上了,终于极其偶然地相逢了,并组成了一个虽小却幸福的家庭。

有时我甚至觉得,我们三个生命在世上同时存在了近半个世纪,尽管在历史长河中仅是一瞬间,但这一瞬间却有一种令人感动的缘分和幸运。我深信对生命同在的这种珍惜乃是一切人间之爱的源泉。

我们常念道:"我、先生和儿子,这三个点组成了一个平面,我们的家。假若失去其中的任何一个点,这个平面就不存在了,就只能是孤立的点或残留的线段。"因此,我们都十分珍惜这个相遇的奇迹。

往事不如烟　孤独地思念

我先生的一生,是这个国家千千万万个最平凡的知识分子的一个样本。他也是一个时代不应被忽视的寓言。

我先生一生,最爱的是读书学习,他热爱物理专业,还喜欢阅读历史类书籍,阅读面很广,而且效率很高,记忆力超群。他热爱教育事业,一心扑在教育事业上,对事业十分执着。他又是一个热爱、珍惜生活的人,他能把生活中的点滴都变成快乐。他是那样一个诚信、充满爱心、包容的人,他仿佛只会为别人着想,当别人踹他一脚,他绝不忍心回踹别人一脚。他的生活极为简单、俭朴,甚至不知道自己月薪几何。他的性格十分幽默、乐观,说起话来绘声绘色,异常动人,往往把大家逗得都很开心地笑了。

我和先生从相识、相恋、相爱、结婚,生子、育儿、教子,学习、工作、追求,为初心、为梦想携手一起走过52个春夏秋冬,寒来暑往,相濡以沫,朝夕厮守,我先生用百分之百的"浓度"的爱包围着我和儿子,让我们相信幸福。

最难忘的是先生清澈见底的"真"。那些欢畅安详的时辰,不计较假意或真心,与所爱的人相处的那些时光,是我这辈子最幸福的时光,也是我人生中最值得珍惜的美好岁月。

我们这个家,洋溢过欢乐,也曾弥漫过悲伤,但我们都彼此相爱,相互挂牵。我们都无比热爱这个家,在过去的平常生活中,仿佛这样美好的日子会这样无限延续下去。然而,正如人们感叹:"世间好事不坚牢,彩云易散琉璃易脆。"特别合心意的情境总是惊人的短暂,除了留下永恒的记忆外,什么也没有。

正当我走到人生边缘上,生活之伴侣撒手人寰而去是人生中最为苦楚、最残酷、最无奈的事。我回到空荡荡的家,一切瞬即空寂了,这还是家吗?犹如冰窟窿。因为空,由空而入悟。

悟半个世纪前,我们结婚时的家,它曾是一个一无所有的空荡荡的家,而到了今日,这个家什么都不缺,什么都有了。我看着并抚摸着家里的一切,它们都留下了我先生的痕迹,都有他艰辛劳动和无私奉献的记号,融入了他的厚爱。尤其,先生用爱心和责任培育儿子,倾注了他一生的心血,体现了伟大的父爱。在我先生走后的日子,我总是不由自主地想到他,想念他往日所有的一切,但先生已去,我们也再无可能。

岁月变得寂静了,在无数个夜里,我对我先生深刻的思念,只有当事人才懂吧!我不知道是怎么了,为什么禁不住地要想这些,翻来覆去地想,掰碎揉烂地想!我曾想屏蔽掉它们,可是不行,屏蔽不了!没料到记忆是如此执拗,想也是身不由己的。我与先生从相遇之时到他离去的那一天,52年沉淀下的一切,不管我怎么样去梳理,去过滤,我发现都无法剔除我先生的影子,哪里都感到有我先生的温度,他已经融入我的生命之记忆中了,挥之不去了,我就是想忘,也忘不了!先生走后,我时时流泪思念,那泪珠变成一颗颗晶莹的珍珠,将伴随我往后的岁月,沉浮历练到生命的终点。

思念太苦,我不由自主地回头审视过去的岁月,悔恨过去的任性、嘴硬、疏忽、不妥和过失等,心里产生了一股莫名的内疚和

第十五章 岁月向晚，优雅老去

追悔之意。然而，这一切已无法挽回、补救了，再也没有对我先生表白的机会了，我不禁感到十分懊悔。我常常在心里偷偷地给他道歉，您回来吧！我一定好好爱您，再也不惹您生气……

这是为什么呢？这是因为失去后，才猛然醒悟，倍感先生存在的珍贵，深感他存在的重要性，才显现出他的价值。如今，他走后，我只得沉浸于孤独、寂寞、无奈的痛苦思念之中。痛苦是什么滋味？世人大约都知道。但痛苦到极致的麻木，却又有几人知晓？千语万言不可尽叙，我一时间难以释怀。

我突然想起王维的诗歌《红豆》被写成"愿君勿采撷……"见到满山的红豆，又怎么敢采，怎么能采呢？勿采，是珍爱，是回避，就是不忍碰触，视而不见。爱是难以割舍，然而上天之律令又不得不割舍，那种痛，唯有亲身经历者才能感同身受！

在我的心灵深处，思念和孤独似乎相伴而生，形影相随，须臾不可分离。愈是思君不见君，愈是倍感孤独。

我深深体会到，一个人的思念程度与孤独的体验是成正比的，我对我先生思念的深度决定了我孤独的感受程度。先生走后的日子，我是何等孤独、凄凉，我感到自己似乎孤零零地生活在一片无边的大荒漠中，又似乎身处于汪洋大海的一座孤岛上。

人活一世，难免有所遗憾，过去在生活中，我总是很强势，在我的字典中似乎没有"妥协"两个字。但现在是不妥协也得妥协，必须承受这残酷的现实了。若执迷不悟与自己过不去，其实是一种痴愚，是对人生的无知。

随时间流逝，细细品味人生，谁又逃得过生死离别的残酷的命运,至多不过是早一点或晚一点而已。命运是不可预测的,就像我们头上的星空,人只能从自己生活的这个小孔里窥望,我们的力量是不可能左右命运的。不论什么样的命运在前面等着你,你都只能默默地接受,我只有这样安慰自己的心灵,才感到好受一点。

2.珍藏往事,理性面对

我先生走后不到半年,我儿子毅然决定从美国回国,加入了南方著名高校,从事科研和执教工作。

我暗想其中最重要的原因是,儿子十分伤心地送走了至爱的父亲,目睹到母亲的孤单,因此决定回国。儿子主动多次与我探讨,每个人遇到重大不幸的事,应怎样理性对待的问题。

儿子给我讲了在美国生活的近30年发生的他过去从没说过的经历,让我十分震惊,也让我十分感动,让我的精神在面临崩溃之时,逐渐学会了去理性对待,重新确立生活的意义!我把其中感受最深的点滴抄录在这里:

> 1990年8月,我到美国留学,如今屈指一算,还差一年就30年了。在35岁前,我经历了太多的曲折和坎坷。
>
> 在攻读博士学位时,因毕业答辩时导师对我的创新理念有疑虑而出现了麻烦;在博士毕业后,我初到公司工作时,领导仅抽象地肯定了我获得的美国授权发明的专利;在生活上和个人感情问题上,也经历了太多酸甜苦辣的磨炼,我的心很沉,生活很累,身体开始出现了问题……我意识到我的思想情绪出现了不合理的低落、抑郁状态,我内心暗想,难道我是真的患抑郁症了?

第十五章 岁月向晚,优雅老去

我开始意识到问题的严重性,为了摆脱当时可怕的抑郁状态,我查阅了有关医学和病例的大量资料。我经过深思熟虑地分析后,意识到当时我的症状还算是早期抑郁症。我选择融入到体育锻炼中去,完成自我治疗的行动计划,走出抑郁的困境。

我从加州洛杉矶搬到俄勒冈州后,在工作之余,我参与我喜爱的运动项目,如滑雪、登山、网球运动,除此之外,还开始学习户外竞技运动项目,如深潜水、开直升机,并在最短的时间参加考试,取得了潜水证和直升机驾驶证……我通过坚持竞技体育运动锻炼身体,逐渐缓解了抑郁症状,慢慢走出了抑郁的状态。

在户外竞技运动中,我曾经历过生与死的考验!有一次我带上单反相机、微单等准备进行空中摄影,但我自驾驶的直升机起飞后不久,突然发生了机械故障(结构没有损坏),控制失效,我只好迫降实施,凭借过硬的驾驶技术,直升机成功着陆了。在我与死亡擦肩而过这一瞬间,经历了生与死,体验到天堂与地狱的感受!

还有一次,我与一群爱好潜游的好友在深海潜游中出了意外,我的一个伙伴被大海吞噬了。活着的潜游好友们为离别的队友送行悼念,那年轻的生命永远地在海里沉睡了!

最近,我准备再回美国潜游,但一个潜游伙伴告诉了我一个令我十分惊愕的消息:"我们曾多次乘坐的那艘去加州的圣克鲁斯岛附近海域潜游的船现在已经化为灰烬了！因为，9月2日凌晨4点，这艘潜游船因意外事故起火，在甲板下面的船舱里的潜游队友和游客共34人全部遇难，唯有在船顶三楼上的船舱里的5位船员幸存……"

听了儿子所谈在美国的那些让我震撼的经历，我有所感悟。我细细地思考人生，每个人来到这个世界上，在历史的长河中，都是一个旋生旋灭的偶然的瞬间存在。从无中来，又要回到无中去，没有任何人能改变我们的宿命，都得遵循这个自然规律。

再仔细想想，在人生旅程中，我与先生结成伴侣后，我俩常言道："期望不求同年同月同日生，但求同年同月同日走。"但是，这在现实中发生的概率几乎为零，这仅为人们的愿望而已。现实生活中，总会有人或先或后离别这个世界，留下的另一半都得面对这残酷的现实。

虽然先生已经离去，但是那携手走过的旅程，那相爱的纯美记忆不会褪色。那一册册相簿中的照片，定格的时光仿佛就在身边，每当我依恋地轻轻抚摸着那一张张照片，我就想起我们三人的人生历程，年轻时先生的帅气、打乒乓球时的猛劲……儿子幼时的天真，少年时的率真……我好想时光逆流回到从前，让一切都从头再来，然而这是不可能的。我悲哀地将之拾起，我知道这一切都是历史了，所以回顾的一刹那更感情深。

掩卷深思，这些代表先生的精神的一切，谁也无法否认它们的存在。先生的灵魂和生者的情感是永存的，这一切已深深融入我的灵魂,安静地存在于我的心灵之中,伴随我终生。这也许就是永恒的含义,这样一想,似乎心里平静多了。

痛定思过后,我决心咬紧牙尽快走过这段孤独漫长的黑夜之路,深信黑暗很快就会散去,走着走着,天就会亮了,我就会去迎接晨曦的到来。正如,泰戈尔说:"除了通过黑夜的道路,无以到达光明。"

我决定把昨日的悲痛留给昨日,封存起来,理性地寻求适合的方法,自我救赎,开始新的生活!在往后的路上,肯定还有羁绊和挫折,但我深信,一切都是暂时的,一切都会过去。突然想起了德国大诗人雪莱的一句诗:"如果冬天来了,春天还会远吗?"

3. 写作创作,丰盈人生

人常言:一个人活在世上,必须有自己真正喜好做的事情,才会活得有意思。例如,科技创新、教育事业、写作创作、从事艺术、从事慈善事业等。简而言之,一切精神活动,只要能为人类创造财富,方为人生之大趣。

尽管到了我这个年纪,大多数同辈人都已经含饴养弄孙或休息养老了。但是,我的心里总是或多或少对新事物存有好奇与渴望,这促使我去追寻自己想做的事。正如,社会学家齐美尔讲道:"因为熟悉的事物不能令人满足,只有那些尚未被体验的事,才被认为是一种值得去追求的梦想。"我深知前行的路十分艰辛、曲折,但我想,"学"字面前无难事,我选择继续往前走。

我冷静理性地分析自我,寻求适合的方法,去自我解救。我想要自己的生活更加丰富多彩,自己的人生更加丰盈,我决心走走写作创作这条路,决意从头开始尝试,愿意接受磨炼。

我的人生之旅跨越了半个多世纪,经历了大时代太多的轰轰烈烈的大事件,为其见证者、亲历者、推动者;有领悟、有创伤、有欢乐,感受颇深。我也曾数次提笔写作,写下我内心拥有、目睹和经历的一切,过去是因为教学和科研工作的牵制而放弃。如今,我有了时间,我内心又有着强烈的写作欲望、冲动,极想阅读与写作。在时代风雨之后,为什么不能够带着皱纹、花白的头发,以微笑面对现实,去阅读和写作呢?

我尽管已走到人生边上,但我渴望去阅读与写作,为我的人生增添丰富知识、扩大视野、滋养心灵;我也想通过阅读与写作,让自己保持活力,延缓衰老。尤其,在我先生化为白云飘走后,我要排除极度的悲伤,减轻孤独感,我想通过读书与写作来抵御悲伤、孤独、思念之痛;我也想通过读书与写作,与痛苦对话,在新旧交替的悬崖边,我要成为自给自救的医生,去抚慰、疗愈受伤的心灵。因此,我想做一次全新的尝试,做我想做的事,去构建一个阅读与写作的"新世界"。

我儿子也热爱阅读和写作,特别支持我创作,我俩常常一起探讨有关创作的相关问题,他为我推荐、购买了若干相关书籍,供我阅读。

于是,在我先生走后的第3个月,2018年10月,我着手整理了儿子与父母的500多封国内外往来的"两地书信",细细地再重读那些泛黄了的日记,翻开相册中的一张张老照片,决心要把那半个多世纪的时光和记忆读写出来。我毫无顾忌地拿起这支幼稚的笔,开始书写我、先生和儿子这半个多世纪的感人时刻,动人瞬间,我觉得这也是对我先生最好的致敬。

此时此刻,才感到语言的无用,文字的无力,这时才感到写作的困难,啊!原来我是学理科的呀,长期是从事教学与科研工作的呀!

为了写作,我读书,从书中获取智慧,我每天除固定的时间坐在书桌前阅读,训练让自己的潜意识行动起来外,还挤出一切空余时间,哪怕是在盥洗室里,也要读读与学习写作相关的知识,以及阅读许多经典的文学著作。

写作需要大量的阅读。因为我仅作为世界上千千万万个体中的一个,只有通过阅读,才能避免以一己之力体验、观察世界面孔时有所偏颇。我要通过阅读来体验、感受别人的人生,从不同视角来看世界、了解人生,如村上春树说:"假如一味地从自己的观点出发凝望世间万物,世界难免会被咕嘟咕嘟地煮干。人就会身体发僵,脚步沉重,渐渐变得动弹不得。"又如杨绛先生说:"女儿不在,丈夫不在。家在哪里,她不知道。"又说:"那么,做什么,能够让她少一点心酸?读书,唯有读书。"她开始读圣人之书。

在先生走后,我感到十分迷惘和困惑,我走进书房,从书柜中挑出曾经读过的书再次重读。老书如老友,重读如邂逅。历经世事后,我又开始重读《人生哲思录》《活着》《平凡的世界》等书籍。我把自己与书中的主人翁无缝地衔接了起来,紧密贴近自己,细细阅读,更多的是设身处地去感悟、去体验,去换位思考。通过阅读汲取精神的"良药",对我来说,痛到极致的感情得到了慢慢地抒发,有所缓解了,阅读产生了极好的"治疗"效果。

在阅读中,一旦把自己在人生中受到的磨难、痛苦、不幸等与世界上无数个体的人生相对照,才会发现,我在哭我没有鞋子穿,却发现有的人连脚都没有。在书的慰藉和自己写作过程中,我的不良情绪得到了释放,世界逐渐变得柔和美好起来了。

在阅读与写作的过程中,与自己对话,与世界对话,梳理着自己的岁月,反刍过往的日子,才发现需要反思的东西实在太多太多了。从中去感悟人生,心灵就慢慢变得宁静,胸怀也变得宽阔了。

为了写作,在此阶段我认识了不少作家和文学老师们,我们见面就聊起他们从事文化写作的成功经验。他们在写作上给予我充满智慧的建言,从中我受到很大的启迪。在他们热忱的指导和帮助下,我从读书到开始艰难地写作,再不断地读书,这又促进了我的写作,在写作过程中又激发了我读书学习的激情。

在写作过程中,值得一提的是与西南师范大学中文系的学弟傅晓东先生的颇具戏剧性的缘分。在西南大学的"微信群"中,傅先生每天都会在群里发表一篇短文,很有见解。我冒昧去傅先生家造访,我恳请傅先生指导一下我写作,傅先生没回应此事。随后,傅先生问道:"你老家在什么地方?"我回答道:"重庆市解放碑附近的邹蓉路。"他又问道:"你可知道在中国近代史上,有位很有名的经济学家、教育家鄢公复先生吗?"

我高兴地告诉他:"鄢公复先生是我的先辈,我这本书开篇就介绍了他。"随即,傅先生欣然告诉我说:"在解放前夕,我的父亲傅唯一曾是鄢公复先生在复旦大学任教时的得意门生,鄢先生也是救过我父亲性命的恩师。

第十五章 岁月向晚,优雅老去

当年我父亲以第二名的好成绩考取了复旦大学,可在开学时,却没见他来报到,鄢公复先生命校工发电报询问是何原因,傅家复电说是因'开鼻仓'(流鼻血不上)无法到校报到。于是,鄢先生请重庆名医'干姜附片'先生去长寿县的傅家为我的父亲治病,真是手到病除,把父亲从死神边上救了回来。"

说到此时,傅先生的夫人廖老师插话,动情地讲道:"我先生时常念叨鄢公复老师对他父亲的救命之恩……"彼时,我得到了晓东学弟的首肯,他愿助我一臂之力来完成此书。

在那段最痛苦日子里,谁能解救我的痛苦与孤独?唯有这支笔吧!于是,我全身心地投入写作。在这一过程中,我确实感到创作的奇妙,终于,我为我的痛苦和思念之情寻觅到了一个释放的出口,寻到了心灵的一份宁静。随着写作推进,我的心情逐渐舒缓多了。同时,在写作中,有时我体验到一点儿文思泉涌的快乐,仿佛有如鲠在喉不吐不快之感。正如美国知名作家安·拉莫特所说:"这就像在海上遇到狂风暴雨时,依旧能在船上放声歌唱。你无法让狂风暴雨止息,但歌唱却能转变同船众人的心灵与精神。"

同时,在回忆写作时,我还找到了一种能令我与先生在笔下再次"重逢"的方式。每当拿起笔写作时,我小心翼翼地回头看了看,原来那些日子依旧在我的身边,未有丝毫改变。每当拿起笔写作时,我就把和先生、儿子一同生活的岁月再次重温一遍,这样我就能和先生再聚一聚,再恩爱一次了。

于是,我毫无顾忌地写作,去完成写作计划,去用心灵孵蛋,因为它蕴含着生命。

创作的过程确实给了自己坚强、继续生活的动力。创作也是在不断调整自我，帮助自己走出困境，去丰盈人生的一个过程。

当然，我也想通过写作来表达自我，与他人分享在我们生命旅程中那无以计数的传奇故事，去感动、启迪和警示他人。

4. 静心修禅定，优雅地老去

我推开窗子，一朵彩云飞进来，带着深谷底层的初冬寒气，也带来难以捉摸的晴朗和云彩。过去了半个多世纪，夕阳无限好，只是近黄昏，应静心禅定，优雅地老去。

禅定是指什么？禅与定，皆为令心专注于某一对象，使思绪不乱，也就是指具有精神追求，专注于最想做的重要事。

禅意是"简单中蕴含着丰富"。

优雅老去的诠释，优雅的意思是优美雅致。优雅是心灵的产物，是一种和谐状态。对优雅老去，人们站在不同角度会有其各异的见解。一隅之见，优雅老去，即指体现生命的质量，是一个人生活的最高境界，给人无限的遐想，是人们所追求的境界。

优雅老去，这一观念，较早出现在很多西方社会，是备受认可的理念。欧美许多老年男女在达到人生巅峰后，清醒地意识到生命的有限和肉体的脆弱，但他们依然执着追求自己钟爱的事业。他们仍然保持着鲜活的生命力，追求高雅的生活质量，享受独立的生活，充满好奇心，而且对性和爱情依然充满渴望，并大胆地追求，不断"心跳"，青春永驻，身心健康。优雅老去的理念正在形成世界的潮流，并成为人们追求生活、生存的终极目标。

现在，中国知识分子中的老年人也已经广泛接受优雅老去的理念,并已经成为许多中老年人追求的目标。但是,如何优雅老去,许多中老年人对此仍感到困惑,值得深思和探讨。

以管窥天,实现优雅老去,想来必备的条件有三条:

首先,重中之重的条件是要具有足够的学知、阅历、见识、品行、追求,以及豁达的心态。从心灵载体的内在素质方面看,应具有认知能力、思维能力、语言能力、观察能力、律动能力等智慧品质;还应具有在情绪、情感、独创、意志、忍耐力等方面的综合素质。这些能力和素质随着岁月流逝而慢慢沉淀下来,拥有秉承上述两者内涵的老年人,并对人生有追求完美的精神,才能获得优雅老去的最重要的资本。

其次,是要有足够好的身体条件,若一个老人疾病缠身,想要优雅老去也优雅不起来。只有一个身体健康的老人,有很多富余的精力,才能够有能力和力量在"优雅"这个词上去实现优雅老去的内涵。

最后,是要有足够的物质保障,如果一个老人处于经济窘困的状况,缺乏坚实的物质基础,没有经济实力的支撑,要想优雅也只是一句空话,不可能实现优雅老去。

在国内外,就女性而言,有许多走在国际时尚前沿的老年人,她们有的驰骋在政界,有的奋斗在科技和教育战线,有的参与文化艺术创作,有的为慈善事业而奔忙。她们的共性是,岁月的光阴凝聚在她们身上,浑身上下都散发着一种优雅的气质,有一种抗衡岁月的精致与美丽,她们是永不老的"女神"。这些充满魅力的老年人,很好地诠释了什么是优雅老去,为老年人如何优雅老去树立了榜样。

绛帐春秋·岁月留痕

　　我曾像所有的女性一样，渴望留住岁月，想拒绝衰老。每年自己生日的到来，就忧虑地想着，我又要增加了一环"年轮"了，人生就又会短一截，犹如甘蔗被一截一截地剁去了。我对年龄，有着莫名恐慌，每及此心中就泛起惆怅的滋味。我曾一度拒绝过生日，但年龄哪里是能挡得住的呢！

　　与岁月竞走，人永远是输家。岁月从来不曾饶过谁，青春的容颜都将会悄悄地减退，乃至消失。随着岁月流逝，我的脸上留下了岁月深深的痕迹；我的头发，大张旗鼓地花白了；我的皮肤，逐渐失去弹性，身材渐渐臃肿起来……然而，通过大量的阅读、学习，静静地思考，我对优雅老去的内涵有了更深的理解和认识。变老，是自然规律，唯有坦然面对，直面人生，一如既往地努力、坚强，充满希望，用心修炼自己的气质，走过属于自己的一生，丰富自己的内涵，走过春夏秋冬，优雅老去。

　　人生最后几十年的岁月，随着光阴流逝，谁都会老，但无论多少岁，每个人都应被未来所吸引，从无限的时间中拥有梦想，敢于追梦，力争圆梦，千万不要动不动就说自己老了！

　　现今，流行的说法是每个人有着三个年龄，即实际年龄、心理年龄、健康年龄。看来，苍老并非年龄，而更重要的是心态，心态都是完全在于人自身的修炼，应坦然、淡定地面对这些客观的自然规律，只有这样，老年人才能够成为一个优雅的人。

　　优雅老去，正如林语堂说："优雅地老去，也不失为一种美感。"要修炼成优雅的气质，成就一生的美丽，这才是一个人生活的最高境界。

第十五章 岁月向晚，优雅老去

杨绛先生86岁时，女儿钱瑗和先生钱钟书都相继离去了，但她坦然面对人生的风云突变，坚强地面对人生旅程的苦难，独属于她自己的一份充满魅力的优雅气质并未消失。在她92岁后，仍读书、写作，有事做，忙碌着，先后出版了散文《我们仨》《随笔集》《走到人生边上》等著作。她的精神和作品，将在岁月轮回中静水长流。

杨绛先生的人生旅程跨越两个世纪，从中反射出来的尽是温文与从容、淡定与优雅、学识与努力、坚强与不屈。她凭借闪光的人格，坚韧地走完了一生。她活出了一个"女神"的史诗，为老年女性树立了优雅老去的样板，诠释了优雅老去的内涵。

如何优雅跨越生命的终点？是决定一个人这辈子是否活得精彩的关键所在。世上已有无数的女性优雅老去的典范。其实在每一个年龄阶段，我们都有自己最好的时光。一个人不管年龄多少岁，都应该保持年轻的心态，对生活充满好奇心和期待，有事做，忙碌着，热气腾腾地生活着，才会感到生命的蓬勃和意义。

夕阳何惧近黄昏，谁能说黄昏的晚霞不是绚丽多彩的？愿每位老人都能把日子过成诗，时而简单，时而精致；把日子过成琴弦上的歌，既靠谱，又着调，现实岁月静美，人生无憾，让"衰老"永远不会来到！

这是一本写过去的书，我把毕生的经历化成笔尖的故事。讲述的不仅是属于我、我先生和儿子的故事，还折射出了大时代不同时期人们的命运，更反映出伟大变革的时代，尤其在迎接"科学春天"后的近半个世纪中，中国知识分子为祖国繁荣富强,为实现初心,为追逐梦想,执着为事业而奋斗的历程,我格外珍视它。这本书结束了,故事依然继续。

我感谢这本书的陪伴,让我走出了无奈、痛苦和孤独;让我充分享受到写作带来的欣慰、快乐和满足。

这本书也许还欠完美,但它是我一字一句,用赤诚的心与真诚写成的真实的故事,承载着我美好的情愫,寄托了我的愿景。

我家阳台花园的三角梅虽与植物的"三君子"无涉,但它却沿着红墙往上爬,爬满了整墙,有一枝花还伸进了我的书房内,红艳艳的花如晚霞般灿烂,我仿佛闻到了空气中弥漫着的春天的君子兰清幽馨香的气息。

后 记

我独自坐在寂静的初冬夜晚,敲完了《绛帐春秋·岁月留痕》的最后一个字,那难以封存的往事并不如烟,仿佛这一切都发生在不久前。

在抗战即将胜利之时,我出生在美丽的山城重庆。我在人生的旅程中,经历了历史大变革时期运动的洪流,我们这一代人经历了风云万变的时代,那些走过的千山万水,经过的万千往事太多,来者可追。

我的人生"三部曲"的各个波峰时期分别是:"第一部曲"(1966年到1971年),大学的芳华青春,立志为梦想奋斗,人生中的纠结挣扎,结婚育子的喜与愁;"第二部曲"(1971年到1981年),迎接"科学的春天",春风飞扬育幼苗,叶泛绿春花烂漫,你我他追逐着梦;"第三部曲"(1981年到2019年),改革开放大发展,人生大戏40年,执着为教育事业和中国旅游的发展贡献自己微薄的力量。

这"三部曲"中,有过苦闷、艰辛、迷惘与泪水,也有过喜悦、欢笑、幸福与成功。我很荣幸自己是这段历史的见证者、参与者和推动者。因此,我尝试用最朴实无华的、最真实的文字写出置身于社会的记忆,把人生经历的这些真实的人和事囊括、浓缩进这本回忆录中。

绛帐春秋·岁月留痕

我想,把人生旅程中重要的经历、感悟写出来,即便是当我不能言语时,后人翻开此书就可以看到我们曾经走过的大千世界,经历过的岁月,那些难以忘怀的往事,是多么美好啊!

我也曾想,这虽只是大江大河的一滴水,但这滴水将汇集于整个中国历史社会记忆的巨大的洪流之中,并随着社会的记忆传承保留下去,对后人了解中国这段历史也有着重要的参考价值。

而促使我写成这本书另一个原因是,与我相濡以沫52年的先生张世熹化为一片白云飘向了那天国,与我永恒离别了。但他何尝又不想留下来陪我呢?失去他,令我痛彻心扉。悲痛、沉重、压抑的心情一直郁集在胸中,似乎只有找到一个出口,化成笔下思念的文字才能得以疏解。于是,我内心产生了强烈的写作欲望和冲动,我要用我的心、我的情、我的泪去书写我们经历过的人生,书写我与先生的相识、相恋、相爱、结婚,生子、育儿、教子,学习、工作、追求,为初心、为梦想携手一起走过的春夏秋冬、寒来暑往的共同经历。

在写作的过程中,我才发现我先生的一生中有许多像金子一样闪光的东西,照亮着学生、我和孩子的人生旅程。他执着于教育事业,为社会输送了众多的优质毕业生,使他们成为推动社会经济发展的人才。他任劳任怨扶持妻子的事业,使她为中国西部旅游业创新发展做出了一定成绩,并成为一名生态环境与旅游工程学的教授。他倾其作为慈父的责任培育儿子,使他考上了中国科技大学少年班,并留学美国伯克利大学,成为博士,创新发明了"三维存储器",为中国"芯"梦做出了杰出贡

后记

献。如果说，我和儿子能够在各自从事的领域有所成就的话，那是因为依靠着我先生厚实的肩膀，也可以说是他无私的奉献换来的。我见证了我先生不求回报地付出，极为努力地活过，可惜我明白、感悟到这一点太晚了，一切都成为历史，不可逆转了，期盼后来人在阅读中受到启迪！

《绛帐春秋·岁月留痕》以我、我先生和孩子为主要人物，与相关人物密切而自然地相互连接，纵横交错，经纬编织。

写作对于学理科并长期从事教学和科研工作的我来说是一次全新的尝试。为了能掌握写作规律，提高写作水平，我在进行了大量的阅读和写作练习后，才开始了记录一个真实的内心世界的写作历程。

此书是我写作的第一次尝试，既是尝试，则难免幼稚，难免谬误。在写作过程中，我有幸遇到了学弟傅晓东先生，以及由文化与旅游结缘的杨宓先生，他们给了我许多智慧的建言，并帮助我改稿、定稿，还有前辈作家等，他们给了我许多的鼓励、指点、帮助，在此表示诚挚的谢意！

囿于水平，本书存在不足与疏漏之处，敬请大家批评指正，深表感谢！

2019年12月